U0128574

民国趣读

—— 老·城·记 ——

# 老武汉

中国文史出版社

# 本书编辑组

**主　　编：**韩淑芳

**本书执行主编：**张春霞

**本书编辑：**牛梦岳　高　贝　李军政　孙　裕

# 目录

## 第一辑　珞珈秀色·江山楼阁俱风雅

## 第二辑　江城漫步·探寻老街古巷的流年记忆

## 第三辑　文教生活·感受荆楚文化的独特魅力

## 第四辑　风云际会·烽火岁月中的赤子之情

## 第五辑　商贾名号·尽在"楚中第一繁盛处"

## 第六辑　食在武汉·邂逅最正宗的湖北风味

## 第七辑　忙里偷闲·老武汉人的消遣时光

## 第八辑　岁月留痕·道不尽的逸闻轶事

## 第九辑　老城忆旧·文人笔下的"东方芝加哥"

第一辑

珞珈秀色·
江山楼阁俱风雅

## ❖ 杨长安："天下绝景"黄鹤楼

黄鹤公园位于武昌蛇山西部，因以黄鹤楼为主体建筑，故得此名。

主体建筑黄鹤楼为国家级重点风景名胜之一。黄鹤楼是武汉市的标志。黄鹤楼自古有"天下绝景""天下江山第一楼"之美称，闻名古今，驰誉国内外。唐宋以来，著名诗人墨客崔顺、李白、白居易、苏轼等登此楼所作名篇流传至今，为黄鹤楼增添了民族文化的光彩。

黄鹤楼主楼五层，高51.4米。采用中国古典建筑构造形式，平面为正方形四望如一，边长35米，整个楼身为钢筋混凝土仿木结构，由72根粗壮的朱红砥柱拔地而起。60个翘角层层凌空，每个翘角下都悬有铜质风铃，微风吹来，鸣奏着悦耳的清音。金黄色的琉璃瓦面，一眼望去显得格外辉煌夺目。这古朴而又矫健的雄姿，犹如黄鹤展翅归来。四面骑楼下分别高高悬挂着金字匾额，多为书法大家所撰。

▷　黄鹤楼旧影

二楼西正面为"黄鹤楼"三个大字,乃中国书法协会会长舒同所书,南面是"南维高拱",东面为"楚天极目",北面是"北斗平临"。分别为李尔重、喻育之、陶述曾所撰。全楼各层都有大型彩色瓷质壁画、楹联、诗词、文记等,富有浓厚的民族文化色彩。底层正面是一大幅壁画《归鹤图》,再现了驾鹤登仙的神话传说。二楼正中是唐代阎伯理《黄鹤楼记》,两侧是《孙权筑城》和《周瑜设宴》两幅壁画,简述了黄鹤楼的历史。

　　三楼正厅壁画的主体是《千古风流人物》,再现了李白、崔颢、孟浩然等11位唐宋名人及其诗文佳句。

　　四楼陈列室,收集整理和陈列古今书画作品;五楼有壁画《江天浩瀚》,表现了万里长江的磅礴气势。在主楼周围还建有配亭、轩廊、牌坊、铜铸黄鹤雕塑等景点。游人登临黄鹤楼,可远眺大江巨流,滚滚东去。

　　景点有东西曲廊、鹅碑亭、古碑亭、毛主席诗词亭、白龙池、鹅池、百步梯、南楼等,采用仿古建筑形式,与山林结合一体,古朴典雅,颇有江南园林风韵。在公园的东部有鄂州古城遗址,重建黄鹤楼工程时,曾挖掘出城垣的断面,可见青砖结构的墙基,是武汉市悠久历史的见证。

《黄鹤楼与黄鹤楼公园》


## ❖ 阳思伟:"晴川高阁枕江流"

　　气势恢宏的晴川阁自建阁始一直是"四方冠盖所必至"的名胜,历史上许多著名文人均造访过晴川阁。如明代"公安派"文学的创始人袁宗道、袁宏道、袁中道三兄弟,明代学者李维桢、王麟、林章、肖良友等,以及清代文人屈大均、刘献庭、施润章、孔尚任、李渔、查慎行、顾景星都曾先后登阁,或赋诗著文,或刻石作画,以不同形式讴歌这一晴川妙景。

　　袁氏三兄弟中最为著名的文学家袁宏道认为,岳阳楼、黄鹤楼、晴川楼、仲宣楼堪称楚地四大名楼,而"四者惟仲宣楼为寂寞,余皆奇观"。明代万历八年进士、年少时有神童之称的肖良友曾登阁抒怀："晴川高阁枕江流，春日重来阁更幽。万顷波涛帘外度，千帆夜雨坐中收。"

▷ 晴川阁

晴川阁的历史虽然没有黄鹤楼、岳阳楼那样悠久，但由于其所居独特的地理环境，独具一格的优美造型，以及诸多文人名士的赞咏，使它赢得了应有的、重要的历史地位。楚国晴川第一楼，冠誉晴川阁是不为过的。

辛亥革命期间晴川阁受损严重，几成摇摇欲坠之势。1934年农历八月十五日，一场特大风暴吹塌晴川阁，至1949年武汉解放前，晴川阁址仅留三间平房，聊供人们临江眺览。

《楚国晴川第一楼》

❖ **李守毅：归元寺**

归元寺殿宇宽敞、古朴幽深，处闹市之中独得其妙境，其规制、风格、装饰和结构亦有独到之处。大凡寺庙之名，均为横匾横书，悬嵌于三门之上。归元寺寺名却为直匾直书。这是因为清代朝廷明文规定，只有皇帝敕赐玉玺的寺庙其匾额允许直书。而该寺于道光年间曾获此殊荣，遂将横书匾额改为直书，从此归元寺在佛教丛林中的地位提高了。至于寺院建筑格局也与他寺迥异。大三门不逢中，却开在偏北处，而且望东向北，进三门便是前院。前院置大放生池，石栏护之。放生池两头有钟、鼓楼。前院可通三个去处，即南进大雄宝殿；东去"翠微妙境"进藏经阁；南到"法相庄严"至罗汉堂。

大雄宝殿是一砖木结构歇山式大型殿宇，高约20米，殿中供释迦牟尼佛像，佛祖趺坐莲台，两旁立阿难、迦叶塑像。坐像高约1.6丈，佛光灿烂，慈祥庄严。大雄宝殿为庙中佛事活动场所，大凡和尚早晚功课，以及佛教庆典、法会、传戒、放焰口均聚于此。大雄宝殿或称大殿。"大雄"是赞颂释迦牟尼佛"大雄大力"德行高尚的意思，故称供奉教主之殿为"大雄宝殿"。

罗汉堂位于归元寺之南院，占地约3500平方米。据说全国有500罗汉的寺庙仅存5个。而归元寺之500罗汉以其巧妙的田字形布局，使得罗汉堂内的通风和采光得到科学的解决，尤其以500罗汉的造型见称于世，堪称绝世之珍。500罗汉造型优美，或卧，或坐，或颦，或笑，无不栩栩如生。瑞（典）中友协主席杨·米格尔在一次游览中风趣地说道："方丈，这些罗汉把我们的衣服穿上，让他们走上街，人们是不会知道他们是塑像的。"据说罗汉塑像是采取的脱塑工艺，质地坚而重量轻，不怕水浸。1954年洪水泛滥，归元寺一片泽国，众罗汉漂浮在水中，洪水退后，一尊尊罗汉依然完好如故。民间盛传数罗汉可卜人之吉凶祸福，故罗汉堂游人如织。

藏经阁是归元寺收藏佛教经典和现代珍贵文物的处所。计藏有《龙藏》《续藏》《碛砂藏》《频伽藏》，可谓洋洋大观。珍贵文物如贝叶真经、北魏石雕、古瓷器、宋代乾德年间的陶瓷香炉等。今之藏经阁建于1920年，为唐牌楼式建筑，斗拱飞檐，古朴雄奇。占地约400平方米、高25米。藏经阁的金匾悬于正中门楣，瑰丽壮观。

大士阁位于藏经阁之南，仅隔一墙，前身是百子堂，民间或谓"娘娘殿""送子堂"，供观音佛像。旧时供桌上置一红布袋，内装有红枣、花生、鞋子、筷子。凡欲求子者可于袋内摸，如摸到筷子，意即可早生贵子。皆是谐音取意，无非是供人取乐而已。佛龛之左方壁上嵌有一块摹刻，人物半裸侧身，赤脚缓行，手持锡杖，形态生动逼真，实为难得的珍品。

《武汉四大佛教丛林之一的归元寺》

## ❖ 闻　史：高山流水话琴台

古琴台，是汉阳区内一个著名的文物景点，属市级文物保护单位。它位于汉阳龟山西脚下美丽的月湖之滨，是一处环境幽雅、景色宜人的游览胜地。古琴台又称伯牙台，是为纪念俞伯牙弹琴遇知音钟子期而修建，关于两位音乐大师相遇成知音的动人故事。

古琴台建筑群占地15亩，由前门、通廊、照壁、琴台、琴堂等组成。布局小巧玲珑，幽静雅致。进大门后可见迎面为道光皇帝御书"印心石屋"照壁。照壁东侧有一小门，门额"琴台"二字为宋代书法家米芾所书。往前行为碑廊，镌有历代石刻及重修琴台碑记。

琴台庭院中间为汉白玉筑成的石台，高175米，石台上刻有"琴台"二字和"伯牙抚琴图"。琴台四周是石栏，栏板上刻有"伯牙摔琴谢知音"的浮雕图，此为清代遗物。离琴台不远处则为琴堂，又为友谊堂。单檐歇山式，面阔五间，进深三间，面积306.28平方米。堂前有抱厦，四周有回廊，飞檐翘角，金碧辉煌，颇具民族特色，抱厦檐下悬着橘红色的"高山流水"横匾。琴堂一侧的空地上矗立一个大型雕塑，琴童抱琴一旁，俞伯牙微躬拱手向钟子期致意，表现他遇到知音的钦佩欣喜之情，这座雕塑系湖北美院教授刘政德先生所作。知音塑像背景为波光粼粼的月湖，岸边林木葱茏，是游人留影的一处上佳景点。

俞伯牙、钟子期的故事，还可从汉阳区、蔡甸区内的一些地名、古迹得到印证。如琴断口为俞伯牙绝弦之地，在汉阳区十里铺一带。碎琴山，

▷ 月湖

▷ 古琴台

为俞伯牙摔琴不复鼓琴之地，在汉阳区仙女山附近平塘渡。钟子期的墓则在汉阳县马鞍山。它背山面湖，坐北朝南，明代时此墓旁有古亭。

到民国年间，古琴台又维修、加修过几次。民间《琴台纪略》中载有：孙璧文《琴台记》、童树棠《重修琴台记》、熊宪成《重修伯牙琴台赋》、刘铭勋《重修琴台赋》、傅贤弼《伯牙台记》、王景彝《汉口重修伯牙台》等碑记。

《高山流水话琴台》

## ❖ 黄健行：烟波浩渺百人矶

长江的沿岸，有许多石矶。所谓石矶，就是突入江中的山石名。人们常称道有名的"四矶"，即湖南岳阳的城陵矶、湖北黄州的赤壁矶、安徽马鞍山的来石矶、江苏南京的燕子矶。这些矶大多以交通、风情、名胜取胜。

但是，在武汉西南部的纱帽山（古称百人山）下，有一个古老的石矶，名叫百人矶，却鲜为人知，给人们留下了千古的历史之迹。它处于长江左岸，与武昌县赤壁山相对，山势矮小得很不引人注目，矶石也被冲刷得几乎难以辨认，而在浩瀚的长江中，像画家的闲笔、工艺的饰品，显得十分闲逸淡雅。据郦道元《水经注》载："江水左迳百人山南，右迳赤壁山北，昔周瑜与黄盖诈魏武大军处所也。"相传是东汉赤壁之战时，黄盖带领百人火烧赤壁的地点。因当时没有江堤，百人山正处江心，黄盖即掩蔽在这里纵火，烧毁了曹军主力人马，取得了战争的胜利，故称百人山，矶名百人矶。而近年来，这里却发现了许多商周和两汉的遗物，证明此处确是一个古老而有历史意义的地方。

百人山，山小林茂，绿树翠盖。矶石沿山而下，呈突兀嶙峋状。枯水季节，可踏石行至江心，看江水绕石而过，泛起阵阵漩涡；涨水时期，点点石矶浮于江面，听细浪轻击之声，有如窃窃私语。平时，常有人到此闲游散步，或登临矶头，观来往帆船驶进，或攀至山顶，睹山川景物风貌，真是别有一番山水情趣。

如果从百人矶顺流而下，则北有汉阳县大军山雄峙，南有武昌县槐山紧锁，更有铁板沙洲横卧江心，山关雄伟，气势险峻。

*《烟波浩渺百人矶》*

## ❖ **姜亦温：**别开生面的中山公园

▷ 中山公园

园离市约里余，占地不甚广，为刘文岛氏长汉市时所筹辟，草草初创，略具雏形，然市民得此，已深欣慰，嗣经洪水为灾，陆沉三月，园内椅凳，漂流一空，念此区区休憩之所，竟亦为造物所忌，如是不往者半载。后吴国桢氏长汉，吴年少英俊，奋发有为，更从事修葺，去芜存菁，土木大兴，于是足、篮、网球场也，游泳池也，跑驴场也，次第建立。复架木为桥，叠石为山，野草闲花，择其隙而植之，一经人工建筑，稍有园林之胜。而旧有之池沼，复经校掘，焕然如新，至是熙攘往来，游人如织，每逢星期假日，更有人满之患，刘吴两氏，嘉惠孔多，池中置小艇多艘，购票可乘，夕阳西下，一轮涌出，片舟一叶，容乎中流，颇足令人意远。游泳池池小人多，时值仲夏，游者踵至，但见人头攒动，满坑满谷，而无知之徒，且以所费不多，来此一洗积垢者，此所以池水易污，而将游泳池变作浴塘化也。跑驴场设栏为圈，狭窄非凡，马驽驴蹇，环走其间，骑者妇孺亦有，只以求多于供，垄断居奇，殊失运动本意，嗣经调查所得，业此者借地设场，非园中所主办者也。夏夜酷热，来此乘凉者亦复成群，临时茶寮，应运而起，几乎到处都是，则又易公园而为茶肆矣。仆于沪杭各地公园，游踪所至者不可胜计，如此情形，犹是别开生面，市府当局，宜如何改良之也。

*《汉皋话旧》*

## ❖ 郑自来：江汉汇流绝景

万里长江与其最大的支流汉水相交于武汉市区中心。在这里浑浊的长江水与清绿的汉江水流汇为一体，汹涌东去，朝向大海。故《尚书》中就有"江汉朝宗于海"的记述。江汉会流之处即为汉口，汉口者汉水入江之口也。本来意义上的汉口包括汉水入江口南北两岸，现南岸嘴一带属汉阳，北岸龙王庙一带属汉口。

江汉汇流，再加上龟蛇对峙，集中在武汉市区这一中心地带，雄浑壮丽，开阔浩荡，堪称绝景。再加上黄鹤楼、晴川阁、禹稷行宫、铁门关等胜迹，和长江大桥、江汉三桥，以及正在建构的龙王庙、南岸嘴景区，其自然、人文、社会内涵，将使此处成为武汉甲天下的胜景。

汉阳的南岸嘴像一个小半岛伸至江汉交汇处。这里不仅与晴川阁等相邻，而且当年有汉阳铁厂、兵工厂的码头。

南岸嘴对面，汉口河街的龙王庙，地当汉水与长江交汇之处，迎流顶

▷　汉江

▷　汉江码头边的吊脚楼

冲，水势湍急回旋。长江挟泥沙而下，水流呈浑黄，汉水泥沙含量较稀，水流呈青，两水相遇，青黄相交，日光下隐然可见。从江面前瞻，长江巨浪挟汉水而下，回旋中青黄逐渐浑然一体。

由于江汉交汇于此，水势浩瀚，古时建有龙王庙以镇水患。由于龙王庙一带经常出现翻船与溺水事故，人们常在这里举行祭祀活动，祈求龙王保佑，因而烟火连绵不断。有位老人说："从龙王庙到集家嘴一带，原都是木制阁屋吊楼，开设许多商店，自然形成商业一条街，1930年因筑路将吊脚楼连同龙王庙统统拆掉……"

龙王庙背后有祥泰楼，解放前在楼层顶端还有"督钟肥皂"的广告。

《江汉汇流绝景——龙王庙、南岸嘴》

## ❖ 李甫斌：名重楚天一红楼

1912年4月9日，孙中山先生应湖北军政府之请，乘"江宽"轮从上海溯江而上，来到了辛亥革命的发祥地。4月10日，莅临湖北军政府，在红楼礼堂发表演说，对武昌起义的历史功勋给予了充分肯定，在二楼会议室里，孙中山先生会见了军政府领导成员和武昌起义志士的代表，会见后并与全体人员在军政府后花园合影留念，为我们留下了一幅珍贵的历史镜头。

红楼，不仅是旧民主主义革命时期的重要遗址，同时也是新民主主义革命时期的重要策源地。第一次国内革命战争时期，北伐军占领武昌城，国民革命军总政治部和经过改组后有董必武等参加领导的国民党湖北省党部于1926年10月进驻红楼。两个月以后（1927年1月1日至13日），国民党湖北省党部在这里召开第四次全省代表大会，选出了以董必武为首的国民党湖北省执行委员会。

1927年3月4日至19日，湖北省农民协会第一次全省代表大会在红楼召开，毛泽东被聘为大会名誉主席。大会根据当时革命斗争形势的需要和广大农民的要求，通过了关于县政、武装工农联合、雇工、土地、地租和农协组织等35项决议案，选举了新的省农民协会执行委员会。1927年春，毛泽东又在二楼会议室向国民党湖北省党部执行委员们宣讲了农民运动问题，为中国的新民主主义革命做了舆论准备。

1949年5月16日，武汉解放，中国共产党湖北省委员会设在红楼，这里便成了领导全省人民开展社会主义改造与社会主义建设的指挥机关。从此，辛亥首义策源之地也同全国一样开创了历史的新纪元。随后，湖北省政协设在这里，红楼又成为民主党派与民主人士参政议政的中心场所。

《名重楚天一红楼》

## ❖ 邓中文：北洋桥

美丽的东湖之滨，有一座古桥曰北洋桥，它位于和平乡北洋桥村境内。桥下有一条小河，曰青山港，河水下接东湖，上连青山，经武丰闸流入长江（闸为黎元洪所建，以排东湖、沙湖的洪水；青山港是解放后疏导原水道而建成）。北洋桥把北洋桥村从中隔开，分为两半，成为村中一景，别有情趣。

北洋桥是武汉最早的一座古桥，也是武汉唯一尚存原貌的古石拱桥。桥的跨度为95米，宽7至11米，拱跨度约14米，两头宽，中间窄；加上两端的引桥，全长50米。拱圈采用镶边纵横砌置法砌筑而成，拱顶离水面一般为6米，水深一般为5—6米，可行篷船。桥由一色的红砂石块砌成，每块石砖长40厘米，宽25厘米，厚15厘米。引桥原为青麻石踏坡，每块青麻石长1.3米，宽0.4米，厚0.15米。桥两头各有两个石狮子，现在只剩下一个狮子头了。桥两边各有六根石柱，石柱两侧刻有槽子，中嵌青麻石板为栏杆。

北洋桥为单拱坡顶式，是一座典型的东方古石桥。今天呈现在人们面前的北洋桥，为乡人李凌重建于民国四年（1915年）。据当地老人说，民国四年重建北洋桥的李凌，就是解放前武汉工商巨子李紫云（此说待考）。李紫云祖籍湖南，后落户湖北。解放前，他是武昌一纱厂老板，由他领头集资，重建了北洋桥。集资情况曾刻记于石碑，在抗战时期的兵荒马乱中石碑散失，已不知去向了。李凌重建此桥时所立的一块石碑现基本完好，碑上字迹清楚，字体苍劲有力。

《北洋桥》

## ❖ 王美英：抱冰堂

"抱冰"一词出自《吴越春秋》"冬常抱冰，夏还握火"，意为刻苦自励或者廉洁奉公；而且"抱冰者，公晚年自署也"。以抱冰堂为名，可见主事者独具匠心。

▷ 抱冰堂

1909年张之洞逝世后，抱冰堂改为张公祠。每年在张公生日那天，湖北各界人士前往这里祭祀。后来张公祠毁于火灾。民国九年（1920年）湖北教育厅长拨公款重建。民国十八年（1929年），墙宇倾斜，被湖北建设厅拆毁后，武汉行营主任何雪竹（张之洞的学生）组织筹备委员会，募款重修。1936年兴工，次年落成。"堂构恢宏，有逾旧观，既彰公德，又劝来者"。这以后，祠堂一直保留，成为著名的古迹之一。

抱冰堂，原为横长方形青砖木结构，长约26米，宽17米，高10米左右，占地面积400多平方米，是少有的单层飞檐穿斗镂花建筑。上面是九脊四坡顶，主脊成龙形，黑色大布瓦，塑有神像和兽类。四周檐下有3米左右宽的条石外走廊，环以18根间距相等的红色方木廊柱，柱下为麻石方形墩。朱红色拱顶浮雕，刻有各种禽兽花纹图案。堂基是由几层红砂条石砌成，东、西、北三面是镂花青砖墙，南面有8步麻石台阶。隔扇大门，两旁各有一具石兽像。门头挂一块横长方形木匾，上面雕刻"抱冰堂"三个凸形大字。堂内有三间大房，正中上方立有张文襄公谥号的牌位。梁檩门窗，浮雕、透雕互为映衬。

整个建筑造型优美，别具风格。

《抱冰堂》

## ❖ 何承藻：千年古刹莲溪寺

在武昌丁字桥南面约两公里的盘龙山上，有一座驰名中外的千年古刹——莲溪寺。它是武汉的四大佛教丛林（即归元寺、宝通寺、莲溪寺和古德寺）之一。该寺坐北朝南，占地面积约为1.2万平方米，四周建有院墙。走进院内，便可见一块块平整的菜畦种满了时令的蔬菜瓜果。山门前，左右各有一口直径约10米的人造放生池，池内碧水清澈，鱼虫嬉戏；池边樟柏婆娑，鸟唱蝉鸣。右侧池边，有一眼古井，直径约45厘米，井深丈余，井水伸手可及。相传该井水冬暖夏凉，甘甜清冽，为历代过往僧人饮水之处。

寺庙建筑分为正殿建筑和附属建筑两部分。正殿建筑有四重：首重为山门，在黄色的门额上镌刻着清光绪十七年（1891年），该寺住持道明和尚亲笔书写的"莲溪寺"三个金色大字。门额下方有两石狮相对而蹲，威风凛凛。次重为弥勒殿，殿内端坐着一尊笑容可掬的弥勒金佛，守卫在两旁的是手执兵器、威严的四大天王。山门与弥勒殿之间是方约30平方米的天井，井内荷叶摇曳，荷花飘香。第三重为大雄宝殿，殿内正中有一高丈余的大铜佛，两侧各立有九尊形态各异、栩栩如生的罗汉，另有一口形体庞大的铁钟和一面硕大无朋的擂鼓置于两侧，更添几分庄严。第四重是大彻堂，是女众打坐、念经的处所。堂上是藏经楼，藏有三部大藏经及其他经书。

附属建筑分别于正殿建筑的东西两侧，其东侧依次为客堂、伽蓝殿、地藏殿、法堂（原方丈堂）、往生堂；西侧为祖堂、大悲殿、华严堂、延寿堂。在寺庙背后，有一间整洁的教室，为该寺"爱道培训班"学员学习场所。教室门前有两棵参天的珊瑚朴树，虽历经300余年，至今仍枝繁叶茂，昂然耸立，映衬着古寺的悠悠岁月。莲溪寺的环境幽雅、建筑精致、景观丰富、历史悠久，为武汉其他佛教丛林所不及。

1928年，该寺住持体空和尚在寺内开办了全国佛教界的最高学府——华严大学，三年间共培养佛门弟子30多名。另据史料记载，体空和尚还是个进步人士。他为了掩护我地下党的活动，曾多次率队站岗放哨、暗送情报，为中国革命做出了积极贡献。

解放后，党和人民政府十分关心和重视莲溪寺的建设和发展。

《莲溪寺》

## ❖ 刘炎生、艾先煌：昔日武丰闸

通衢九省、地处二江交汇之滨的武汉，古属"云梦大泽"遗址的一部分。其地理特征是：地势低洼、湖泊密布、水网纵横、港汊交错。历史上曾因治水防患不力，水灾旱涝频繁，人民深受其苦。

当初，武丰闸横亘于武钢江边泵站的子堤。由于距长江太近，前有江涛拍岸，后有渍水冲淘。加之当时，国弱民穷，经济落后，水利科技不发达，设计建闸，力不从心，质量过不了关。10余年后，终被水患摧垮，致使185平方公里聚水面的积水无法排除，农业生产、农舍安全也都得不到保障。1913年，黎元洪任民国军政府湖北都督。黎元洪是湖北黄陂人，24岁以优异成绩毕业于水师学堂，后投到湖广总督张之洞的麾下，凭借优异成绩有幸得到张之洞的青睐、赏识、栽培、提拔，张之洞把黎元洪带到湖北军界任职，从此黎元洪如鱼得水，飞黄腾达，直上青云。为此，黎元洪在张之洞去世后，为报答恩师的在天之灵，决定继承恩师的遗志，完成恩师为民治水未完的事业。

于是，黎元洪在就任民国军政府湖北都督时期，将武丰闸从旧址后移了数百步（约400米），以条石为拱，用糯米灌浆，修成单孔闸，断面为4.5米×3.2米，闸身上修公路，便于人车往来，下面闸门排灌两用，同时将此段大堤向内改线，与闸连成一体，称青山横堤。横堤只用一个多月时间完成，取土大部分是附近菜园中的黑土，土质松软，堤坝标高相当于"吴淞高程"28米，遗留问题较多，次年汛期即发生浸水现象，以后多次整修。

武丰闸落成后，黎元洪特地亲笔题写"武豐（丰）闸"三个大行书字，落款是"民国二年黎元洪"，刻在麻石横匾上，着金黄色。这是黎元洪步恩师张之洞之后尘，为武汉青山地区人民治水事业操心的又一例证。

《黎元洪与"武丰闸"》

## ❖ 邓显尧：蓬莱仙境九真山

蔡甸区境内的九真山，山势风貌犹如九个仙女翩翩起舞，巍峨多姿，各具特色，是江汉平原东缘群山之冠。

据《汉阳府志》记载，九真山亦称"五藏山"。传说九仙女各居一峰炼丹，故名九真山。山上有悬崖峭壁的"炼丹台"，水质清澈的"炼丹池"，幽深迷人的"菖蒲洞"，独立支撑的"飞升石"。还有秋冬不涸的"九泉"，更是晶莹可爱。自古以来吸引着无数游人倾心神往，骚人墨客吟诗作赋。明代赵弼曾写诗赞曰："重叠峰峦千仞高，九仙栖此乐逍遥，石坛尚有丹炉在，夜夜神光亘碧霄。"还有汉阳知府潘文奎、清人李昌祚等，他们也在这里留下了大量的诗赋，最著名的有《颂九真山》《炼丹井》《九真十绝》《真山记》等。

主峰山巅，曾建有宋代"九真观"，山腰隐现唐"仁显庙"。这些古朴清纯的建筑群把本来就是天成的一幅风景画，装点得更加蔚为壮观。人们把它奉若神明，誉为"蓬莱仙境"。

九真山的南麓金鸡寨湖畔，有一块圆形土墩，元末农民起义军首领陈友谅在此屯过兵，取名陈址墩。经考古工作者多次调查，发现是一处新石器时代的商周遗址，这里有大量的石器、陶器和铜器，文化内涵极为丰富。九真山脚，古墓群环绕，经过考古调查勘探，清理发掘砖室墓30多座，先后出土了殷商时期的铜器龙凤纹方垒、六朝的四系盘口壶、唐代锥斗、宋代铜镜等珍贵文物。这些文物为研究武汉风情和本地历史文化提供了不可替代的实物依据。

《誉为蓬莱仙境的九真山》

## ❖ 方士华：殷商遗址盘龙城

盘龙城遗址位于武汉盘龙城经济开发区叶店村杨家湾。经碳14年代测量数据，距今3500年，为公元前15世纪商代前期古城遗址。遗迹内涵十分丰富，保存有夯土城垣、大型宫殿台基、高级贵族墓地和手工作坊等，规模达11平方千米。全国商代早期的城址为数不多，除了郑州、偃师的商城外，就要数盘龙城了。

城池在遗址的东南部，南北长约290米，东西宽约260米，近似方形，周长1100米。现残存有土夯城垣，壕沟，三座大型宫殿，以及柱穴、柱基、陶水管等。从已发掘1号、2号宫殿基址，可复原为两组宫殿建设，一组为周围有回廊，中央分为4室；另一组为大空间厅堂，其建筑格局与文献所载"前朝后寝"相符。

城外四周分布着民居、手工作坊遗址和小型墓地。民居为单体地面建筑和半地穴式简易窝棚。手工作坊有多处，一般为酿酒、制陶冶炼遗址。

城外李家咀一带是墓葬区，出土了一批精美的商代青铜器、玉器、陶器等3000余件。其中不少青铜食器、礼乐器制作考究，特别是一柄9厘米长的玉戈，尤为罕见。

盘龙城遗址所在地，古代是长江与汉水的汇聚之处，这是一个对全国政治、经济、文化都有重要影响的地理位置。

盘龙城的发现，说明商王朝中央统治覆盖了整个汉水流域，就是说商朝政治势力已到达南方。这对研究我国商代社会政治、军事、经济、城市文化建设等具有极重要的价值；同时也是黄河流域和长江流域两大文明融合的一个重要物证。

*《盘龙城遗址》*

第二辑

江城漫步·
探寻老街古巷的流年记忆

## ❖ 伍期信：中山大道，市区交通总枢纽

只要在汉口生活过的人，恐怕没有一个不知道"中山大道"的。这是一条横贯汉口东西方向的大马路，有17华里长。上百条南北走向的大街纵贯其间，形成一个个热闹的交叉道口，组成了汉市区的主要交通网络。

中山大道不仅形成年代久远，而且把汉口的老城区全部包围在东侧的汉水、长江之滨。这里商业网点密集，中山大道就成为汉口市区交通的总枢纽、大动脉，辐射到武汉三镇。

然而，这赫赫有名的中山大道，何时奠基？何时成路？又何时命名？恐怕在汉口住了一辈子的老人，也难以述说清楚。

第一次国共合作时期，北伐战争胜利以后，武汉市政府为了纪念孙中山先生，于1927年将后城马路改名为"中山马路"。这次改名，没有举行什么仪式。

武汉沦陷后，日伪汉口特别市政府于1943年将中山马路延伸，分三段命名。硚口至利济路为中山西路，利济路至江汉路为中山中路，江汉路至一元街入胜利街至卢沟桥路为中山东路。

中山大道的江汉路至六渡桥一带，因为毗邻英租界，商业发展起来。据《汉口市建设概况》记载，这一带在拆去城堡改建马路之时，两旁几乎没有任何建筑。辛亥革命以后，这一带的建设发展加快，民众乐园、南洋大楼相继建成。1927年至1929年间，变化更为显著。当时，市政建设曾一度形成高潮，碎石路面改建成柏油路面，还在中山大道的南侧拆房屋，扩路基，建设了民生路、民权路、民族路和三民路。这扩建的4条马路，是当时汉口最宽最好的马路。

这几条马路的兴建，形成汉口租界外闹市中心纵横交错的道路网络，

▷ 民生路

▷ 六渡桥

给这一地段增加了人口，带来了繁华，铺面林立，大楼高耸。

　　由于战乱的影响，直到1949年以前，中山大道尽管是汉口陆地交通的枢纽，但交通工具却很落后。使用了几十年的主要交通工具，仍是人力车和马车；公共汽车则少得可怜，而且只有大智路至硚口一段。日伪时期，日寇把汽油用于战争，仅有的几辆公共汽车以烧木炭为动力，经常熄火抛锚。

《话说汉口中山大道》

## ❖ 贺鸿海：引人瞩目的江汉路

　　早在20世纪30年代，汉口就有"东方芝加哥"的美誉。现在，汉口则以武汉特大城市的商业中心扬名四方，而汉口的繁盛景象更是名列武汉商贸市场的前茅。

　　这条引人瞩目的江汉路，原来是一条土路，因其南端濒临长江，且地理适中，取名"广利巷"。清朝末年，在杨守敬编绘的《武汉城镇合图》上，已有广利巷的记载。当时此巷只是由江边到现在的鄱阳街口一段，约有30米。因广利巷紧靠英国租界，为便利商贸，当局把广利巷扩宽成为碎石马路，并取"对外忍让，唯求太平"之意，命名为太平路。其后汉口城区进一步扩大，不久，太平路也由鄱阳街口向北延伸至花楼街口，使太平路延长近一倍。这里的商行栈号与花楼街连成一片，显得更为热闹。

　　几乎在太平路延伸的同时，太平路花楼街口以北地段也修筑了马路。此路越过湖南街口、后城马路和老圃，至汉口循礼门刘祥花园长约千米。这一段新延伸的马路修成后，由英国人命名。经英国女皇批准，称为歆生路。歆生是东方汇理银行买办刘祥的别号。他会英语，做牛皮出口生意暴富，办有多家工厂、公司，并在汉口开埠后以低价购进大批地产，是汉口有名的"地皮大王"，大买办资产阶级。他组织的"填土公司"，为外国租界填土造房、修路服务，英租界当局鉴于新延伸的这条路所占土地大部分是刘的产业，同时这一带路基的填整工程又多是刘祥的填土公司所承担，于是命名歆生路。

太平路和歆生路合二为一成为现在的江汉路，这与1927年发生的"一三"惨案和收回英租界有关。1926年北伐战争胜利，国民政府于年底由广州迁都武汉。1927年元旦，武汉各界开展形式多样的庆祝活动。1月3日下午，武汉中央军事政治学校学生30余人的宣传队，在汉口太平路临江沙滩上，向围集拢来的众多码头工人、海员做宣传演讲，秩序井然。不料，一队英国巡捕越过英界，突然跑到沙滩上进行无理干涉。英当局见驱赶不散，即动用停泊江边的英国军舰上的水兵，荷枪实弹冲刺过来，海员李大生腹部被刺刀戳穿，当场死去。宿明生、祝香山、张文贵、方汉生等重伤，另有30余人受轻伤。

"一三"惨案发生后，国民政府极端重视，中国共产党领导的武汉各界群众，掀起了声势浩大的反英斗争。当日国民政府代表徐谦、蒋作宾和共产党领导人刘少奇、李立三等到现场了解情况。晚上武汉国民政府向英领事提出口头抗议。5日，全市罢工、罢课、罢市；下午，武汉30万市民举行反英示威大会。游行群众进入并占领了英租界。由于国民政府得到各界群众的支持，英方被迫于2月19日同意签订《汉口英租界协定》。

3月15日正式收回汉口英租界。拆除了英方在歆生路通往太平路和其他华界街口的铁网、栅栏，对太平路和歆生路实行统一管理，并以太平路南端江边1922年建筑的江汉关作为路名，重新命名，统称江汉路。

《琐记江汉路》

▷　太平路街景

▷　江汉路街景

### ❖ 肖根义: 三教街，娱乐的好去处

三教街是从鄱阳街与合作路交叉处的文化俱乐部到黎黄陂路为止。

三教街这一地段，该区辖有五条平行街道，顺序是：一德街、两仪街、三教街、四明街、五族街。

三教街正处其中，又介于英租界和法租界之间，居住的有外国人和所谓的高等华人。附近有比较高级的游乐场所，如上海电影院、光明电影院、邦可花园和西餐厅等。特别引人注目的是这条街上有几家外商开设的商店，如英商惠罗公司，专营进口高档百货，后由一白俄租下改称巴黎洋行，白俄走后由李、熊二人继续经营；还有白俄开设的美谊琪西餐厅。这几家门面和店堂的装潢，具有西洋派头。

▷ 租界旧影

这条街上华商开设的店铺有20多家，较大的有美的公司食品部、启新照相馆和万国理发店等，较小的有万新、金都、国华、福记百货店和万里欧美呢绒店，拔佳、银记皮鞋店，刘振益抽纱店，永泰毛线店等都各有特色，大多数出售比较高档的商品，搜罗各地的新品种，以新奇著称。还特别注意橱窗店堂的陈设和灯光的安置，使人眼花缭乱，感到有些"洋味"。

每当夜幕降临、华灯大放的时刻，好多人喜欢到这儿游乐、逛街、买东西，成为旧汉口高消费的一条著名街道。

《三教街古今谈》

## ❖ 喻枝英：行业街，最早的贸易市场

武汉三镇，襟江带湖，鼎足而峙，贸易有无，深得地理之便。三镇之中，武昌发展得最早的十里长街，店铺林立，人群熙攘，市肆繁盛，是武汉三镇最为古老而又颇负盛名的商业贸易市场。而汉阳则隔江相望，上通襄水、汉水流域，是物产的重要集散地。

汉口兴起虽晚，市场扩大却快。汉口市场的商品种类十分丰富，如来自湖南和鄂南地区的茶叶与杂粮；汉水流域的棉花和布匹、时鲜果品；吴越的丝绸和海产品；山、陕的牛羊皮毛；安徽的茶、油和文房四宝；四川的桐油、药材；江西、福建的瓷器、果品；云南、贵州的木耳、生漆；两广的洋货乃至洋药都在汉口应有尽有，使汉口成为与朱仙镇、景德镇、佛山镇比翼齐飞的全国四大名镇之首，成为华中地区的经济辐射中心，享有"货到汉口活""九省通衢"等美誉。

武汉不仅商业贸易十分发达，而且，武汉的手工业在明清时代也十分繁荣。据乾隆《汉阳府记》记载："街居妇女，多事绣剪""或为冠为履，或成衣成袜，皆晓夜为之"。

武汉三镇手工业商品生产经营也颇具特色，一般都是前店后场，沿街

设店，形成各种专业市场，形成各具特色的行业街。有的街道就是以行业命名，如衣服街、袜子街、绣花街、打铜街、花布街、白布街、打扣街、筷子街等。有的街巷虽不是以行业命名，而实际上仍为专业市场。

从行业街的分布来看，武汉三镇虽然都形成了自己的行业街，但从数量和行业的种类来看，汉口远远超过了武昌和汉阳。汉口的行业街可谓五花八门、应有尽有。如在汉口的正街有打扣巷，这可能是制作和销售花结的。剪子街，主要是生产和销售刀剪的。靛行巷，主要是生产和销售染料的。衣铺街则是裁缝店或服装店的集中之处。花布街、白布街，分别销售花布和白布。中路后有戏子街，今人和街，可能是唱戏艺人聚居之地。在河街还有砖瓦街、草纸街、袜子街、芦席街，顾名思义，这些街巷分别是砖瓦商店、造纸作坊、织袜子作坊和芦席商店比较集中的地方。除《汉口丛谈》记载的这些行业街之外，汉口在晚些时候还出现过绣花街、篮子街、铁坊巷、纸马巷、五彩坊、灯笼巷、牛皮巷、皮业巷、麻线巷，等等。

在汉口这些各具特色的行业街中，应该特别提到的有两条街道，一是打铜街，一是淮盐巷。打铜街是汉口古老而著名的一条街，它南起花楼街，北至统一街，是铜匠的集中之地。这里的工人制造的铜茶壶、铜脸盆、铜烟袋、铜锁以及供神用的铜蜡台、铜香炉等精巧美观，经久耐用，多是汉货清品。群众喜爱，销路甚广。民国初年是打铜街最盛时期，打铜工人占全街百分之七八十。随着机械工业的发展和大工业的兴起，手工打铜业走向衰落，至1945年后，打铜街就虚有其名了。

淮盐巷，位于硚口区汉正街中段，是淮盐贸易的集中地。当时，淮盐的分销主要在巷内进行，盐商组织"淮盐公所"也设在巷内。

据记载，淮盐的垄断性经营，使盐商们大发横财，其聚居的淮盐巷因而被修成了当时汉口最好的里弄。它一色的雕花木质结构过街楼，典型地展示了当时汉口街巷的建筑和社会生活风貌。1921年，久大、通益等公司的精制盐来汉倾销，淮盐贸易及淮盐巷自此日见衰落。解放后，淮盐巷的淮盐集散中心已不复存在。

《三镇行业街》

## ❖ **蒋明壁：**汉正街的商品包罗万象

昔日汉正街商业经营的品种几乎是包罗万象，应有尽有。经营性质有行栈、批发商、零售商。

行栈方面：有粮食、牲猪、瓜果、蔬菜、鲜鱼、药材、山货等。收益主要是靠佣金，称之为行佣。我家是经营牛皮山货的。如一笔黄狼皮的生意，双方成交之后，提取3%的佣金。所以有人戏谑行栈为"两个肩膀抬一张嘴"。

行商方面：粮食行多半在杨家河至硚口沿河一带。出进手很大，因之获利也不小。如邓隆盛、肖丰祥都是硚口知名的大户。同时依附于粮食行的还有"打住记"和"缝包"两个行当。粮食船到了，打住记的负责灌装，缝包的则负责缝包。牛皮行、山货行相比粮食行要少一些，也都集中于硚口，如蒋元顺、喻三盛、公盛等。药材行集中在沈家庙，药帮巷即因此而得名。牲猪行最大的一家就是曾义兴。

蔬菜、鲜鱼、瓜果不一一举例，如小新码头就是当年的土产集散地。

批发商实际也经营零售，如逢年过节，乡下人进城一担箩筐，在杂货店批一些香纸、蜡烛、糕点、山货等回乡赶市。除海味号大半是做批发生意外，其他并无正规的批发商店。

零售商大致可分为商业、饮食业两大类。商业中较大的为绸布业、百货业、杂货业。

绸布业旧时称为布铺。最大的两家是谦祥益和怡和。谦祥益的名气不光限于汉正街一地，而是遍及三镇及四乡八岭。谦祥益善于经营，资金雄厚。

百货业旧时叫"广货铺"，分布全街，较大的如新街内的维新，正街面

▷ 汉正街旧影

▷ 汉正街山陕会馆

上的章复兴、周义发、庆生祥、庆和祥等，他们之中有的产品是本店制作的，如庆生祥的瓜皮帽、杨东兴的鞋子都有些名气。

杂货店因为经营的是人民大众生活必需品，数量最多。比较有名气的有裕原、元成、源美、久康、汪玉霞、锦春、瑞和等。

有的店还有特色经营，如汪玉霞的糕点，源美的酱品都是受到人们喜爱的产品。

总之，汉正街是万商云集，百业俱兴，是华中地带的一个大市场。行业之全、店面之多，难以赘述，还有一些典型商业。

在日伪时期，饮食业畸形兴旺，石码头对面正街上有一家高档馆子名称"随园"，其次永宁街口"六月雪""郭镒泰"都是通宵达旦供应，专做一些赌棍、瘾君子之流的生意。

其他商业有江南铺。鞭炮店则是兼营凉席、棉絮的商户。

国药店在汉正街，赫赫有名的莫若叶开泰。相传是前清两总督叶名琛的后人。此外如天兴愈、万鹤龄、九芝堂亦有相当名气。

汉正街另有一批属制作、加工的自卖商店。如煤炭店，湖南的木板船运来的原煤，煤店即自行加工出售，俗称炭元铺。

又如米厂，硚口的源和、同等店从河边粮食行进谷麦加工出售。当时卖米用量具，分石、斗、升计量。另外还有杂粮铺，这类商店专营杂粮，不售米面。

*《昔日汉正街》*


❖ **董玉梅：华清街，入汉口的必经之路**

在江岸区三阳路和公安路之间，原是武汉历史上赫赫有名的华清街。华清街早先并不叫华清街，叫华景街。

在汉口开埠以前，黄陂、孝感两地的农民进入汉口，这里是必经之路。

汉口开埠后，五国租界逐渐开辟，这里与德租界毗邻。由于这里地势优越，既是进入汉口的必经之路，又靠近京汉铁路，德租界当局便想把这块地划入德租界。

瑞澂主事期间，为了彻底让德租界当局放弃幻想，派人在这里修了一条灰石马路，设立了警察分所。同时由陈景堂出资，在马路北边建起了成片房屋，形成街道。为了保住这条街道，给街道命名时，特别强调要带上"华"字，出资修建这条街道的人也功不可没，便从陈景堂的名字中取出"景"字，合二为定名华景街。

华景街并不宽大，仅仅长250余米，宽约4米。这条小街从一开始，命运就颇多曲折。最初的房屋多是板壁房，易发火灾。1916年7月30日，小街发生了火灾。火灾并不大，但却给德国租界当局一个很好的借口，德国驻汉领事借安全为由，向湖北督军王占元提出照会，再次要求将华景街灰石路及其居民区划入德租界，并要求在这一带设立巡捕，维持治安。为了强迫王占元答应让出华景街，德租界企图用设立高墙之举威胁王占元。

王占元派出的两个谈判官员都是软骨头，他们在和德国人的谈判中步步退让，最后竟同意与德租界当局签订条约，答应撤出中国警察，让德国巡捕管理华景街。

消息传出，引起汉口市民极大愤怒，这些无官无权的百姓，把国土看成生命，把退让当作耻辱，把保住汉口的每一寸土地都看成是保护自己的尊严。在这条小街召开的居民大会上，居民们一致呼吁："地属国土，主权神圣，决不能将灰石路权让给德人。"会后，华景街居民1300余人联名上书督军、省长和参众两院，力争收回主权。

华景街的居民对于"华"字的理解就是这么简单明白，这就是中华的国土，具有神圣的主权，必须由中国人来管理。

*《历史的印章　武汉老地名》*

## ❖ 崔本胡：具有历史特色的长堤街

　　具有历史特色的汉口长堤街，可以说是汉口兴起的一个起点。

　　据《汉阳县志》《夏口县志》的记载，汉口古代为芦苇丛生的沼泽之地。

　　《汉口丛谈》里也有类似的记载："汉水多经曲折，水道狭窄，含沙较多，每至汛期，由上游奔腾而下，一面由小江口出江，一面由大桥口横流入后湖之黄孝河，故汉口之淤渍成洲，势所必至。"

　　民间也有"五百年前一沙洲"之传说。

　　由于苦于水患，累遭淹浸，所以由汉阳通判，袁焻主持，在汉口筑了一道长堤，上起硚口，环绕汉口镇北，呈半月形，东至堤口直抵长江之滨，堤长约10华里。初时人们称之为"袁公堤"，后叫"长堤"，也称为"后湖堤"。

　　为了修堤取土，当时环绕堤外，曾挖了一道宽约2丈的深沟，西由硚口连接襄河引进汉水，东至江汉区港边地带，通往长江。因其河形沿堤而回曲如襟带，故称之为"玉带河"。春夏水涨，河上可通小船，便于水上交通运输或泛舟游览。河之沿线两岸，先后修建大、小桥30多座。在连接襄河引进汉水灌注玉带河之入口处，是第一座桥，命名为"硚口"，汉水由此流通于后湖。沿河两岸，栽种树木，风景宜人，曾盛极一时。古人有"杨柳依依玉带河"之诗句赞其景色。

　　19世纪后期，汉口开辟了租界，殖民经济刺激了商业畸形发展，市场中心逐渐转移，曾繁盛一时的长堤街逐渐萧条了。

　　武汉沦陷时期，日伪将长堤街、汉正街划为难民区，劳动人民多集居于此，生活在屈辱痛苦的深渊。抗战胜利后，民生凋敝，市场萧条，长堤街主要变为居民区了。

*《具有历史特色的长堤街》*

### ❖ 舒兴文：书铺林立的文化街

武昌司门口是原胡林翼路和中正路交叉处，这里历来是武昌最繁华的地区。

1935年改名民主路。改名前，从司门口至横街头为察院坡，横街头至胭脂路为抚院街。武昌文化街就设在察院坡和横街头这一带，形成一个角形状。中正路也分布有几家书店。据统计，民国中期有20家；沦陷时期有5家；解放前夕有32家。

▷ 街头书摊

抗日战争前，武昌文化街的书铺曾盛极一时。抗日战争胜利后，由于物价飞涨纸币贬值，书业界业务也受到波及。当时中华书局以发行教科书为主，许多小书店在书业公会通知图书涨价时，就去向其赊批教科书兜售，中华书局也只好应付。这些小书店十天半月，有时一个月，赚了钱后才去还账。而解放后，兴华书局武昌分局、上海文化书店、群益书局等，都只有靠卖废纸度日，就连《三国演义》《西游记》《红楼梦》《古文观止》等书，也都作废纸卖掉，当时一元钱的书卖一角钱都很少有人问津。

武昌文化街上的书铺，一种称新书业，一种称旧书业。所谓新书业是指五四运动后出版发行的书，有版权翻印必究。而旧书业不是收购，而是以出售老书为主，这些书无版权，只要有资金就可以翻印。出版解放前，在武昌文化街开设的书铺，还有军人书店、环星书店、上海文化书店、国民文化供应社、群益书店、詹吉祥书店、成文书局、有文书局、会文堂书局、武昌书店、建国书店、中国图书社、中华书局武昌支局等。这些书店多数是出售古版书籍，翻印标点书。有的书店出售新书杂志，兼营文化用品国民文化供应社，曾秘密发行进步书籍，如《整风文献》《联共党史》《大众哲学》等。

*《武昌文化街忆往》*

## ❖ 解商所：十里长街解放路

武昌解放路，是武汉三镇最为古老而又颇负盛名的武昌十里长街。它位于武昌区的中心地带，纵穿南北，像一条长长的玉带，南起解放桥与中山路末端交会，北止中山路首段，全长31公里，宽约20米。

长街是武昌城区历来的政治、经济和闹市中心。它以历史悠久、街道繁华、商业密集、交通方便而著称。许多有名气的大商店、当铺、银行、钱庄都集中在这条街上。如曹祥太、维新、伍亿丰、老万年、金同仁、金城银行、湖北省银行等栉比相连，盛极一时。

当时街道濒临湖滨，既能挡水起堤防作用，又可为路以利交通。沿街两旁有不少湖泊。这些湖泊当时连成一片，又位于蛇山以南，故又统称为南湖，南湖在历史上景色甚美。

到1935年民国时期扩修长街时，为了施工方便，将蛇山南楼处全部斩断，历来享有盛名的南楼也随之被拆除，并于同年在原址上修建了一座钢筋水泥结构的蛇山桥。扩建后的长街，比原来的街面增宽了1米左右，并从司门口向北延伸了约一公里直抵中山路首段，南段修到中正桥。青条石路面全部改为水泥路面，并于当时易名为中正路。

1949年武汉解放后，人民政府为庆祝人民革命的胜利，将中正路更名为解放路，同时将中正桥改名为解放桥。

从五四运动至解放战争时期，武汉的革命学生和人民群众在中国共产党地下组织的领导下，多次在这里举行游行示威，与反动军警搏斗。特别是1935年"一二·九"运动，武汉学生情绪激昂，12月20日集结在长街露宿示威，是夜北风骤起，男女学生忍饥受寒，"打倒日本帝国主义""打倒亲日派"的口号声，震撼了武昌城，表现了英勇的革命斗争精神。

《武昌十里长街解放路》

## ❖ 王远翔：太平街上不太平

昔日汉口华清街一带的老百姓说："铁路两边两重天。"这话一点不假。

平汉铁路汉口段铁路两边，一边是从黄陂路以下的法、德、日等帝国主义的租界区。这里是灯红酒绿纸醉金迷的花花世界，是外国人和有钱人的天堂。另一边是衣不遮身、食不饱肚、破破烂烂、贫穷落后的大片贫民窟，是广大劳动人民的地狱。我有个表兄就住在这里。耳闻目睹，虽然事隔50多年，但旧中国给予人民的深重苦难，是我终生难忘的。

从华清街下首，翻过铁路的右边，就是。与其叫它是太平街，毋宁称它是死亡坑。这里到处高低不平，坑坑洼洼、污水横流。范围不大，可人烟不少。突出的是土地庙多，露天茅坑多，垃圾堆多，白天绿头苍蝇四处飞，夜来高脚蚊子嗡嗡叫，这里的大人小孩，多半患有疥疮、痢疾、痨咳病。脐风、天花、麻疹、百日咳、肺炎是幼儿的常发病，死亡率都很高。

　　1936年的一个星期日，这里发生了霍乱病，我亲眼看见两个年轻人死于霍乱，够惨的了。由于卫生条件差，公家也无人管理，人们只有烧香磕头，求土地神保佑这一年。这里的居民，多是铁路工人，铁路上的临时搬运工、杂工，以及火柴厂、和记蛋厂或其他厂的工人。我表哥表嫂都是火柴厂的工人。为了生活，他们除白天到厂里做工外，晚上还要在家里粘火柴盒子。我表哥原来就患有痨咳病，像这样没日没夜地劳动，没等盼到解放，他就离开了人间。

　　除工人外，再就是拉人力车的、拖板车的、收破烂、拾破烂的。还有串街走巷的叫卖者，更多的是有力无处使的流浪者、失业汉。一句话，全是"下三流"人物。

　　这里的人们，根本谈不上什么物质条件和文化享受。住的全是用烂船板、废旧铁皮、芦席、草包，百多户人家，没一栋像样的房子。真是夏天棚子像蒸笼，冬天像冰窟，这哪里是人的世界？这里人们的生活起居可以用8个字概括，那就是"破破烂烂、简简单单"。

　　也许是这里人们活得太痛苦，又经常发生火灾。遇有天灾人祸，人们就集资请道士做太平会，扫火场，祈求老天爷恩赐太平，所以，就把这里取名为太平街。太平街并不太平。军阀连年混战，工头把头，层层压榨的穷苦人，为了弄饱肚子，简直是在油锅里打翻身，刀尖上磨日子。"二七"大罢工一开始，不少工人、人力车夫和其他劳动者，都自觉地参加了。

《太平街今昔》

❖　**郑自来：** 别样的租界街区

　　汉口租界区面江而立，背面临近京汉铁路，形成带状结构。五国租界各有统属，但由于相互毗连，利益相关，不能不共同解决交通、供水、供电、游乐等问题。通过租界当局相互间的协调、规划，在总体格局上有所统一。各国租界沿江贯穿一条干道，干道临江外侧设置码头、趸船、花坛，干道内侧建立许多高层建筑和仓库。租界的中心纵贯着胜利街，并穿插系列横街。租界中侧则与华界商业中心区——中山大道江汉路至三元里以围墙或铁栅为隔，只开设若干进出口闸门，以保持租界区闹中取静的环境，避开了城市商业、交通噪声。

在城市建筑空间上，运用欧洲古典主义手法，在主要街道两端布以豪华高层建筑作为外景，建筑物基础牢固，外观富有装饰性，门窗明敞，墙壁厚实，内空阔大。各租界以本国的建筑文化为本，因地制宜，修造各式洋行、公馆、商场、教堂、医院、饭店等，屋顶和门面结构风格各异。

在租界中，也有中国官绅商以"挂旗"形式修建的公馆、里弄，其建筑多仿洋式或以中西结合为特点。租界中大兴土木，形成了汉口空前的营建高峰。

英租界的建筑物，特别是高层巨型建筑，较典型地运用了18世纪在西方流行的古典主义手法。沿江大道的汇丰银行建于1917年，由英国建筑师派纳设计，总建筑面积10244平方米，占地3591平方米，大楼前段设两个营业大厅，构成大楼主体，后段为办公室，中间有四座大银库，内廊镶大理石墙裙，内部装饰精美，有电梯、壁炉。建筑物临江立面造型平衡，比例严谨，简洁精练，立面空柱廊运用爱奥尼克柱式，显得庄重高大。

建于1921年的海关大楼，由英国建筑师斯九生设计，上海魏清记营造厂承建。根据大楼地基处在沿江大道与歆生路之交，设计师利用大楼构成两条尽端式道路，也构成了两条街道与大楼的对景关系，丰富了城市建筑空间，也有利于观察江面景观。大楼四层，高46.33米，建筑面积4009平方米，占地1499平方米。筏式基础，外墙用湖南产花岗石垒砌，庄重浑实。正面8根10米高大柱，直径1.5米，均为花岗岩垒成。钟楼也为四层，典雅壮观，为英国特有风格。上安大摆钟，按时敲响，按刻奏乐，声震大江。

夜深时，钟声悠扬，传及三镇。其立面设计采用三段构图手法，表现出浓郁的古典风格，山花窗楣以及半圆拱门处理又表现出文艺复兴风采。

▷ 汇丰银行（右）和花旗银行（左）

▷ 钟楼

这一座大楼，曾一度成为汉口城市的标志。

其他具有国别风情的建筑也分布在租界内。车站路江边的原美国领事署，采取曲线墙面富有动感，三层结构均为半圆形砖拱窗，墙面刷红色涂料，具有巴洛克建筑的特点。原德国领事馆，外墙拉毛，黄色涂料面。楼的周边为双层券廊，建筑外观层次丰富，红瓦坡顶，色彩绚丽，入口处及屋顶塔楼均富有德国风味。

德租界的一些居民小宅，屋顶错落有致，局部设高尖顶，造型活泼，具有德国民居特点。建于民初的天津路俄国东正教堂，底层墙面由多向透高拱券组成外墙，采用壁柱、拱券和有雕刻的线角做装饰，上层平面呈多边形，墙面为八面拱券组成，上接八块绿色铁皮构成的尖屋顶。教堂的外轮廓富有变化，墙面飘逸流动。这是一种受到拜占庭风格影响的俄国教堂。日租界中的房屋多为两层砖木结构，屋面为日本式的红瓦坡顶，屋尖部分常设暗顶。汉口的日本正金银行以及一些小别墅，都具有这种明治时代仿洋的日本风格。

租界中也开始出现现代型的"摩登"建筑，这种现代建筑手法不同于古典主义。一般主面采取大玻璃窗，采光面大，内部平面布局紧凑、合理，使用功能扩大。如景明洋行大楼、天津路亚细亚大楼、安利英大厦都带有明显的现代建筑色彩，尽管还有一些古典主义手法的痕迹。

《汉口租界历史街区》

## ❖ 董玉梅：模范区，汉口市区之模范

1913年，萧耀南委派孙武设立汉口地亩局，并由孙武倡导建造汉口模范区，意在其建设规划及布局要"与租界区媲美"，要成为汉口市区之模范。华商总会内以刘歆生为首的实业界人士，首义新贵将军团的李华堂、蔡希圣及军阀寇英杰、刘佐龙等积极响应，地皮大王刘歆生拿出了西起今

江汉路、北抵京汉路、东至大智路、南抵中山大道这地段作为模范区的建造地，共同开始以西方先进的管理方式营建"模范区"，此举大大拓展了汉口华商的力量。

经过几年的建设，在这片地界上，出现了丹凤街、铭新街、吉庆街、泰宁街、保成路、汇通路、伟雄路、云樵路、瑞祥路、交易街等街道和里份。

走进模范区内，仍然可以感受到这是一片在管理、交通等方面都足以和租界媲美的居住商贸区。这里的房屋均为甲级砖木结构或质量较好的新式建筑，区内的里份房屋井然有序，入门设有小庭院，内有堂屋和居室，窗户较大，楼上有平台和阳台，临街铺面开阔。模范区不仅在外观上效仿租界区，在管理方面也学习、借鉴西方先进的管理模式。房屋建成后，必须报当局备案，区内还设有警察局专司治安。这里除了成排的里份之外，还有楼宇和别墅。

1922年，模范区内建立了一座宏伟的建筑，这就是华商总会——近代汉口富商巨贾和实业界人士的新家。当年，华商们便从租界乔迁新居。因为华商们自己的组织和会所建立在这条街上，街道便得名华商街。今天，华商总会仍然以其宏伟的气势立在这里。

最初的华商总会有3层楼，基本模仿洋人波罗馆的格调，除了会议室、图书室、餐厅、浴室、理发室等设施之外，这里还有演戏、观戏的场所。平日，总会内每天均要组织赌博活动，供应会员每天的吃喝娱乐，也时常举办打台球、下棋、品茗、谈心、鉴赏古玩等活动，这里同样也具备洋商波罗馆的商业功能，华商们在此交换商情，举行商务会议。因此，华商总会一度也被称为华商"波罗馆"。

然而，华商在此居住的时间并不长。1926年9月，国民革命军攻占汉口，北伐军总部征用此楼。华商总会临时迁至青云里10号。可谁也没想到，这临时性的迁移成了永远，华商总会再也没有回来。

《模范区与华商街》

第三辑

文教生活·
感受荆楚文化的独特魅力

## ❖ 陈英才：张之洞创办两湖书院

两湖书院商学斋旧址开办优级师范理化专修学堂，就湖南斋旧址开办优级师范博物专修学堂，我担任理化专修学堂堂长。因此我知道一些两湖书院的情况。兹就记忆所及，述之如后，提供参考。

两湖书院没有专门的教室，所谓上讲堂授课，就是在"正学堂"里举办讲座。正学堂里整个大厅并未隔开，只在四周设置黑板，共有四个讲座，同时有三四位分教去讲学。学生各就己愿到某分教座旁听讲，听到不愿听了，可以自动换个地方，每次讲授时间一般是两三小时。没有听到或没有听懂的问题，可以到分教房里去补课。书院没有固定的课程表，讲课时间和内容由分教选定后临时牌示。

张之洞对两湖书院是非常重视的，虽然江汉、经心两书院担任监督的纪湘聪是纪晓岚的后裔，学问道德颇受张之洞的推崇，但张氏并不就这两书院的基础去试行教育制度的改革，而要另设两湖书院。把心力用在这个新书院上。但是，两湖书院按什么精神办学张氏并无成文规定。书院中正学堂的横额是张氏亲笔书写的。他对正学堂的解释是："我朝士气萎靡不振，根源在于凭八股空论取士，亦由于邪说偏学流行。唯有提倡正学才能挽颓风。"可是什么是偏学，什么是正学，却没有听到张氏肯定说过而老师们倒各有各的说法，讲理学经学的说他讲的是正学，讲科学的说实用科学是正学。

两湖书院曾选送几批学生去日本留学，有些留学生每隔一年暑假归国一次，常由梁鼎芬转告张之洞定期引见我曾去见过张氏三次。我由梁引导到张氏办公室后，张氏必屏去左右，与我密谈。他询问日本兴学情况，问留学生对清政有哪些议论。所以像我们两湖留日学生在日本创办《学生界》

▷ 张之洞

▷ 两湖书院

杂志这类的事情，就不让张氏知道。

其他如同盟会的一些宣传活动足以动摇汉人对清廷信仰的事情，也曾介绍给张氏知道一下，张氏听了只是默然不作一言。

有一次当我谈到我在日本节约使用自己所得官费，兼做一点翻译工作，以供两个弟弟私费在日本读书时，张氏非常赞许，认为这是他一贯提倡的俭朴作风，他还表示自己生平不好奢华，并主张不为子孙积金财。那时我对张氏的品德是很敬佩的。

《回忆两湖书院》


## ❖ 李云芳：遍布大街小巷的私塾

1929年汉口特别市教育局根据中央教育部有关规定制定了《私塾注册规则》15条，对登记合格，可以挂塾牌执教的，仅硚口至刘家庙这一窄长的市区及汉阳区市内，就有180余所之多，而当时各帝国主义的教会学校以及官办的市立初、高小学只有89所，其总数还不及私塾的1/2。

从这个数字看，这些经久不衰的私塾，能够生存和发展，从消极方面说，固然是封建守旧思想的传统遗物；但从积极方面说，更为重要的是，那些热心教育群众团体和有志之士纷纷起来办学，私塾占绝对多数，义塾次之。

据1929年不精确调查，在汉口特别市教育局登记的私塾校名和所在地址就有几十个。

这许多遍布大街小巷的私塾和义塾，一无须国家配备师资；二无须国家提供经费；三不要校舍；四不要设备。在当时教育经费枯竭，公立小学甚少的情况下，对扫除文盲，普及社会文化，的确起过很大的作用。

《汉口私塾的演变》

### ❖ **曾昭安：** 武汉的书院和学堂

自从两湖书院成立后，武昌同时有三个书院，即江汉、经心、两湖鼎足而立。后来这三个书院的学生人数规定如下：江汉书院40人，经心书院80人，两湖书院240人。

这三个书院的学员和学生们出院后大多数是在本省服务，或再留学于日本而后回国，所以，在辛亥革命以后，湖北各个学校里的教员大多数是出身于这三个书院。即国文教员聘自江汉，其他科目的教员，则聘自经心、两湖的留日学生，例如在清末担任两湖总师范学堂教育学教员、以后任湖北第一师范学校校长及教育部普通司司长，于1922年又任武昌师范大学校长的张继煦，是经心书院学生，经由张之洞选派赴日本习教育学而回国的。

任武昌师范大学事务主任的李步青，是江汉书院转入经心书院学生，再赴日本习教育学而归国的担任过湖北女子师范学校校长，并教授算学的王式玉，是经心书院学生，再赴日本留学而归国的。曾担任过两湖理化专科学堂堂长，并教授代数学和微积分学的万声扬，是经心书院学生，再赴日本习算学而归国的。做过湖北第一师范学校学监的杨湖樵，在武昌南湖陆军小学堂教学又在武昌高等师范教地理学的王式金，在武昌各个学堂教算学的洪裕铠，在武昌各个学堂教代数学的邓鸿启，亦都是经心书院学生。

两湖理化专科学堂堂长的陈文哲是两湖书院学生，再留学日本习理化，而归国的在清末做过学部视学，以后担任两湖博物专科学堂堂长及武昌高等师范校长的谭锡恩，是两湖书院学生，经由张之洞派遣赴日本习博物学而归国的。在两湖理化专科学堂教代数学的蔡存芳，原是江汉书院学生，转入经心书院，又归并于两湖书院的。在两湖理化专科学堂教几何学的黄乾元，亦是两湖书院学生。

因此在1925年以前湖北教育界的权力，大都掌握在这三个书院的学员们手里。

《武汉的书院和学堂》

❖ **白雉山：《大汉报》，最早的革命派报纸**

胡石庵见识卓越胆量过人，与詹大悲、何海鸣、孙尧卿等为莫逆之交，后又入同盟会，积极从事革命活动。他卖掉全部家产营印刷业，在汉口歆生路开设了一家印刷公司，刊行革命书籍。次年辛亥首义后，便立即创刊了《大汉报》。

由于《大汉报》在革命中发挥了杰出的作用和在社会上产生了巨大的影响，黎元洪除了给报纸题赠了"赤手回澜"的匾额外，在共和党成立时，黎极力劝他参加，但他却坚决拒绝了。

▷ 《大汉报》

胡石庵在主持《大汉报》期间，不但自己对报纸的各项工作事必躬亲，带头去做，而且还经常深入前线，采访战况。尤其令人敬佩的是，当清军气焰方炽、火烧汉口时，他竟以一介书生，居然纠合散兵，指挥若定，和敌人作殊死战。

汉口失守后，他又到武昌继续出版《大汉报》，汉阳失陷时，为安定人心，他编集了一些外省胜利、援兵立至的"新闻""要电"在《大汉报》上连续发表，并在一天之中，连发六次"号外"，这种做法虽然不足为法，但在当时对安定人心和鼓舞士气方面，确实起到了极大的作用。

袁世凯就任大总统后，为了笼络人心，便设立了一个名为"稽勋局"的机构来对革命有功的人授奖：颁发勋位和嘉禾、文虎等勋章。胡石庵得知他被授予一等嘉禾勋章后，对这一"殊荣"，却嗤之以鼻，不屑一顾，立即把勋章退回了"总统府"。

《胡石庵与〈大汉报〉》

## ❖ 徐铸成：令人耳目一新的《大光报》

30年代初期，武汉像样的报纸，恐怕要算从《大光报》开始。

我初到汉口，住在宏春里一幢一楼一底的里弄房子，实在太小且不通风。不到一年就搬到特三区鄱阳街的一家医院的楼上，有一大间客厅兼书房，三间不大的住房，相当宽敞，大约又住了一年多。《大公报》叫我兼办分馆并设立寄售书刊、接收广告的代办部。因此，又搬到了金城里，二楼作为办事处和我的寓所，底层铺面作为分馆和代办部，职工增为七八人。

大约在1933年下半年，有一素不相识的人来看我，交给我一封胡政之先生介绍信。赵自我介绍，他原在哈尔滨任《国际协报》的经理。"九一八"事变后，《国际协报》还苦撑了一个时期，后来日军势力全部控制了哈尔滨，该报乃宣告停刊，并将全部职工撤至关内，准备在汉口办一份报纸。

既然是胡政之来信嘱托，我当然义不容辞。而且我在天津时，每天翻阅全国报纸，对《国际协报》颇有好感，认为它是东北地区最有生气的报纸。

我们先选择馆址，最后赵租定了汉润里两幢三楼三底的房子。因为它和金城里隔马路相邻，便于我经常去"协助"。他把一幢作为职工的宿舍，一幢则为馆址。

不久，全部人马都来了。看来，角色相当整齐。以编副刊的人选来说，有一位编娱乐性副刊的，编辑文艺副刊的是孔罗荪兄，那时大约还不过20岁，新婚不久。在《大光报》中，只有他一直和我保持着友谊，他的夫人周女士，还和我同事了几年，现在都已是65岁上下的老人了。总编辑叫王星岷，人很风趣，谈吐不俗，颇有编辑经验。此外，还有一位叫晓芙的外勤，以后在抗战初期，和他有一次意外的接触。

那时，我在上海《文汇报》主持编辑部，几乎天天受到来自敌伪的威胁。有一天，编辑部忽然闯进一个不速之客，不肯说出自己的姓名，指名要见我，传达室征求我的意见，我请他相见，原来是《大光报》的旧友，他很紧张地说，他在租界工部局警务处任职，"昨天，我在处长桌上，偷看了一张名单，是日本方面开给工部局的，说这批抗日分子，一定要限期驱逐出去，否则日方说要直接对付。名单的第一名是陈鹤琴，第二名就是你，希望你千万注意。"他说完，就匆匆地告辞走了。

我感谢他的好意，但也没有考虑如何妥善的"注意"。日伪方面果然接二连三来了，极为卑鄙而险恶地威胁和谋害。

话再拉回到《大光报》创刊。从开始筹备到正式出版，我一直以顾问的名义尽力协助赵、王二位。出版最初一个时期，不仅帮他们写社论，编要闻，还对外勤记者提供采访线索。报纸出版后，有些读者反映编排、文风很像天津《大公报》，有的还来信询问两报的关系。这可能和我参与了编辑工作有关系。对我来说这一个短时期的顾问工作，也取得了如何全面掌握报纸编辑的经验，这对我以后创办《文汇报》等是极为有益的。

由于编辑比较认真，所以《大光报》出版后使武汉的读者有耳目一新之感，订阅者相当踊跃，不久发行数就跃居武汉各报的前列。

《我参与创办〈大光报〉的经历》

## ❖ 沈雁冰：董必武创办《汉口民国日报》

大革命时期董老（董必武）曾任《汉口民国日报》社长，1927年元月初，我到武昌担任中央军事政治学校武汉分校校址的政治教官。4月，我被调到汉口任《汉口民国日报》的主笔。这时我才开始与董老接触。

《汉口民国日报》是董老创办的，约在北伐军占领武昌后，创刊名义上是国民党湖北省党部的机关报，实际上直接受我们党中央宣传部的领导，是党中央的机关报。当时董老抓的工作很多，忙不过来，对这份日报中宣部抓得多一些，但董老也管。

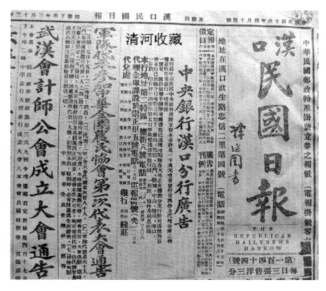

▷ 《汉口民国日报》

在董老的领导下报社有主笔和经理。主笔先是宛希俨，后是高语罕，1927年4—7月才是我。当时没有记者，由主笔领导一批编辑人员。我们搞编辑工作的不过10人。报纸的消息来源，主要不是靠派人去采访，而是由各有关单位提供：工运消息由全国总工会和湖北全省总工会提供；农运消息由全国农协和湖北省农协提供；军事、政治的消息由武汉国民政府提供。都是主动供稿。当然，北洋军阀、蒋介石右派不会向我们提供，都是我们党、工农群众组织和国民党左派向我们提供。内容编排分国际国内要闻、本埠新闻、工运、农运、军事等项。各版由谁负责编辑已记不清了。我任主笔时，所有要发的稿件我都要看，社论很短，多是我写的。

我记得副刊是由马哲民负责编辑的，经理是毛泽民，总管报社事务，管印刷发行。搞印刷事务的工作人员也不过十来人。那时办报不像现在这样机构庞大，那时是多么紧张的革命战争年代啊！报纸排印后，我们都要搞校对。那时印刷技术较差我们不搞校对不行。"四一二"蒋介石发动反革命大屠杀时，上海商务印书馆的工作人员，也遭残杀。有一位姓王的印刷工人，因受迫害离开上海来到武汉，被安排在我们报社搞印刷。这时印刷质量才有提高，因为他内行。所以，我们整个报社大概就是这么二十几个人，绝大多数是共产党员，我记得只有两个不是共产党员，前不久逝世的宋云彬同志，当时也是共产党员，是由我介绍到报社工作的。

这份日报在董老领导下，大量登了报道工农运动的消息。陈独秀到武汉后出于右倾机会主义思想，骂两湖工农运动过火。有一次，他找我谈话，说《汉口民国日报》登工农运动的消息太多，以后要少登。我就向董老请示怎么办，董老很坚定地说："不要理他，继续登。"董老反对陈独秀的右倾投降主义是旗帜鲜明的。

我同董老的接触就是在这一段。"七一五"前几天，我就离开了报社隐蔽于汉口。7月下旬我离开汉口时，组织上要我到九江找个地方接头，请示新任务。一到九江找到这个地方，恰恰就是董老在那里接关系。董老说现在形势紧张，要我去南昌，如果庐山这条路线不能走，就到上海去。

董老还说他今天就要转移，以后就不能再找他了。第二天，庐山这条线，确如董老预料，不能走了。同时我又在庐山的一个旅馆生了病！直到8月下旬离开元江回上海。

《关于〈汉口民国日报〉的一些情况》


## ❖ **魏予珍：**缝隙中求生存的《正义报》

汉口《正义报》只是一张四开报纸，无赫赫之名，在当时沧海横流中只是一滴泡沫。但从这滴泡沫中，也可看到抗日战争胜利后国民党统治武汉时期的一些痕迹。

在四版辟了"天下文章"一栏。转载当时进步刊物《时与潮》《新观察》等杂志有关军事形势的文章。当时国民党在战场上连连失败，但在报纸上却是节节胜利，人民嗤之以鼻，也学会了从新闻缝隙看问题。"天下文章"发出后，影响很大，销路激增，但不久受到各方面的压力，顶不住而改变内容。

康泽在襄阳被俘的时候，《正义报》发表了一条头条新闻：《复兴社头子康泽被俘》。不难想象，又是各方面向我责难，特别是省、市三青团的激烈分子，几乎要对我动武，我在外面受了委屈，回来曾对编辑部发过牢骚。

武汉报纸中，由于《正义报》有时还能说点他们不愿听的话，发点他们不愿看的消息，在白色恐怖下，实际上只是偶尔道半个"不"字，即使是这样，也为特务们所嫉视，必欲置之死地而甘心。他们不敢明搞就暗下毒手。在1948年夏季，特务们用冠生园请客的圈套，把总编辑黄侒绑架去了，经《正义报》和"报联会"的抗议，他们不敢下毒手，最后转到特别刑事法庭，由我和"报联会"总干事万克哉具保出来。

《正义报》还有一点与当时各报不同的地方，就是始终没有遵照国民党中宣部的规定：称共产党为"匪党"或"奸党"，称解放军为"匪军"而是称共产党为"共党""共军"。虽然受到很大的压力，国民党市党部宣传科长对我作过口头警告，但一直顶到报纸结束没有改变。

《在缝隙中生存的汉口〈正义报〉》

## ❖ 涂仲明：《罗宾汉报》，小报中的佼佼者

《罗宾汉报》是武汉市一家历史较久、销路很大的四开报纸。

《罗宾汉报》原创刊于1930年间。这张报纸之所以命名为《罗宾汉报》，实因当时上海有一家《罗宾汉报》四开小报，销路甚广。汉口《罗宾汉报》发行人夏国宾，从生意经上看到上海《罗宾汉报》已有声誉，可以吸引读者，扩大销路，所以取名为《罗宾汉报》。至于英国小说中有罗宾汉这个侠盗人物，似无关联。

在报纸风格上，汉口《罗宾汉报》在创刊初期，也是仿效上海《罗宾汉报》，以戏剧新闻、电影评介为主，兼有社会新闻的风趣小品，与上海的《罗宾汉报》并非一家。与当时《舆论报》《太阳灯报》齐名。至1938年，武汉沦陷前停刊。

抗日战争胜利后，夏国宾从重庆回汉。1945年底，将《罗宾汉报》复刊，并通过关系请国民党元老于右任书写了报名。报刊地址设在汉口清芬路北洋饭店三楼一个小亭子间里。当时经费极为困难，多亏龚平资助。

在武汉沦陷期间，曾有乔奇其人，用罗宾汉名字，出过一种16开的小册子《罗宾汉报》复刊后，即联合新闻同业，对乔奇的《罗宾汉》给予了抨击，以恢复名誉。以后人员增加，报社规定对编辑记者都发聘书证章，防止假冒。

在武汉众多的小报中，《罗宾汉报》的销路是最大的。在初复刊时，报社寄居于北洋饭店的一间亭子间，附印于一家私人印刷厂编辑、记者仅

四五人，日出不及千份。四五个月以后，由于报纸内容力求改进充实，社会新闻版、电影戏剧版及一些小品幽默文学，都能迎合读者趣味，销路增到四五千份。

▷ 《罗宾汉报》

后来报社迁到八元里二号楼上，自办印刷厂，人员增加到十多人，版面编排时又刷新，销路由几千份增到一二万份。在江西九江设有发行社，在湖南长沙设立了个代销社。由于销路旺，相应广告业务也有了发展，发行费和广告费收入都可观。同时因为当时物价飞涨，报纸可以分配到平价纸，以致盈余甚大，夏国宾因此发富，购买了房屋，添置了印刷设备。

《回忆〈罗宾汉报〉》

## ❖ 李继先、吴自强：自相矛盾的《新湖北日报》

《新湖北日报》是国民党湖北省政府的机关报，1941年1月1日创刊于湖北战时省会恩施。先后在黄冈三里畈、崇阳大源、松滋刘家场办过鄂东版、鄂南版、鄂中版。抗战胜利后，各分版相继停办，除在恩施留人继续出恩施版外，《新湖北日报》迁到武汉。

不言而喻，作为国民党湖北省政府喉舌的《新湖北日报》，其宗旨就是站在人民的对立面，为国民党摇唇鼓舌，颠倒是非，蒙骗群众，巩固国民党统治，诋毁民主革命。但事物常常呈现着一个复杂的发展变化过程，《新湖北日报》也不可能是铁板一块。

比如说，它的第一任社长董冰如，就是大革命时代的老共产党人。曾担任过两年多总编辑的夏晨中，培养和维护进步青年，好些方面令人怀念。以后还有过副刊编辑杨培新，主笔曹祥华、李伯刚、黎少岑以及应邀写过社论的民主人士夏士农等。当时并未全知他们的真正身份，他们也不能有所施展。然而可以测定，有党的影响在一定条件下，任何角落，都会冒出民主进步的新芽。思变则变，由小到大，由少到多。

1948年7月20日，《新湖北日报》在刊载大量中央社和官方反动消息的同时，转载了一篇芜湖通讯，负责编辑以尖锐的笔锋写了四句六字韵文作为标题：

"长江这个城——健壮男儿尽戍边，残庄破屋少炊烟；成群稚子行歌乞，初唱莲花意未园。"

8月6日又刊载了以《泪眼看农村——土地集中，贫富对立；征兵征粮，鸡飞蛋打；教育腐败，风气恶劣》为标题的长篇通讯。当胡适大摇大摆来武汉兜售其反动谰言"两个世界两种文化"和"自由主义与中国"时，《新湖北日报》要闻版对胡适作了吹捧化的报道。

10月4日副刊却在《胡适博士》一文中提问"……想不到当年热心学潮的人,今天竟讲到平潮哲理了"。10月8日又发表了《胡说自由主义》一文,对这个无耻学阀进行了鞭挞。此时,我们二人在该报交替担任总编辑、副总编辑,共同掌握编辑部举凡编辑部人事的任用、调动以及工作安排,一律共同商决,并且轮流值夜班,审定签发各种稿件,凭着一个中国人的良心,眼见着国家破败,民生涂炭,岂能无动于衷。

要寻求报国"救民"之道,可是作为湖北省政府机关报的编辑部负责人,又不能触痛反动军政当局的"逆鳞",以期自存、自保欲求两全,把这个报纸办得常常自相矛盾,直到武汉解放之日,才是矛盾结束之时。

《临近解放的〈新湖北日报〉》


❖ **王惠超：**从《大刚报》到《新武汉报》

中共武汉市委机关报《新武汉报》是在汉口《大刚报》公私合营的基础上改造组建起来的。《大刚报》曾对中国人民的爱国民主运动做过有益的贡献,因此在武汉解放后能够获得人民政府的批准继续出版。

1937年"七七"事变以后,日寇侵占平津。同年11月9日,在河北保定筹备的《大刚报》迁河南郑州创刊。该报由第一战区副司令长官兼河南省主席刘峙资助创办国民党中宣部协助津贴。刘峙派所属政治部党务科长毛健吾为社长筹备办报。

日寇继续南侵,《大刚报》于1938年6月8日迁信阳出版。这时国民党中宣部停止津贴并着令停刊。大刚报社人员激于义愤,决心凭自己的力量办报纸。日寇逼近信阳,大刚报社又迁至湖南衡阳,于1938年11月1日复刊,杨潮、俞颂华相继任总编辑。

报纸办得有起色,发行量增加,经济情况好转奠定了发展的基础。

1944年春，日寇大举南侵，大刚报社同人忍痛撤离衡阳，于同年7月10日在广西柳州复刊。在柳州停留出版55天后逃往贵州，于10月15日在贵阳复刊。抗战期间，《大刚报》敢于表达坚持抗战、坚持进步、坚持团结的主张，做过一些有益于人民的宣传鼓动工作，曾在中南和西南几省产生一定的影响，受到读者的信任和支持。

1945年8月15日日本投降后，《大刚报》先后在汉口、南京出版。不久，南京《大刚报》被国民党陈立夫控制，成为国民党的报纸。在南京大刚报社工作的一部分同人陆续回到仍为民营的汉口大刚报社。《大刚报》在汉口出版以后随着人民解放战争的不断胜利，在中国共产党的影响和部分地下党员和进步人士的参与下，在言论和报道中逐步避开国民党当局的封锁和控制，发表了一些维护人民利益揭露国民党当局罪行，以及护厂护校迎接解放等报道和言论。

武汉解放前，大刚报社的地下党员曾卓、杨坤潮等与中共武汉地下工委文化新闻工作组保持联系。1948年12月副总编辑欧阳柏到香港找当时任中共中央南方局工委文委书记的邵荃麟，汇报武汉形势的发展及《大刚报》的处境。邵荃麟指出，报纸一定要办下去，有报纸在就能团结一大批人，以待解放，开展工作。

副总编辑黄邦和投奔中原解放区后受命返回报社，不少采编人员分别同武汉外围中原军区、江汉军区、鄂豫皖边区的城工部取得了组织上的联系。

《大刚报》也公开在报纸上报道解放军节节胜利以及重要城镇相继解放的消息，转发中共中央新华社不少重要文件、文章。解放前夕在社论和消息中要求全市人民保持镇静，维持社会安定，保护国家财产。5月上旬，大刚报社奉命暗地翻印了8万份《中国人民解放军布告》以及中国共产党关于城市政策、工商政策等文件，开始秘密在武汉三镇张贴和散发。

1949年5月16日，中国人民解放军进城，武汉解放，《大刚报》印发号外。次日，《大刚报》第一版刊登了毛主席、朱总司令的大幅照片，报道了武汉解放的历史篇章。此后大刚报社在武汉市军管会文教接管部的领导下工作。

《对〈大刚报〉的回顾》

## ❖ 梅 志:《七月》，在轰炸声中延续

为了把抗战初起就在上海出版了的周刊《七月》继续办下去，还在上海时，胡风就写信给熊子民，让他试用《战火文艺》的名字在国民党市政府登记出刊物，但被市党部批驳了。这时，来武汉的文化人越来越多，国民党也不得不做做样子。胡风就直接用《七月》的名字再登记发行人写的是熊子民。

《七月》半月刊第一期在10月16日出版了。这期，正值鲁迅逝世周年纪念，所以组织了一个纪念特辑，包括柏山的《活的依旧在斗争》和胡风的《即使尸骨炸成了灰烬》等。除特辑外，《七月》的内容还突出了三个方面：是战时生活的散文（如个人遭遇和群众生活）和报告（如事件记录和人物特写），以反映人民的抗战热情和英勇斗争精神；一是抒发诗人自己对客观生活的感情反应；二是重登了对日本反战作家矢崎弹的回忆和关于国际革命作家大会的报告，以表现我们民族革命战争中的国际主义的思想要求。

第一期出版的当天上午，总代售处的生活书店在两小时内就被抢买去了400多份，《七月》受到了读者的热烈欢迎。从出第一期到1938年1月1日出第六期，后来合为第一集。在这期间，国民党市党部两次命令书店街（即汉口交通路）所属的第三区禁止发行，都由熊子民托人抗议才取消了。从第七期起，生活书店总店不出版《七月》了，胡风只好接受了上海杂志公司极为苛刻的条件并交给了他们。1938年7月16日出到第十八期，合为三集。此时武汉形势紧张，同时和书店的合同已满，不得不停刊。

在武汉出版的第十八期《七月》，是在敌人的不断轰炸声中出版的，是在国民党的种种压迫下出版的，是在恶劣的经济条件下出版的。在这18期

中，表现出了一个总的情况，那就是，作者一部分是30年代出现的新人如田间东平、艾青、萧军、萧红、曹白等，更多的是第一次或不久才出现的名字，如阿垅、侯唯动、天蓝、黄既等。

胡风还在《七月》上发表了大量的来自延安、根据地、八路军、新四军和游击队的作品，给读者展示了新的生活和新的精神面貌。

《胡风在武汉》

## ❖ 李文林：利群书社，进步思想的传播阵地

20世纪初，马克思主义开始在中国流传，辛亥革命前，向西方寻求真理的资产阶级代表人物梁启超、孙中山、朱执信等，就接触过马克思主义；无政府主义者刘师培等还翻译过《共产党宣言》片段。此后，《新民丛报》《浙江潮》《天义报》《民报》和《东方杂志》等报刊，也对各派社会主义作过一些介绍。这些介绍都比较零碎，当时的主客观条件也不成熟，没有产生多大的反响。

马克思主义在中国这块大地上，真正广泛、系统深入地传播、扎根还是在1917年以后。俄国十月革命的炮声震动了全世界，也惊醒了中国知识界的先进分子，促使他们学习、研究、传播马克思主义。受革命影响的恽代英，为了在武汉地区传播马克思主义，于1920年2月1日在武昌胡林翼路18号，创建利群书社。

1919年底王光祈、李大钊等在北京创办"少年中国学会"并发起"工读互助团"，学习研究共产主义。王光祈写信给恽代英，希望在武昌也成立类似的组织，传播马克思主义的恽代英在北京与李大钊作了长时间的交谈，李大钊对他影响很深。从北京回来以后同林育南、李伯刚、萧鸿举、廖焕星、沈光耀、郑遵芳、郑兴焕、刘昌世、胡竟成、魏以新还有余家菊等12人联合发起创办利群书社。

不久，林毓英、萧楚女、李求实、陆沉先后加入。他们公推恽代英草拟《共同生活的社会服务》宣言。宣言规定了利群书社的宗旨、名称及其有关事项。宣言集中反映这批有志建立新生活的改革家们改造社会的奋斗精神和对未来社会的展望。在志同道合战友们的鼓励下，恽代英信心百倍。他曾和林育南、李书渠等多方奔走积极筹办利群书社的资金，还捐出他在中华大学离职前的几十吊月薪，并捐出译书稿费400元，同时动员他的伯父捐资20元，再加上由书报贩卖部转来的35串钱租了胡林翼路18号，为利群书社的社址，正式定名为利群书社，由李书渠写了纸条贴在门上便是利群书社的招牌。

利群书社于1920年2月1日，一个大雪天，正式开始营业，恽代英充分利用这阵地在武汉地区传播马克思主义。

利群书社从成立那天起就致力于介绍新文化，传播马列主义，先后发行了《共产党宣言》《社会主义从空想到科学的发展》等经典著作，并经销毛泽东创办的《湘江评论》，还出售《马克思资本论入门》《社会发展史》《星期评论》《新青年》《共产党员》《时报》《晨报》等进步书刊，在武汉广大人民中传播革命的火种。据调查反映，当时利群书社每天吸引许多追求进步的青年和群众，犹如寒夜中的一束火焰，给在苦斗中彷徨的青年展示了光明，我党早期的理论家萧楚女，也正是在利群书社刻苦攻读，打下了坚实的马克思主义理论基础，初步接受了马列主义，逐步摒弃无政府主义，通过革命实践的洗礼，终于成为共产主义战士。

利群书社不仅向武汉群众卖书和借书，而且有目的地组织进步青年读书、评书。1920年初，恽代英在利群书社撰写了《怎样创造中国》《社会主义》《社会主义与劳工运动》等10篇论文并组织进步青年阅读、讨论，引导青年围绕救中国的道路问题，深入学习研究马克思主义。董必武创办的武汉中学的师生；夏之栩、钱瑛组织的"妇女读书会"成员；董必武、陈潭秋发起组织的"马克思学说研究会"成员，均经常来利群书社购书，阅读书刊，听读书报告。中华大学的进步师生也常到利群书社看书学习，集会演讲。

董必武、陈潭秋也经常到利群书社读马列书籍。

*《恽代英与利群书社》*

## ❖ 姚海泉：武汉最早的图书馆

该馆地处汉水口上的龙王庙内。杨永泰主持鄂政时，为拆修沿江马路，该馆被迁至中山公园和观音阁，同中山公园、民众教育馆分别合并，实际上等于取消。与此同时，湖北文人、豪绅何成潜等人发起建立汉口市大型图书馆的倡议，开了许多会，也订立了募捐计划，并指定了馆址，还摆开了部分阅览工作，但终以无一人愿意解囊，是项计划无形解体，由京剧名演员梅兰芳义演的7000余元收入也无影无踪。

所以直至抗日军兴，汉口终无一完善的图书馆。

日本帝国主义侵占武汉时期，先后在汉口设立了"中日文化协会图书馆"和"汉口市立图书馆"，前者是专门从事麻醉和奴役我国人民的机构，设于两仪街5号中日文化协会紧邻，有中日两国国籍职员，管理方法颇为日本化，后者是由国人所办，设于今汉正街第四医院隔壁原循道会内，藏书3万册左右，然而直到抗战胜利，该馆一直在整编图书，未曾正式开放日本投降，国民党接收了这批图书，并于1946年9月，在长春街73号建立"汉口市立图书馆"，该馆占地约100平方米，使用面积约200平方米，除书库和办公室以外，有读者座位约20个，年购书费150万元。

由于物价不断高涨，这些钱买不到什么书，从建馆到次年2月半年时间只购进新书计：儿童读物43册，科学书83册，辞典13册，杂志250册，挂图8幅。而到解放前夕，则只能看到两份报纸。由于该馆地址偏僻，群众希望把它迁来市中心。时有刘歆生后裔把循礼门外刘家花园捐给"政府"，并指定为建筑图书馆之用，但为军队占住，国民党也没有钱用在图书事业上，为了掩人耳目，把原中山公园图书馆加以充实拨给"汉口市立图书馆"管理，作为该馆第一分馆，时在1947年10月。

次年4月1日又在黄兴路建立了第二分馆，所谓"雨农图书馆"。这是一个由武汉"各界人士"为纪念大特务戴笠因乘机坠毁身亡而建立的"公私合办"性质的图书馆。

筹办人是徐会之、任建鹏、蒋虎志、袁雍、程子菊、柴海楼、徐怨字、田克灿、万少珊、魏绍征、张立鹤、王子江、杨虔洲和蔡立民。该馆虽是合办，实际上每月经费来源仍由市政府供给，该馆负责人周贯仁之人事关系仍隶属于"汉口市立图书馆"。"汉口市立图书馆"的人员编制共13人，总共图书约5万册。这就是国民党经营22年后的"汉口图书馆"的基本面貌。

1949年5月16日，汉口解放，图书馆事业和其他事业一样，得到了新生和长足的发展。

*《汉口图书馆历史知见录》*

## ❖ **徐正榜：** 王星拱创建武汉大学

1938年冬，王星拱携家眷离开安徽大学，由安庆来到辛亥革命的发祥地——武昌，同李四光、周鲠生、刘树杞、曾昭安、任凯南等人共同着手筹建国立武汉大学。

当时的武昌，由于军阀连年混战，百业凋敝，满目疮痍。政治上，由于蒋介石的公开叛变革命，对共产党人血腥镇压，中国人民革命正处在低潮时期。刚上台的蒋介石，为达到其反动统治目的，一方面利用名流办几所像样的大学，为其装潢门面；另一方面对教育界加紧控制，企图培养一批为蒋政权效忠的人才。身为孙中山三民主义信徒、老同盟会会员的王星拱，为了民主与科学，便在这夹缝中着手筹建国立武汉大学。在这样的环境中办大学，其困难和阻力是可想而知的。

首先，在办学规模和指导思想上，冲破封建势力和军阀残余分子因循守旧的思想束缚，大胆学习西方办学模式，兼容并蓄，开拓创新。例如在确定

▷　武汉大学建校之初

▷　武汉大学老牌坊

武大校址问题上，当时国内所有的大学都是建在城市中心地带，以便于控制。王星拱同李四光、周鲠生等人坚决反对将武大新校址设在原东厂口或市区其他地方，最终确定将新校址选在武昌远郊的东湖之滨珞珈山一带。

筹建国立武汉大学，是以原国立武昌中山大学为基础的。谁都清楚，武昌中山大学是国共两党合作的产物，尤其是后期，校长李汉俊曾将许多进步师生和共产党员隐蔽在这里。王星拱作为武大副校长，走马上任碰到的头桩大事，便是要按上面的训令对原武昌中山大学过来的学生实行甄别编级，清除"赤化分子"，实行"党化教育"。

然而，作为学者的王星拱对此心怀不满，只在布告栏上告示，谁是共党分子请于某日前来自首登记。后来查明，当时既没有人去自首登记，也未听说有教师学生被逮捕。而且学校还为原中大学生代办毕业文凭。这些在当时全国其他大学里是鲜见的。

其次，在筹措办学经费上，当时国民政府虽然拨款150万元为武大建筑设备费。而武大建设实际所需费用大大超出此数。为了不影响学校整体建设，王星拱等人，上下乞讨，左右求援，以补经费之不足。精诚所至，金石为开。结果平汉铁路管理局湖南省政府以及湘鄂赣有识之士，慷慨解囊，所集经费大大超过政府的拨款。

有了充足的经费作保障，武大珞珈山校舍建设，从1929年3月勘测设计，到1932年2月全体师生搬进新校舍，仅用了不到3年的时间。以这样短的时间，在一片乱石丛生、荒草遍地、交通不便的武昌远郊建成一座规模庞大气势雄伟的高等学府，在中国教育史上展开崭新的篇章。

最后，向封建势力挑战，同封建遗老遗少作不屈的斗争。李四光、王星拱等人从有利于学校长期发展和师生教学研究的目的出发，经过斗争并经湖北省政府同意，终于选定珞珈山一带作为武大新校址。正当武大大兴土木之际，以武昌业主会陈云五为首的封建士绅们，纠集一起，以武汉大学建校毁了他们的祖坟、破坏了风水为由，联名四处控告，企图阻止武大新校舍的建设。湖北省政府屈于封建势力的压力，出尔反尔，收回成命，硬要武大另寻校址。

面对如此局面，王星拱等认为这不单是几个绅商的阻拦，而是代表了一股封建势力向新式教育的挑战。武大另寻新址事小，此风断不可长。于是一方面派人到各官署说明武大建校迁坟的实情，另一方面组织学生到社会上进行反封建迷信的广泛宣传，取得社会各界有识之士的同情和支持。

经过9个多月的努力，这场风波才告平息，珞珈山校舍建设又继续动工。武大建校伊始，适逢显赫一时的前大总统黎元洪去世。当时的湖北省军政当局，说是尊重大总统的遗嘱，三番五次要将黎元洪的灵柩葬在珞珈山，遭到王星拱的拒绝。湖北省主席兼武汉行辕主任何成濬的儿子投考武大三年未取，最后只许旁听不给学籍。这种清廉正直、不畏权贵的精神，为建立优良的武大校风，打下了坚实的基础。

在国立武汉大学创建的初期，王星拱除了担任筹委会委员、建筑设备委员会委员、理学院长、化学系主任、农学院筹委会主任、仪器委员会主席、图书委员会委员、理科季刊委员会主席、教务长、副校长、校长等职务以外，还两度代理校长，总揽校务。即便是王世杰担任校长时，主要校务仍是由王星拱负责。

他不计较名誉地位，礼贤下士，事必躬亲。在蒋介石制造白色恐怖推行"党化教育"的年代里，作为一校之长的王星拱，却"对于党务方面，所做的工作不多。对于政治方面，完全是外行"。他的目标和信念是"要秉承学术独立的精神，以满足我们共同求知的欲望，使武汉大学不愧为全国知识的中心"。

*《忠诚教育事业的王星拱》*

❖ **剑 琴:** 统一街的图书市场

中国历代文化是以古书为主，农村私塾全用古书，沦陷时期无教科书供应，日本人也不允许发行有关反战和抗日内容的书刊，加上内地缺乏印刷条件，只好由书贩子转运，所以半边街书铺的批发生意特别兴隆。经营的主要是《四书》《五经》及《三字经》《百家姓》《杂字》《千字文》《增广贤文》《教儿经》《女儿经》等启蒙普及读物。贩运这些书的贩子特别多，自行印刷此类书者亦不少。

那时统一街除原有广益书局、汉口分局、同文堂书局外，新开书店计有东亚书局、兴华书局、汉口分局、大新书店、崇文堂书局、宏文堂书局、楚文书局、同文堂书局、昌文书局、文德书局、大文堂书局、大华书局等十余家。还有民权路的广文书局，三义街的恒道堂书局，大夹街的恒泰昶画片店，组成了一个统一的普及读物市场。

统一街上的书业界，分为本地帮和上海帮。"本帮"书店有广文书局、宏文堂书局、崇文堂书局、同文堂书局、昌文书局、和昶画片店、恒泰昶画片店等几家。其中前五家主要是出版自产自销私塾启蒙用图书、楚汉剧唱本河南大唱本、农历、善书等，后两家主要经营上海出版的画片。"洋帮"有上海广益书局、汉口分局、上海兴华书局汉口分局、上海惜阴书店来汉开设的东亚书局、上海文德书局、汉口分局、大新书店、泰昌永画片店等6家，经营范围都是上海书业界的出版物和本书局的部分出版物。

两帮表面上相互联系，暗中则互相争斗。为了对付"洋帮"，"本帮"组织了一个"星期五聚会"，地点在汉口民族路长胜茶馆。这些资方人员在茶馆里一面喝茶，一面吃东西，一面高谈价格和经营活动统一行动来对付各"洋帮"书局。两帮还组织了"统一街书业公会"，由楚文书局经理章楚逢任理事长。它的主要任务是处理同行业间有关书价、折扣的统一，调解同业之间的业务纠纷。

统一街图书市场批发生意是十分兴旺的，有的木版书批发量达到年万册以上。湖北各县书局绝大部分是在统一街批发购进，内地商贩也来武汉批书、画和其他物资，拿到内地管区销售后，换回金条又来汉口采购，他们大约两三个月要来批发一次。

统一街的书局为了开展业务，在抗战期间还到外地去开店。如兴华书局上海总店经理殷洪达曾来到武汉，组织了一批人，挑了60多担书到西安去卖。抗战胜利后，上海一两黄金可买几箱书，而武汉只能买一箱书，所以书局从上海大量贩回图书。

年画发行，在统一街各书局是一项较大的买卖业务。每到阴历年关大量《灶神》《年画》《皇历》和古书一样，几乎被这条街上的传统批发户，如湘、豫、赣、皖、甘以及湖北省各县书局和商贩垄断。还有一种挂匾的售书贩子，脖子上用绳挂一个圆匾，用一根竹子一头劈开，夹一本唱本，如《蔡鸣凤辞店》《喻老四打瓦》《朱氏割肝》《玉莲汲水》等，以及《三字经》《千字文》《教儿经》《女儿经》《增广贤文》《珠算大全》等等，随处游串兜售，生意十分兴旺。

《统一街的图书市场》

## ❖ 李少农：培心小学，汉口办学的典范

民国成立，开办初小三班，翌年又增设高小一班，英语夜校班，增聘教员4人。由高小学生组织"品学进步团"，并成立童子军团。后由杨开泉在培心捐资兴学，受到黎元洪颁发"慈祥恺恻"匾额一方，复由冯国璋颁发"善舍归仁"匾额表彰，当时蜚声武汉，继而又增设高小班。

1927年改名为汉口私立培心小学，聘请马佐清为校长，学校进行整顿：调整班级，停聘不能胜任之教员；增聘女教员，招收女生；成立学生自治会，组织巡察团，整肃校纪校风；教学业务上，举办教学研究会，改进教法，注意直观教学。由马校长捐资300元，学校拨100元，购置理化仪器、矿物标本、理科挂图10多种，又购买《小学生文库》《幼童文库》100余册，增设书报阅览室。学校还编纂了学童文艺《童心》刊物两辑；并规定高年级每月出壁报一版，互相观摩提高。为了学生能升学就业，学校开办消费合作社，每天以两名高年级学生轮流售货，实习商业经营；重视联系家长，开恳亲会，编印《家长须知》《小学生手册》，分发每个学生和家长。学校

特别重视学生体育保健，建立篮球场。

1930年11月，汉口市举办民众运动大会，培心小学获得小学生篮球冠军，400—800米接力赛冠军，荣获锦旗4面，银盾2座。学校继而成立"培光"体育委员会，添置各种体育器材，聘黄石为国术教员。1932年又参加汉口第一届公开运动会，又获得小学篮球冠军，荣获锦旗一面，题赠"心灵手敏"四字。之后相继两次获得中国童子军男子组乒乓球冠军；在武昌青年会和武昌体育馆主办的第一届小学篮球锦标赛中，分获男、女冠军。学校为了保证学生的身体健康，特购置体检器械一套，对全校学生进行健康普查。为了活跃学生身心，开辟校园，种植花卉，美化校容校貌，开展书法和讲演比赛等。

1937年，学校成立乐队，聘专家孙景燕为教员，并谱写校歌。同年，培心小学首创幼稚园，即培心小学附属幼稚园。培心小学由于注意培养学生的全面发展，当时堪称汉上办学的楷模。

《汉口培心小学与上海"孩子剧团"》

## ❖　陶瑞芳：武汉最早的教会女中

汉阳训女中学是英国循道公会（Methodist）于1896年（清光绪二十二年）在武汉创办的一所最早的教会女子中学。它的英文名字为David Hill Middle School，是纪念英国传教牧师李修善而定的。开始曾叫训女书院。

先是前一年循道公会湖北教区主席李修善牧师，在教区会议提出开办女子教育。接着英国差会派来了一位魏小姐着手筹备，并在汉阳区北城巷购置几栋民房。1896年春开始建筑，次年完工，于第三年1月正式开学。以1898年1月3日为该校校庆日。初办时不过八名学生，几年后方达十余人。在"女子无才便是德"的封建思想影响下，女子读书是很不容易的。社会上送来的少，只是靠汉口大通巷堂里一个简易小学选送些学生来，而这些学生大多数是信徒们的女儿。

　　该校学制是初级四年、高级三年，如果读师范，则另加两年。师范课程有四书、圣经、算术、手工作业等。那时，学校主持人魏小姐回国后，即由一位易小姐接替，管理学校是一位姓傅的太婆。辛亥革命后，训女书院遂改名为汉阳私立训女女子中学，附设有初小高小班。主持人还是那位易小姐，不过还聘请了一位汪朱岫仙先生为该校校监，她是循道公会第一位中国牧师朱少庵之女。当时，贫苦者可半工半读，得着部分或全部的伙食费用。学生们伙食、寝室、清洁等生活问题，则由一位姓翁的太婆负责，学生都住校，管理特别严。学生们吃早饭，汪朱岫仙先生坐在饭厅的台子上监视着。后来，凡来校的学生，必须检查是否裹足，如果发现已裹了足，就要没收裹脚布。

　　从1898年至1926年这28年中，训女中学的主持人完全是英国人。先后更易过9人。前18年是一个摸索创始的艰难期，后10年才开始发展成为一个从小学到高中的具有规模的学校。

　　　　　　　　　　　　　　　　《武汉最早的教会女中——训女中学》

第四辑

风云际会·

烽火岁月中的赤子之情

## ❖ 赵师梅：亲手绘战旗，首竖武昌城

1911年10月10日午夜发动的武昌起义经过一夜的拼死战斗，一举攻占了湖广总督衙门。总督瑞澂，第八镇统制（师长）张彪狼狈逃窜。天亮以后，武昌全城已为起义军控制。这时的武昌街头，只见左臂缠着白布的革命军，在搜索残敌。

正是10月11日中午刚过，突然武昌汉阳门和钟鼓楼前欢声雷动，人如潮涌，原来是汉阳门城楼上和钟鼓楼顶，各竖起一面十八星大旗，迎风飘扬。这两面旗帜标志着孙中山先生领导的革命，虽屡次失败而百折不挠，终于在武昌成功了！

▷ 湖北军政府成立

早在1911年5月某日，辛亥革命主要领导人之一、又是革命团体共进会领导人的刘公，在他的昙华林住所，把我和陈磊（陈潭秋烈士的哥哥）、赵学诗（我的胞弟）三个共进会成员，邀到他的寓所，要我们绘制革命战旗——十八星旗，以备起义使用。我们三人当时就读于武昌中等工业学校，

陈磊是机械系学生，学诗与我是电机系学生，我们都能绘图并有绘图仪器。刘公说明了尺寸要求，并向我们阐明了图案的含义：红地和黑九星象征"铁血"，就是说革命必须使用武力，以热血"驱除鞑虏，恢复中华"。在黑九角星内、外角上共有18颗金黄色的圆星，代表关内18个行省，黄色表示为黄帝子孙，意味着这是一次民族大团结的革命。同时，要求我们找一家可靠的裁缝店，秘密缝做20面。经革命党人吴玉麟的介绍，于草湖门（现得胜门街）附近，找到一家裁缝店，在每天打烊之后，夜深人静时偷偷地缝制。直到起义前半个月，做好了18面，另外两面，因旗杆套未做好，所以我们先将这18面送到小朝街85号起义军总部。

10月9日，革命党领导人之一的孙武，在汉口俄租界宝善里十四号共进会机关内，装制炸弹，不慎爆炸。俄国巡捕闻声而来，大肆搜查，将革命党的有关文件、书信、名单统统抄去。同天晚上武昌小朝街总部被抄，10日凌晨，彭、刘、杨三烈士就义，蒋翊武出逃消息传开，革命党人，人人自危，就连缝做十八星旗的裁缝店老板，也弃店而逃。

武昌首义一旦宣告成功，代表清朝封建统治的黄龙旗，从此在武昌绝迹。但是，革命党自己准备的十八星旗，已被抄去，一时赶制不及。于是，革命党领导人邓玉麟、蔡济民等找我，问有何办法。我说，尚有两面藏在裁缝店里。大家非常欣喜，急忙赶到裁缝店，但见该店门户深锁，人去店空。又派人多方寻找裁缝店老板，终于使得这仅存的两面十八星战旗，很快地飘扬在武昌古城的上空，莽莽神州，从此换了人间。

*《亲手绘战旗　首竖武昌城》*

❖ **胡佐兰：辛亥武昌首义三烈士**

彭（楚藩）、刘（复基）、杨（宏胜）是辛亥武昌首义前牺牲的三位烈士。

彭楚藩（1884—1911），原名潭藩、家栋，字青云，湖北鄂城（今鄂州）人。幼读私塾，成年后曾在湖南华容广福寺当塾师。1906年应募入湖北新军第二十一混成协炮队当兵，与刘静庵结交，因而加入日知会，并被推选为评议员。日知会被破坏后，改名楚藩。1910年考入湖北宪兵学校，毕业后充宪兵，后升为宪兵正目。先后加入共进会、文学社，并担任这两个组织的军人代表，参加双方组织的重要会议。在共进会、文学社酝酿联合的过程中，彭利用自己的宪兵身份，顺利完成了两组织间的通信联络工作。1911年9月24日的联合大会开会，彭担任警戒使大会安全进行，并被大会推举为军事筹备员之一，常驻机关部办公。

1911年10月9日下午在武昌小朝街军事指挥部发出起义通知后，彭与刘复基、蒋翊武、牟鸿勋、陈宏浩、龚侠初等6人守候在机关部主持起义，并将身上所带不多的现款分给在场的几位同志，以备起义后用。当清军突入逮捕刘复基等人时，彭本可以借宪兵的身份离开，但见其他起义领导人被捕，不忍心离开，随同被捕。

刘复基（1883—1911），字尧澂，又名汝夔，生于湖南常德的农民家庭。小时候读明末遗老黄梨洲、顾炎武等诗文集，深感民族压迫，萌发了反清民主革命思想。1904年肄业于武陵县高等小学堂，同年加入华兴会，联络会党，准备策应黄兴、宋教仁的长沙起义，未成。次年，响应马福益领导的洪江起义，失败后出走日本，加入了同盟会。1906年回国，在长沙设中西报代派所，秘密运销《民报》，后又在上海协办《竞业旬报》。因其兄刘星澂在汉口《商务报》任职，刘复基遂进入该报结识了詹大悲，并参加了群治学社。群治学社是设立在军队中的进步组织，《商务报》以报道军营消息为主，并成为群治学社的机关报。

1910年，刘因挟持立宪党人杨度，被英捕拘留8小时，《商务报》受牵连，群治学社也因此停止活动。为扩大革命势力，争取新军，刘不顾体弱，毅然投入第四十一标第三营左队当兵。此时群治学社改名为振武学社，1911年元旦又改称文学社，刘被推为评议部长。由于革命形势的迅速发展，入文学社的同志急剧增加，设立文学社机关部，于武昌小朝街85号张廷辅寓所二楼。刘离开营伍，住机关部进行革命活动。当共进会与文学社酝酿联合时，刘从中力为斡旋，作用很大。1911年9月，共进会、文学社举行联合会议，刘复基被推为军事筹备员，负责主持起义中军事方面具体工作的布置和拟订起义的行动计划，被同志们称为"小诸葛"。

9月24日，炮队党人因醉酒与营官发生冲突，有人主张立即起义，邓玉麟等拿不定主意，请刘来决定，刘认为事前没有准备，轻举必败，待问明情况后决定将肇事者撤走，使事件平息。

1911年10月9日，孙武在汉口楚善里共进会机关检验炸弹不慎爆炸，机关暴露被清军搜去党人名册、旗帜、印信等物。同日刘在研究了形势后，提出了当晚起义的建议，得到大家的赞同，拟了起义的简短命令。由于楚善里机关被清军破获，原定的小朝街机关为起义指挥部处于危险之中，然因时间紧迫，已来不及通知更改，刘与蒋翊武等领导人只得冒险在小朝街机关主持起义。为保持力量，刘说服了部分同志离去，最后留下来的有蒋翊武、彭楚藩、牟鸿勋、陈宏浩、龚侠初和他自己6人。当夜10时，清军叩门声紧，刘急命其他人越窗逃走，自己则取炸弹一枚，立于楼梯口等待清军，可惜匆忙间未拉引线，炸弹投向清军后未爆炸即遭捕。

杨宏胜（1875—1911），字益三，湖北谷城人，出身贫寒，9岁学铁匠，后又在南河白鹤观渡口当艄公。1903年投军，初隶湖北巡防营，几经改编，最后属湖北新军第八镇第十五协第三十标。由列兵升正目。1911年4月加入文学社，当时文学社发展迅速，急需有人在外专任联络。杨主动接受这一任务，向军方请长假离营。离营后拿出多年的一点积蓄，在右旗营房附近租屋开了个小杂货店，名为维持生活，实为革命机关，起义总指挥部成立，指定他担任交通并设法暗中运送起义前各标营所需炸弹和部分子弹。

10月9日，午后4时，杨手提竹篮，内装子弹，上用青菜覆盖，亲自送交工程营熊秉坤手中，因熊这一棚（班）正担任门卫，故未碰到麻烦，杨对熊说："我晚间再送些炸弹来。"晚上再去时，门卫已换人，见杨便喝问"干什么的？"杨知情况不妙，立即返店，遥见清军正在店内搜查，急逃走，清军警跟踪追捕，杨回身投一炸弹炸敌，因距离太近，自己也被炸伤倒地，遂遭捕。

当夜，清督署开庭审讯，彭、刘、杨怒斥清吏，坚贞不屈。10月10日凌晨，同时被杀害于清督府东辕门。武昌首义成功一月以后，鄂军政府特遣孙武、蒋翊武、蔡济民、张振武、吴兆麟、黄元青等为代表祭奠三烈士。后人为了纪念三烈士，特在三烈士就义处建造了三烈士亭（在旧督署现造船厂后院），改平阅路为彭刘杨路。

《首义三烈士彭刘杨》


## ❖ 袁学彬：加入学生军，攻守官钱局

辛亥武昌首义的第二天，一支青年队伍开到黄鹤楼附近的矿业学堂（现为黄鹤楼小学）。这支队伍，是陆军第三中学堂的学生军。他们的勃勃英姿，受到了沿途群众的啧啧称赞。特别对于当时的青年学生，更具有极大的吸引力。于是，"当兵去！推翻满清！建立民国！"的呼声，在广大知识青年中形成一股革命洪流。

我当时在武昌武郡高等小学堂读书。在这以前，学生中间已经有了革命组织——日知会，同学刘家祺是日知会的活跃分子，常在同学中宣传孙中山先生的革命学说，鼓吹救国之道，必须推翻腐败卖国的清朝政府，建立民国，才能救中国，我就是在他的影响下，并且由他介绍加入了日知会，投身革命活动的。10月10日晚上，起义的枪声一响，全体革命党人，凭着大无畏的革命义愤，抛头颅，洒热血，前仆后继占领了武昌城，成立了军政府。但是当时革命的武装力量还很薄弱，急需壮大队伍。因此，军政府决定，以原陆军第三中学堂学生为骨干，成立学生军。我也幸运地参加了学生军的行列。

我参加学生军后，先是编在第一队，后又调到第三队，奉命护守藩库（即金库）官钱局（铸制钱币和发行钞票的机构）。当我队进驻藩库时，偌大的藩库已空无一人，满清官吏与卫兵早已逃之夭夭，里面的金银财宝和钱钞，

都来不及运走。其中50两一个的银元宝，每箱装50个，共三四百箱排列得整整齐齐；龙洋、钞票、铜币不计其数，金晃晃银灿灿，真是使人眼花缭乱。有人说张之洞这个对清廷忠心耿耿的封疆大吏，在湖北兴办了汉阳兵工厂、武昌官钱局，恰恰是为辛亥革命做了两件大好事。乍听起来近似开玩笑，事实却也如此。因为革命党起义时兵力仅约一师，以后扩充到8个师，这些部队的枪支弹药，全部由汉阳兵工厂供给；经费开支，全部由官钱局支付。

《加入学生军　攻守官钱局》

## ❖ 祁楚材：占领兵工厂，汉阳得光复

我18岁开始当兵，1911年辛亥首义时，在湖北新军二十一混成协第四十二标一营前队四棚当一名正兵。协统是黎元洪。我们营驻在汉阳龙灯堤，守卫汉阳兵工厂与钢铁厂。自从该年夏天起，营房之中时常流传革命党人要起义的风声，局势日趋紧张。当汉口共进会的总部被破获的消息传到汉阳时，革命党人屏息待命，黎明前的黑暗，就要打破。

10月11日晚上，我队革命党人李华堂通知我们说："黎协统已在武昌起义，当了都督，我们全营晚上9点起事，以枪声为号，都到操场集合出发，我队的任务是攻占兵工厂。"大家得知后，一扫愁云，欣喜万分，恨不得立即行动。三声枪响之后，士兵们飞奔操场，人人摩拳擦掌准备厮杀。我排排长翟焕明，此人一向反对革命，平时咒骂革命党大逆不道，无父无君，到处鼓噪革命党如何被杀等等，士兵们对他早已恨之入骨。正当我队冲向兵工厂时，翟向龟山方向逃去，我队士兵纷纷向他开枪射击。我不知从哪里来了一股神劲，亦举起步枪，枪声一落，翟踉跄倒下，我跑到他身旁，只见弹中太阳穴，鲜血迸出，确信真的死了，方跑步跟上队伍。午夜前后汉阳兵工厂、钢铁厂，全部被起义军控制，汉阳得到了光复。

《占领兵工厂　汉阳得光复》

## ❖ 郑南宣：五四运动在武汉

日本军阀乘第一次世界大战正在欧洲激战及中国的卖国政府头子袁世凯梦想皇帝宝座的时候，迫使袁世凯于1915年5月9日屈辱地在二十一条亡国条约上签字，于是中国人民把5月9日定为国耻纪念日，每年是日全国各地学生都举行纪念，借以激励全国人民发奋图强以雪国耻。

1919年"五九"前夕，武汉学生正在酝酿纪念，筹印传单，上街散发。我那时在中华大学附属中学读书，校里前期各班同学，均有人参加筹备纪念活动，而以互助社同学为骨干，其他各校也同样有纪念活动，但是还不是联合行动，而是各个学校单独进行。恰在这时，传来北京学生5月4日在天安门集合，高喊"誓死夺回青岛""惩办卖国贼曹汝霖、章宗祥、陆宗舆""取消十一条""取消中日军事协定"等口号和手持这样的旗帜，举行游行示威，要求北京卖国政府接受人民意见，电令出席巴黎和会的中国代表陆征祥、顾维钧等据理力争，收回山东青岛主权。5月8日武汉报纸已登出北京学生运动的消息，约在5月9日北京大学学生王长曙来武汉串联，在中华大学演讲，报告北京学生爱国运动的情形及北京卖国政府的屈辱无能。听报告的有各校学生代表，因而群情激愤，纷纷回校组织同学，发出文电支援北京学生。此时虽还没有正式的学生联合会，却已有一部分学校选出代表组成临时的联合团体，共同商议爱国运动的进行，由于运动进展快，约在5月中旬武汉学生联合会即已正式成立。

中华大学代表蓝芝浓、武昌高等师范代表高鸿缙、三中代表唐性天三人，被推为总代表，向湖北督军王占元请愿。不料高鸿缙、蓝芝浓是两个软骨头，在王占元威胁之下，竟然向王占元表示辞去代表职务（唐性天在汉口，未参加），消息传来，各校学生闻之大哗。除中华大学、武高分别罢免蓝芝浓、高鸿缙的代表以外，其他各校也多改选了代表，组成了当时第二届学生联合会。现在记得的有武高代表张学运、商科大学熊文略、公立政法专校萧镶和张公惠、甲种工业学校熊本旭、文华大学余上源、中华大学曾觉先（郑遵芳即作者当时的名字）、启黄中学宛希俨、辅德中学熊佛西和张联芳等。由于军警干涉，学联不能公开自由开会，因而多数是秘密进行，人数较多时，则在文华大学或汉口辅德中学开会，因为他们是教会办的学校，害怕外国人的反动官吏，是不敢出面干涉的。人数较少时或在餐馆充作食客，或在郊外充作游客。记得曾在洪山宝塔山下、新河煤炭厂内均举行过碰头会。

此时在巴黎和会上，中国的外交着着失败，北京卖国政府又为亲日派军阀所控制，学生界提出的要求，一项也没有实现。加之学生上街宣传演讲，也横遭干涉，更使学生愤慨万分，就准备进一步实行罢课，一方面支援北京学生，一方面与本省反动的军警当局作斗争。

6月1日开始罢课，中华大学门首为军警包围，学生出去不了，纷纷跳墙而出，倍显勇敢。武昌高等师范亦被军警包围，学生奋勇闯出，被军警殴伤的达16人之多，其中陈开泰一人因重伤而死，6月3日中华大学学生在武昌兰陵街（现湖北医学院第一附属医院神经病科附近）、百善巷（现彭刘杨路机床附件厂附近，对面即北洋时代湖北省政府的全省警务处）等处演讲，遭到警务处处长崔振魁派人毒打，负伤人数亦有十余人之多。同学李鸿儒愤而投江自杀。对于爱国学生，军警如此凶横，自然激起了市民公愤，于是产生了各界联席会议。出席的代表有施洋、郑爕卿、任松如、曾觉先等，分别代表汉口和武昌总商会、教职员联合会律师公会新闻界、学生联合会等。那时还没有成立工会，但却有进步工人参与。开会的地点，先在汉口西关帝庙，后来经常办公在汉口辅德中学。在各界联席会议上，提出商界罢市问题，要求他们尽快罢市，表示对北京和武汉学生的声援。

当时汉口总商会会长万泽生，不肯表态，实际上是不同意。几经交涉，各方施加压力乃决定于6月7日罢市，保安消防队上街，维持秩序与安全。初则在汉口方面，只有前、后花楼街一带较小的商店实行罢市，大点的商店尚存观望。由于形势不断发展及受了宣传动员的影响，其他主要街道较大的商店，乃继续加入罢市，武昌方面至6月12日始行罢市。

　　武汉及全中国各大城市罢市，对北京卖国政府震动很大，被迫接受了惩办卖国贼曹、章、陆的要求。但是对曹、章、陆三个卖国贼并没有惩办，只是在6月10日以呈请辞职、照准免职的方式发表。这是当时北京卖国政府总统徐世昌，不敢得罪亲日的皖系军阀头子段祺瑞所致。这时运动的中心问题是对巴黎和会的决策，北京卖国政府对于丧权辱国出卖民族利益原是一厢情愿的。在巴黎和会上，美、英、法三国不愿得罪日本，把德帝国主义原来侵占我国青岛的权利，在和约上一股脑儿都规定由日本承受，于是拒签和约，保留中华民族继续斗争的权益，成为必需的行动。武汉学生曾为拒签和约在6月下旬出动几千人，露宿在湖北督军、省长两公署周围的街头，要求反动的军政首长与学生采取一致行动，电请北京政府训示出席巴黎和会的中国代表等拒签和约；同时由武汉各界联席会议组成的各社团成员分头发电给北京政府请愿，并分电各大都市各社团互相响应。由于全国民气高昂，态度坚决，北京政府不敢叫巴黎和会中国代表在和约上签字，直至北京政府发表了巴黎和会中国代表陆征祥在6月30日来电说明已拒签和约，于是巴黎和会事件方初步告一段落，但反对日本帝国主义的侵略，在中国人民大众中间还是在继续进行。

《五四运动在武汉》

❖　**舒兴文：** 庆祝西安事变和平解决

　　1936年12月12日"西安事变"后，我当时只有10来岁，凭我的记忆，记述一下当时武汉热烈庆祝的情景，用以反映武汉人民同仇敌忾，共同抗日的决心和信心。

　　当时我父亲舒少南是《武汉日报》摄影记者，自己也办有"武汉新闻摄影通讯社"，肩负着宣传抗日的重大责任。通讯社设在汉口泰宁里，与《新快报》隔壁，该社社长万克哉（后万去台湾，居台北，已去世）与我父亲十分熟悉，事先把消息透露给了我父亲。第二天一大早父亲就带上我，上街去边看边走，边拍那些庆祝的热烈场面。只见满街是人，互相转告，精神振奋，像过年一样。一些游行队伍贴标语，呼口号："打倒日本帝国主义！""停止内战，一致抗日！"还有的人高唱各种革命歌曲，最感动人的是那首《松花江上》，那时歌曲传唱在武汉的街头巷尾，听了却十分令人悲怆、愤慨。

1931年武汉水灾后，"九一八事变"爆发。武汉人民处在大水刚退，元气尚未恢复时，就掀起了救亡热潮，成立了"反日救国会"，后来学生运动发展起来，学生们要求国民政府统一军政对日，并开展抵制日货运动。后来刘少奇领导的"一二·九"学生运动，号召全国人民团结抗日，也波及了武汉，武汉的大中学校成立了抗日救国组织，游行示威。"一二·九"学生运动激发起了全市人民抗日救亡热情，那时武汉学生救国联合会还成立了除奸团，清除汉奸，宣传抵制日货。最突出的是曾卖仇货的商店，自动将仇货封存。当武汉庆祝"西安事变"和平解决时，江汉路、中山大道的商店已看不见日货了。有家北申商店玻璃窗上贴了一幅广告，内容是"现国难日急，本店自动将仇货一概封存，提倡国货，以表爱国之热忱"。

入晚，见街上尤其是江汉路至六渡桥一带一些楼房店家用挂满了沿屋边的彩灯围住，方形的、圆形的，或依屋形铺装的。还有的店堂灯火通明，一片热烈气氛。由于当时摄影条件没有现在先进，无闪光灯，父亲就用他熟练的技术，用三脚架把照相机搁在上面，用B门按铁线，到准确曝光为止，结果照片冲出来，效果十分好。这些照片除了次日《武汉日报》上刊登外，上海《良友》画报、《东方》杂志画报都刊载了，把武汉人民抗日热情作了积极、迅速的宣传。

*《汉口庆祝西安事变和平解决一幕》*

## ❖ 贺鸿海："七七"献金运动

1938年7月7日，抗战一周年。国民政府军事委员会政治部第三厅（厅长郭沫若），为支援抗战前线，激发民众的爱国热忱，发出"七七"献金的号召。当时，武汉为抗日战争的政治中心，政治部第三厅设在武昌昙华林。三镇的"七七"献金运动，走在全国其他城市的前面，其规模与效果都是空前的"七七"献金运动，于7月2日由武汉各界组成的抗战建国周年纪念筹备会，在《扫荡报》上发出通知，决定自7日至9日在镇设献金台，进行为期三天的抗日"献金"。2日起，即在武昌司门口路边、汉口三民路总理铜像前、江汉关右首、世界大戏院门口、中山路水塔旁、汉阳东门码头等繁盛地段，搭起六座献金台。台前设献金箱，台上挂"抗战建国周年纪念"和"有钱出钱，有力出力"的横幅或标语。邀请第五战区司令长官李宗仁夫人郭德洁、政治部副部长黄琪翔夫人郭秀仪，还有马超俊的夫人沈慧莲及陈逸云女士等，届时在各献金台主持揭幕。每处配有8个工作人员接待献金者，在各献金台还组织有歌咏队，作抗日献金宣传。

汉口的世界、光明、新市场等影戏院首先响应，于7月5日、6日两日举行献金公映。他们在影戏院门前辟"献金"宣传栏，上映《日俄尼港战役》《热血忠魂》《保卫我们的土地》等爱国影片，将这两天的票房收入，不除开支全部捐献。他们的行动得到十家影院、戏院2000多职工、演员的热烈响应。京剧、汉剧、楚剧、蹦蹦戏等戏院，也分别于6日或8日举行献金公演，将所得收入奉献抗战将士。

7月7日上午9时，武汉各界举行"七七"抗战周年大会，三镇六座献金台也同时隆重揭幕。各献金台人如潮涌。献金者有国民政府军政要员、中国共产党人、一般军人、公务员、文化艺术界人士、商人、工人、农民、店员、职员、车夫、小贩，还有家庭妇女、豪门闺秀、老人、孩童以及难民、乞丐等。有献纸币的，也有献银元宝、银圆、铜圆、银鼎、银盾和金银首饰的，还有药品及衣物等。献纸币多者上万元，少者几分钱。有的一献再献，甚至有献一二十次者，场面热烈、感人。

主演《热血忠魂》的影星黎丽莉，把她刚结婚的纪念戒指献出；一个由北平流亡来汉、靠卖长生堂无极丹度日的傅姓老人，上台献金0.19元。随后，边卖无极丹边献金，一共去献了三次，每次都捐一二角；有个名叫黄泽盛的大汉，拖着38把大刀上台嚷着："我没有别的东西，也没有钱，这儿送上几把大刀，给兄弟们杀鬼子去吧！"一些人力车夫载人过献金台时，都要自动放下车杆走上台去，将其用血汗换来的钱，几角几分地投入箱内；一个卖香烟名叫胡世山的9岁男童，从一纸盒内仅有的0.14元钱中，拿出角镍币投进箱子里；有3个名叫绪先、绪官、红珠的孩子，捧了3个"扑满"，当众打开计算，献出9.85元；一个断腿乞丐，蹒跚上台投币0.05元，并说："我是残废乞丐，这一生是不能为国家上火线打仗了，我是愿死也不做亡国奴的"；一位老人坐人力车专程赶到献金台，捧出一些古老的银链、银镯、银戒和银币。他唯恐不收，便诚恳地对工作人员说："我没有更值钱的东西，就这些银器给你们献上变钱，也算尽了我一份心意。"

八路军武汉办事处全体成员组成的"中共献金团"，引人注目。他们开着一辆卡车，挂着抗日标语来到献金台。周恩来把他任国民政府军事委员会政治部副部长的240元月薪投入金柜。接着，董必武、邓颖超、吴玉章、林祖涵、秦邦宪、陈绍禹，也都将其任国民参政员的薪金共200元全部献出。他们还受毛泽东的电报委托，将其任国民参政员的薪金350元也全部捐献。同时，还献出中国共产党的党费1000元。另外，李克农代表八路军全体将士，又献出从伙食费中节约下来的1000元。还有叶剑英将军和"八办"的工作人员，各献当月薪金5元。军事委员会政治部部长、湖北省主席陈诚，也领着省府职员，到献金台合献1000元；国民政府军事委员会政治部副部长黄琪翔，代表政治部同人献出10000元；武汉卫戍司令部，也派人送献10000元；经济部长翁文灏送献400元；海军司令桂永清亲献100元。

在献金的第二和第三日，天下着大雨，献金的人们一手撑伞，一手掏钱捐献。到9日晚，各献金台献金的人仍然络绎不绝。为此，临时作出决定，献金运动展期两天（10—11日），并增设流动献金台十余座。每座献金台的工作人员增至二三十人。到了最后一天的下午7时，献金台的周围，还是挤满了献金的人，一直到深夜才结束。

▷　市民为躲避日军空袭跑向防空洞

献金运动结束后，仍不乏献金者。7月17日，汉口颐中烟草公司公推代表十多人，将全体职工捐献的一天工资2505.3元，送献市政府。这次献金运动，献金人数近百万人次，献金收入达100万元。献金运动的全部款项，由武汉各界抗战建国周年纪念筹备会决定，1/3用于慰问抗战将士，2/3由军事委员会政治部第三厅作为前线救护和慰劳之用。

武汉和全国其他城市的献金运动，引起社会的强烈反响，使民众的抗日救国斗争掀起一个新的热潮。当时的《新华日报》评论说："武汉及各地发起的献金运动，其踊跃热烈情形，在中国民族解放斗争史的篇幅中，放一新的异彩。"政治部第三厅厅长郭沫若亦作了高度的评价。他在《洪波曲》一书中以《献金狂潮》为标题写道："这是一次出于自发性的极其盛大的民意表现。我敢于这样说：那几座献金台，作为民意机关的价值，实在远远超出乎那个二百名参议员所构成的所谓国民参政会之上！"郭沫若所说的国民参政会，正是指7月6日至15日在汉口召开的第一届国民参政会，参政员总额为200名（实到162名）。这次会议虽然通过了《拥护国民政府实施抗战建国纲领案》《拥护长期抗战国策案》《大会宣言》等，但会后因国民党的背信弃义，各项决议亦成为一纸空文，国民参政会也成了骗人的工具。因此，郭沫若这几句话，既是对民众抗战救国热情的颂扬，也是对国民党"真反共，假抗日"面貌的讽刺和揭露。

《武汉的"七七"献金运动》

## ❖ **郭秀仪：** 战时儿童保育会

战时儿童保育会是在卢沟桥事变后，国共合作抗日的形势下，由宋美龄女士发起和中国共产党参与领导的一个妇女救亡组织，主要的工作是收养儿童。1938年初，日本侵略者的气焰日益嚣张，灾难深重的祖国大地，到处惨遭破坏，许多人妻离子散，家破人亡。流浪的儿童更是凄惨，他们有的死于日寇的屠刀下，有的死于战火之中，苟活者也是孤苦无依，再加上饥寒疾病又无时无刻不在威胁着他们那幼小的生命。然而他们却正是祖国的未来和希望，岂能坐视不管？我们妇女要为国分忧，就应该设法解除儿童的苦难，而且这项工作又适合妇女救亡工作的特点。在8年抗日战争中，这个组织做了大量保护和教育儿童的工作。

战时儿童保育会收养的对象有以下几种：1.在武汉地区因抗战失去父母的流浪儿；2.在敌机轰炸中失去父母的孤儿；3.父母上前线后被送到保育院来抚养的儿童；4.参加救亡工作人员的子女；5.一般战区及后方的流浪儿童、孤儿等。这些儿童大多数是年龄在3至14岁的男孩子。

战时儿童保育会下设保育院，分布于重庆、成都、贵州、广东、广西、湖南、江西、浙江、福建、陕西、陕甘宁、山西等地，共有保育院53个，收容的儿童，据1944年的统计数为29751人，到1946年的统计数则为3万人。当然，从整个来看，这个数字并不多，但在当时艰难的战争年代，妇女能如此尽责，也实不容易，其进步性也是不言而喻的。

《回忆战时儿童保育会》

## ❖ 万澄中：受欢迎的抗战影片

1937年7月7日，日寇在我国卢沟桥发动了侵华战争，接着又在上海挑起了"八一三"事变；日本侵略军沿着我国的长江，由东向西，以海、陆、空三军进行了疯狂的侵犯，因而平、津、沪、宁先后为敌所陷。

1938年1月9日，我国电影界的数百名抗日志士，为拯救民族之危亡，高举"抗战到底"的胜利旗帜，聚集在江城武汉，成立了"中华全国电影界抗敌协会"。3月31日，当时全国唯一的一份电影杂志《抗战电影》在武汉创刊问世。接着，原来的汉口摄影场也组建成为"中国电影制片厂"，由国民政府军事委员会政治部第三厅管辖，在政治部副部长周恩来和厅长郭沫若的领导下，积极开展抗日救亡活动，声势极为浩大，大大激发了全国人民的抗敌热情。在电影摄制方面，由三厅主任秘书阳翰笙兼任"中制"编导委员会主任委员，编剧、导演和演员中，有应云卫、郑君里、陈波儿等。

从1938年1月到10月武汉沦陷时止，短短的9个月里，"中制"先后拍摄了50部抗战新闻纪录片和《保卫我们的土地》《热血忠魂》《八百壮士》等三部抗日故事片。

《保卫我们的土地》摄于1938年1月，编导为史东山，它是我国第一部抗战故事片，由舒绣文、魏鹤龄主演。影片叙述了农民刘山一家的遭遇。1931年日寇在我国燃起了"九一八"侵略战火，霸占了我国东北三省，刘家房屋家产全被毁于战祸，他带着一家老小，背井离乡，逃亡到了南方，历尽6年的艰辛，重建了家园。谁知"八一三"日寇侵略的铁蹄又使他不得安宁。

残酷的现实使他懂得跑到哪里也没有安身之地的道理，故而毅然奋起，义灭了充当汉奸的兄弟，带领乡亲们投入了"保卫我们的土地"的战斗。因为这是我国第一部抗日故事片，所以在汉口世界大戏院映出后，反响极为强烈，极大地激发了全民族抗战到底的决心。

　　1938年4月，第二部抗日故事片《热血忠魂》摄制完成，这部影片由黎莉莉、高占非和依萍主演。影片的故事情节是说一位抗日将军，为了捍卫祖国，奔赴前方抵御日本侵略军，家乡留下了他的妻子和妹妹，后来家乡沦陷，日本鬼子烧毁了他的房屋，掠去了他的妻妹。当日寇企图对她俩进行侮辱时，她们大义凛然，痛斥日寇，进行了顽强的搏斗，最后均惨死在日本侵略兵的刺刀之下。这部影片深刻揭露了日寇的残暴行径，加深了人们对日本帝国主义的仇恨。

　　1938年7月，日本侵略军逼近江城，硝烟弥漫，武汉连日遭受敌机不断地轰炸，就在此时，"中制"的第三部抗日故事片《八百壮士》在悲壮的"保卫大武汉"的口号声中诞生。编剧为阳翰笙，导演是应云卫，由陈波儿、袁牧之主演。影片以"八一三"上海抗战中的真人真事为题材，赞扬了坚守上海闸北"四行"仓库阵地的"孤军"——"八百壮士"，在团长谢晋元和营长杨瑞符的率领下，不怕牺牲，誓与阵地共存亡的爱国精神，同时也表现了上海各界群众积极支持抗战的动人情景。特别是在一次激烈的战斗中，一位年轻的抗日战士，全身捆满手榴弹，舍身跃向敌人阵地，与敌人同归于尽。

　　这一壮举，感动了一位叫杨惠敏的女童子军，她把一面国旗缠在脖子上泅过苏州河，冒着枪林弹雨向"八百壮士"献旗。谢团长代表全体官兵接过国旗后，将它插在"四行"仓库的屋顶上高高飘扬。显示了中华民族不可侵犯的凛然正气。陈波儿扮演了这位献旗的女童子军杨惠敏。正当这部影片在武汉上映时，恰好杨惠敏于上海撤退后辗转来到武汉，当时武汉群众看到这部影片后深受感动，无不以极其崇敬心情热烈欢迎这位女英雄的到来。

　　当年"中制"在武汉除拍摄以上三部爱国影片外，还拍摄了50部纪录片，这些影片和纪录片在抗战初期起到了很好的抗日宣传作用，抗战胜利后又成为重要的电影历史文献，在中国的电影史上留下了珍贵的一页。

《抗战初期汉口的中国电影制片厂》


## ❖ 刘志斌：救亡演剧队的抗日宣传

"八一三"抗战开始后，上海文化界有人提出了"到武汉去"的口号，希望把武汉变成全国新的文化中心，推动抗战文化的发展。接着上海地下党员夏衍、于伶、宋之的等组织的一些救亡演剧队和其他地方的许多戏剧团体与戏剧界名流也陆续汇聚武汉。他们带来了《塞上风云》《五月的鲜花》《九一八以来》《一片爱国心》《烽火》《血债》《战歌》和《电线杆子》等反映抗日题材的新剧目，并与武汉的戏剧界进行了广泛的联系。

12月31日，在汉口光明大戏院召开了中华全国戏剧界抗敌协会成立大会，参加的剧种有话剧、评剧、楚剧、汉剧、川剧、陕西梆子、河南梆子、滇戏、桂戏、粤剧、蹦蹦戏以及杂艺等；参加的人员包括演员、导演、编剧及舞台工作人员共400余人。

在成立大会上，邵力子、朱双云等作了演说，并通过了宣言、会章和工作议案，在宣言中明确提出：只有抗战使我们团结，我们的团结是为了抗战，"相信中国的戏剧艺术必因和抗敌任务结合而能摒弃过去的积习，开拓新的境地"。大会选出田汉、阳翰笙、夏衍、洪深等9人为理事。

全国"戏协"成立后，先后创办了《抗战戏剧》《新演剧》，以及会刊《戏剧新闻》等；发表了田汉的《最后的胜利》《新雁门关》《土桥之战》《渔父报国》，阳翰笙的《李秀成之死》，陈白尘的《火焰》《汉奸》，章泯的《边声》《钢表》《纪念会》，陈渭的《太阳旗下》，陈客的《回头》等一批有影响的剧本。"戏协"成员还组织或参加演剧队、宣传队深入到武汉的街头巷尾广泛地开展了活话剧、街头剧、独幕剧的创作和演出。

由崔嵬改编的街头剧《放下你的鞭子》特别受武汉三镇群众的欢迎。演员凌子风和黎莉莉、丁里和王萍、金山和王莹都曾联袂演出这个剧，还进行过比赛。金山、王莹演得深沉细腻被誉为"文鞭子"；凌子风、黎莉莉演得火爆炽烈，被誉为"武鞭子"，都获得了银杯奖。其他如《三江好》《最后一计》等剧，影响也很大。当时，人们把这三个戏合称为打向日寇的"好一记鞭子"。

1938年，政治部第三厅成立后，周恩来对地方戏曲艺人非常重视，特别提出要团结和帮助他们。为了提高地方戏曲艺人对抗战戏曲的地位和作用的认识，上海救亡演剧二队的洪深，中华平民教育促进会抗敌剧团的熊佛西，分别为他们作了《抗战与戏剧》《戏剧在抗战时期的重要及其功效》的演讲并处处维护他们的合法权益。

有一次，洪深代表三厅出席有关义演活动的会议，当他听到国民党官员竟把包括戏曲艺人在内的剧场业与妓院业、茶馆酒楼业并列在一起统称为"三种特别行业"时，气得火冒三丈，当场起立驳斥，弄得那个官员面红耳赤语无伦次，尴尬下场。会后，地方戏曲艺人激动地紧紧握住洪深的手说："你为我们打了个抱不平，我们永远不会忘记的。"

武汉地方戏曲艺人在三厅和全国"戏协"的领导组织下，思想觉悟不断提高，克服一些旧的陋习和宗派情绪，积极参加抗日宣传演出活动。在日寇逼近，武汉已开始大规模疏散时，武汉戏剧界艺人还于10月17日参加了戏剧节的公演，并向武汉人民表达了"坚决为民族存正气与抗战共始终"的决心。当日寇占领武汉前夕，他们又提出了"决不留下来给敌人演戏"的口号。

在周恩来、郭沫若的关怀和安排下，汉剧成立了汉剧宣传队。宣传队总队长傅心一，下设10个宣传队，分别由吴天保、唐庸三、周天栋等担任队长；楚剧编成6个楚剧宣传队，分别由沈云陔、王若愚等担任队长。他们背着行李挑着道具，沿途演出抗日戏剧。到达四川、重庆等目的地后，又在极端艰难困苦的条件下，继续演出，宣传抗日，一直战斗到抗战胜利。

*《抗战初期武汉轰轰烈烈的戏剧活动》*

## ❖ 庚　信：日军投降后的汉口

日本投降后汉口局面稳定，经历约半月时间，全由邹平凡之二十九军担负维持治安秩序。日本军队则在军营集结，不许外出，等待缴械。汪伪机关一律解体，等待移交。逃往汉阳西大街以及其他各乡间之汉口居民均纷纷迁回汉口原住所。国民党首先进入汉口市之机关则为蒋记汉口市党部，蒋记市党部全班人马驻在黄冈。但其书记长黄焕如早于一个月以前即住在汪记市党部书记长黄启昭家中，二人原系兄弟，蒲圻人。蒋记市党部主委袁雍与汪记市党部主委王锦霞为鄂城同乡，且交情极深。汪记市党部人马在美机大轰炸时已溃散，仅有会计与庶务一二人留守，合并于蒋记。蒋记进入汉口之首要工作，即筹备欢迎国军与盟军进驻武汉。发表告市民书，张贴标语。并接管伪《大楚报》，改名为《华中日报》，以掌握舆论工具。

过渡时期，日本妇女多在街头卖早点，其早点现做现卖。大圆形平面铁锅，直径如同小圆桌之直径，此平面锅有数十个圆形之凹洞，如同醋碟大小。日妇即将调好之鸡蛋面粉糊浆注入小凹洞糊浆中，只注入总数之一半，再将另一半用小锅铲铲起，盖在置有赤豆泥之糊浆上，再加微火，顷刻即熟。

日本兵则在汉口各马路疏浚两边沟道，彼等用长竹条疏通，并用木桶泼大量水冲洗，再用竹扫帚清扫。干完活后即回归军营，第二天再干，每次干半天。日本侨民先多在中山大道两侧经营个体商业，日本投降后不久即集中居住在旧日本租界（即六合路下面），等待遣返回日本。集中后不久即对中国人开放，中国人前往参观者络绎不绝。日本人家宅门口多摆放大量花布出售，各种花色棉布，但不是整匹，而是零头段落，长短不等，价格便宜。并卖热干面，其热干面之担子与武汉人之热干面担子完全相似

（以前卖热干面与水饺均挑担子在街头巷尾出售，无铺面）。并张贴标语：
"欢迎大中国人""欢迎武汉人"。另有日本馆子，可以饮酒吃菜吃饭。参观
者大多走马观花，有购物者，有小吃者，秩序井然。

日本投降半个月后，国民党军政人员纷纷来武汉，名曰接收，实为劫
收。大搞"五子登科"（五子即女子、房子、金子、车子、位子）。武汉人
呼彼等为"重庆人"，意存厌恶鄙视。盟军亦开进武汉，美国空军口嚼巧克
力，驾小吉普车横冲直撞，神气活现。武汉人民又陷入痛苦之深渊。

《日军投降前后之汉口》

## ❖ 喻育之：江城沸腾迎解放

1949年5月16日上午，人民解放军特派员刘泽民来到汉口执行处，在
大家热烈欢迎的交谈中，交给救济会一份由"中国人民解放军中原军区政
治部"盖印的"1949年5月16日于汉口本部城特字第〇〇〇一号"命令，
全文如下：

"武汉面临解放，本军即进入城区，治安及一切公私财物，均须加意防
护，刻已严密防范。恐不法之徒乘机浑水摸鱼，希望各公私机关保持镇静，
听候处理。兹将本军对新解放区城市策略公布如下：（一）所有军事机关切
实保护军用物资，不得有任何破坏，听候处理。（二）各行政机关所有职员
应安守本位，保存公物档案，不得有任何破坏，听候接管。（三）解除打枪
抵抗之反动武装及继续潜伏工作之特务机关。（四）一切交通工具及公私建
筑物（铁路、公路、桥梁、轮船、邮电、水电工厂、学校、仓库）等，均
加以保护，不得有所破坏。（五）没收官僚资本，保护一切民营工商业。以
上各项希切实知照转饬各阶层，知照为荷。"

同时，还发给一份"中国人民解放军口号"，共17条。原文是："1. 解
放军是人民的队伍。2. 解放军不拿人民一针一线。3. 肃清国民党反对势力。

4.在进军期间，有功者赏。破坏军用物资，交通工具等公共设备者，以战争罪犯论处。5.没收官僚资本。6.对国民党军队愿放下武器者，一切优待，并加保护其生命财产。7.坚决彻底干净完全地消灭中国境内一切敢于抗拒的国民党反动派。8.逮捕一切怙恶不悛的战争罪犯，不管他们跑到哪里，均须缉拿归案，依法惩办，特别注意缉拿匪首蒋介石。9.向国民党地下政府及地下军事集团宣布国内和平协定最后修正案，对于凡愿意停止战争，用和平方法解决问题者，我们愿意签订地方性的协定。10.要全力支援解放军渡江南下。11.解放军是人民的救星。12.共产党是人民的救星。13.毛主席是人民的救星。14.武汉人民解放万岁。15.人民解放军万岁。16.中国共产党万岁。17.中国人民解放万岁。"

▷　武汉解放时的中山大道盛况

救济会接到命令和口号后，立即将命令送往各报社发表，赶写标语贴满全市；顿时全城沸腾，争看布告，互相称庆的人们拥满街头。下午，救济会代表打着旗帜前导，和广大人民群众一起前往市郊刘家庙热烈欢迎人民解放军列队进城。一路上，鞭炮不断，掌声雷动，欢呼口号响彻云霄。这一天，整个汉口沉浸在空前欢乐的气氛之中。

可是，16日这天的武汉江面，仍被白军封锁。武昌汉口间水上交通和电话联络中断。直到下午，武昌市民听到汉口爆竹震天的响声，断定解放军已经进入市区，傍晚时分，救济会武昌执行处治安组副组长江庆林迫不及待地登上黄鹤楼，首先竖起一面大红旗，表达了武昌人民渴盼解放军早日解放武昌的热情。

在这之前，自从白崇禧宣布撤逃的消息传开之后，救济会武昌执行处随即通知武昌各街巷居民、商店、工厂、学校，整天开灯，夜间派人值班，警察照常上岗；并将事前组织好的三百支枪的武装，于16日上午担任市区巡逻警戒；周杰还亲自带领蘅青中学学生上街巡视维护治安。所以，15、16日这两天时间，武昌虽曾一度真空，仍然秩序正常，匕邑不惊。至17日晨，进驻汉口的解放军以部分渡江至武昌，受到万人空巷鞭炮连天的热烈欢迎。从此，武汉三镇全部解放。

《从"和平运动"到武汉解放》

第五辑

商贾名号·

尽在『楚中第一繁盛处』

### ❖ 余禄章：李维格改革汉阳铁厂

1905年10月，李维格出国考察归来后，立即向盛宣怀写出详尽报告，并自荐由他主持铁厂改造工作。盛宣怀接受了他的评估和建议，并任命其为汉阳铁厂总办（厂长）。不久，李再次亲赴欧美催办和调运订购的新机炉等设备。

▷ 汉阳铁厂

李维格用日本兴业银行预支购买大冶矿石的300万日元作为改造扩充铁厂的经费，任吕柏（卢森堡籍）为总工程师。光绪三十一年（1905年）十月，铁厂扩充改造工程开工，全部工程包括新建477立方米（日产生铁250吨）3号高炉一座；拆除原炼钢厂2座贝塞麦酸性转炉；改建30吨容积的碱性马丁平炉4座；配置35吨电动钢水包吊车2台；新建150吨煤气加热混铁炉和新立式钢锭脱模机；在轧钢厂新建80吨煤气均热炉和4吨电动行车；新建全蒸汽可逆式初轧机和钢板轧机，并配辅助设施；新建用于轧制钢轨和型材的全蒸汽钢轨轧制线及钢梁轧制线各一条。另外还兴建了车辘厂、竣货厂；扩充修理厂、电机厂；改造扩建江岸装卸码头；增设电动起重机和铁索道；并将厂区铁路由6公里延长到24公里。如此规模宏大的改造工程，前后共经历了16年。1913年，再次兴建4号高炉（477立方米）和30吨容积平炉（7号）各1座，直到1917年，工程才全部完成。李维格作为全厂总办，昼夜操劳，废寝忘食，对汉阳铁厂的改造倾注了全部心血。

改造后的汉阳铁厂，规模扩大，面貌一新，炼铁焦比达到1：1，产品质量优良，交售广九京浦铁路的钢轨经验收，皆为上品，足以与英德等国第一等纯钢媲美。产量逐年提高，成本下降。生铁年产量，1904年和1908年从1902年的15万吨分别提高到387万吨和664万吨；钢产量从1907年的8538吨提高到1908年的226万吨，1909年更增加到3.12万吨，1914年在意大利首都举办的世界博览会上，汉冶萍公司的矿石、煤炭钢铁制品得了最优奖，火砖获银牌奖，李维格也获得了奖状。

汉阳铁厂火红的生产形势，也带来了良好的销售势头。全国在建的各条铁路踊跃订货，上海等地订购各种钢货供不应求。产品除销日本外，并与美国西雅图的西方钢铁公司订立了出售生铁和矿石的合同，与暨南公司订立在南洋各埠销售生铁及焦炭合同；产品还畅销安南、暹罗、新加坡、爪哇、仰光等地。曾任汉阳铁厂经理的叶景葵见到此情此景曾激动地说："全球驰名之马丁钢出现，西报腾布，诧为黄祸，预定之券，纷至沓来。"西方国家也担心失去市场，哀叹："中国铁市，将不胫而走各洋面，必与英美两邦角胜于世界之商场……呜呼，中国醒矣！"

*《李维格与汉阳铁厂》*

## ❖ 祝　福：双虎牌油漆，客户至上

1942年秋，建成纺织实业公司及江西工商界人士朱仙舫、朱蒲斋、郑国英、何长生等9人，以法币200万元的股本，在贵阳市创办贵阳建成油漆厂，1943年1月16日正式投产。游毅出任厂长兼经理，张应伟、袁松庭、文以清等人为工程师，后又请刘开峻任副厂长兼工程师。

抗日战争前夕，我国生产油漆的几大厂家，大多依靠进口原料。但此时时局动乱，依赖进口原料已不可能，必须另辟他径。为寻求代用原料，该厂领导人不辞辛劳，跋山涉水，辗转于云、贵、川的山水之间，终于用当地和邻近省份的梓油、桐油、红土、黄土、锌粉、锑白粉等作原料，成功地生产出油漆、油墨及刹车油、酒精、汽油、柴油等化工产品。当时该厂生产的防空用漆、防锈漆已在云、贵、川小有名气，受到广大用户的欢迎。加之抗日战争时期西南十分缺乏油漆、燃料和各种工业品，因此建成油漆厂的产品十分畅销，并为支援抗日战争起了一定的作用。

游毅、张应伟等人见虎牌万金油在国内外很有名气，便想：我们能否搞一个虎牌油漆，像虎牌万金油一样称雄于世呢？于是以双虎牌作商标的构想就这样形成了。从此，该厂生产的油漆，便打起"双虎"的旗号。商标设计气势雄伟，两只猛虎直伸前腿，相对趴在地球之巅。商标作者以夸张的手法，表现了企业领导者要让双虎牌产品占领全球的决心。

双虎牌油漆创始人之一的张应伟工程师，以他浓重的广东口音，情真意切地对我们说："那时，我们几个工厂负责人扎得很紧，大家没有什么个人小算盘，只是一心要把建成油漆厂办好。由于思想统一、目标一致，因此干起事来，都能齐心协力，说干就干。"张工程师打着手势加重语气强调说："领导人的团结与合作，这点特别重要，这是办好一个工厂的基础，决不能没有这个基础。再就是管理要严格，从原料进厂到产品出厂，我们领导人都亲自过问，并制订有严格的标准，自上而下，层层把关。凡本厂职工，一律按标准办事。标准就是工厂的法律。只有这样，才能获得高质量的产品，才能在质量上取信于民。"

我们从思想上真正把用户当帝王，无论数九寒天，还是酷暑盛夏，都要走访用户，上门为用户服务，帮助用户解决施工中遇到的困难，虚心听取用户的意见和要求。当时，我们走访得最多的要算西南公路局、汽车兵团等单位，因为这些单位是我们的用漆大户。从多年的实践中，我们深深地认识到：职工的素质是企业的根本，而我们招收的工人，绝大多数文化水平不高或根本没有文化，很不适应生产发展的需要。于是，我们采取业余培训的方法，定期组织职工学习文化知识和化工技术知识，效果明显，既提高了职工的文化和技术水平，又促进了双虎牌油漆质量的提高。

为了把建成油漆厂的命运和职工的命运拴在一起，我们将卖废品、采购原料所得回扣及其他账外资金，逐步转化成职工的股份，让全厂职工成为工厂的股东。这一做法，使职工惊喜万分，大大激发了工人的劳动热情。我们还接受外厂在用人上的经验教训，明确规定严禁领导人在厂内安置亲友，对职工实行招聘制。如有次招收一名厨师，多名厨师报考，我们则采取让每人各做一桌菜肴，进行现场考核，选优录用。

谈到这里，张工程师舒展了一下眉头，像突然发现了什么真谛似的，深有感触地说："办好一个厂，离不开工人。工厂的领导者如不重视工人，将一事无成。你若要工人为工厂干活卖力，那么你就千万不能忘了从工人的衣食住行入手，关心工人的生活。用现在时髦的话说，叫做千万莫忘了'感情投资'。我们当时采取的办法是：职工伙食由厂里包干，经常组织职工开展多种形式的文娱体育活动，丰富职工的生活。在分配上，除贯彻多劳多得的原则外，还每年多发6个月的工资奖，如果企业经济效益好，职工年终还可分到一定数量的红利。每逢节日或职工结婚，工厂要赠送给职工一份礼品，以示关怀。"

*《双虎牌油漆的产生与发展》*

## ❖  **曹文显**：曹正兴菜刀，一刀多用

曹正兴刀店为我曾祖父曹月海创立。曹月海系黄陂祁家湾区曹家大湾农民。黄陂地少人多土地贫瘠，不少人外出谋生，向有"无陂不成镇"之说。

黄陂的手艺人很多，曹家大湾一带农民有打铁的传统，祖父在家乡学过打铁的手艺，于是他和侄儿两人干起了打铁的生意。叔侄二人靠一盘红炉沿街打铁谋生。他们的生意时好时差，打好的菜刀卖不出去，他们就将刀送到肉案上请屠户们试用，用得好再付款，不好可以不要。由于他们打的刀工艺考究，质量过硬，屠户们都喜欢用，于是生意渐渐好起来，声誉也逐渐传开。两个人生产的刀已供不应求。

▷　《大理日报》对曹正兴菜刀的报道

在此期间，曾祖父还积攒了一点钱，在汉水岸边搭起了简陋的作坊。因为是在正月开业，又取兴旺之意，故挂牌"曹正兴"。曾祖父去世后由我的祖父曹明才当家。由于他善于经营和管理，于同治七年在汉口买了一栋

三开间的楼房，正式挂起"曹正兴"的金字招牌，前面是店铺，后面是作坊，楼上住家。生意蒸蒸日上。谁料，一场大火，烧了一条街，祖父苦心经营的曹正兴刀店也化为灰烬！但祖父并没有失望，他和父亲及几位伯叔用平时的积蓄，盖起了比原来更大的楼房，并且在楼房周围筑起了长长的围墙，楼房位于围墙中心，以后，又发生几次大火，其他房子都烧了，唯独曹正兴没有烧。正所谓"长袖善舞，多钱善贾"。

曹正兴刀店开业之后，在生产上经两代人的摸索钻研，工艺更加考究，并形成了自己的特点，如在选料、锻坯、夹钢、淬火等主要工序上都是十分严格并有特色的。曹正兴的菜刀，刀形前部薄，后部厚，淬火时前部和后部工艺也不同。所以可以做到一刀多用——"前切后砍"。很适合家用。曹家的镰刀也是很有名的，以至于在黄陂的农村流传着这样一句歇后语："曹家的镰刀——割得好。"

曹正兴在两代人的努力下，总结出生产菜刀的两种方法。

曹正兴刀店除了在工艺上精心制作之外，在销售服务上也有新招。在招牌上就写明"夹灰卷口、包调回换"。我小时候就亲眼见到一位顾客拿来一把"夹灰"刀，我的二哥连忙挑了一把同样型号的新刀给顾客，并表示歉意。所以曹正兴刀店的信誉历久不衰，名扬三镇，邻近省市也慕名前来购刀。

民国初年，曹正兴刀店传到第三代，即我的大伯父曹万长手里，由于生意的扩大，伯父们也从直接生产者成为指挥和管理者。当时开有四盘红炉，雇用工人、学徒、管账先生二十几人。曹正兴也发展成一大家族。除少数人参加生产和管理外，大多数曹家子孙不事生产。曾祖父4个儿子分为四大股，每大股又分成几小股，按股分红。此时在军阀混战之时，汉口各业均受影响，曹正兴刀店也不例外。大伯父为了渡过难关，缩小了生产规模，把生产初级产品——刀坯，分散到各家小作坊加工，刀坯经加工制作后刻上曹正兴的商标出售。而曹正兴的拳头产品：割肉刀、砍刀、放血条子则仍由本店生产。经过这样的调整，渡过了难关，生产还有所发展。生意好的时候，每天可获纯利五六十块银圆。30年代初，到我的父亲这一辈，曹正兴也繁衍成一个大家族。合族共居不可避免产生矛盾，曹家也有不事生产，贪图享乐的不肖子孙。

当家的人凭借手中的权力，吃的是山珍海味，穿的是绫罗绸缎。一味享乐，不管生产。店里的生产管理交给管账先生李志安。李志安与长清里的一名妓女陈太玉混在一起，他把账上的钱拿来挥霍，当家的人竟然一无所知，直到账上的钱都被李志安扯空了，妓院的鸨母要赶他走，工人的工资发不出，事情才败露出来，李志安和陈太玉两人服毒自杀。这一社会新闻当时的大报、小报均有登载，后来还被编成文明戏在汉口舞台上演出，戏名就叫《双服毒》。

经过这件事的打击，到抗日战争前夕，曹正兴刀店就只能勉强支撑门面了。抗战爆发，武汉沦陷，曹正兴刀店的产业被日寇侵吞，曹家的后代逃难到各地，各自谋生。抗日战争胜利后，我的父亲和伯父们才在民生路的几个巷子口摆摊子，重新挂起曹正兴的招牌，经营菜刀生意。但已元气大伤，无法重振旧业了。

*《名扬武汉的曹正兴刀店》*

## ❖ 薛本积：名扬中外的茂记皮鞋

凡属老汉口莫不知本地名牌茂记皮鞋，茂记皮鞋厂创始于民国初年，发源于旧汉口法租界亚尔沙罗南尼省街，即今中山大道车站路口。

茂记创始人李厚谟，即受当时汉口华胜皮件公司经理宋炜臣之聘，由沪来汉担任该公司皮件生产掌作师傅。辛亥革命后，李厚谟脱离华胜公司，在旧法租界恒生里街面，自营皮件作坊，起名茂记皮革制品商店，资金仅百余元，雇工及学徒四五人，劳资双方共同作业。

初始时，仅产销马车应用之各种皮件套具，如马缰绳、马鞭、皮带等小型皮件。由于当时中外富商及政府官员多自备马车，需用此类皮革产品，因而生意兴隆，逐步发展到生产马鞍、皮包、皮箱等大型皮件制品，供应军需民用。

1921年始兼营皮鞋、皮靴，尤以长筒马靴销路较广，主要售给跑马骑师，专为当时三家跑马场订货，业务繁忙，规模日益扩大，人员增加至40人左右，并发展各类新式皮鞋生产业务，茂记名牌逐渐形成。

1938年日军侵占武汉后，茂记地处"孤岛"，仅能勉强支撑。

抗日战争胜利以后，茂记老业主的长子李庆华继承店业。其时武汉人口激增，各业兴旺，皮鞋尤盛。茂记门面扩大，加之李庆华经营有方，又谙外语，常周旋于本地上层人物之中，且利用时机接近外国领事馆、洋行和官邸；经常上外商航轮、舰只，为顾客划样订货、送货上门。因产品质地精良，服务周到，颇受中外人士信任，销额倍增。原英国驻汉领事格林威奉调印度加尔各答后，多次来信邮购茂记皮鞋；解放初期，苏联专家和外侨亦多光顾茂记，故被指定为国际友人及驻汉外交使团的皮鞋供应专点。

茂记皮鞋从此名扬中外。

《茂记皮鞋厂琐记》

## 叶元同："叶开泰"的生财之道

汉口的叶开泰中药店，以自制参桂、鹿茸丸、八宝、光明散、虎骨、追风酒等名药，驰名湘、鄂、赣、豫、陕各省；并远销港澳及海外。

为什么能如此持久发展，必有其独特的生财之道。其道何在？

（一）改善经营管理。叶开泰对于经营管理历来极为重视，到了叶凤池主持店务时期，除继承先人的优良传统外，由于形势发展，参照了国内外资本主义经营方式和方法。会统制度方面，设有生产动态核算日报表，工人劳动生产收益登记表、产品营业收入分配核算表等。这些报表的内容虽不够完备，但可体现其改进的精神，对于作记账的依据和让负责人及时了解情况，起到有效的作用。

（二）提高产品质量。叶开泰主要是销售几种名牌成药，是前店后厂，自产自销。为了提高信誉广开销路，必须不断地提高产品质量。正因如此，叶开泰所制的成药，质量过硬，信誉不断提高，病人多认为到叶开泰就诊购药，有药到病除之感。因而销路日广，四海驰名。这是叶开泰兴盛的主要因素。

▷　硚口区档案馆馆藏的叶开泰的药方、捣药罐

（三）搞好劳资关系。随着业务日益发展，叶开泰所需劳动力日多。经理以下的职工大多是雇用而来，因此必然产生劳资关系。叶开泰店东深知搞好业务，必须依靠职工发挥其积极性。

《中国四大中药店之一的"叶开泰"》

❖ **金溥临**：金同仁参药，自产自销

草药品种繁多，开业之初，从明代医药学家李时珍编写的《本草纲目》中搜集药物一千几百种，从各地购进这些药材，包括植物药、动物药和矿物药等。旧社会药店的包装纸是别具一格的，因为每一种药物各有不同的

气味和性能，比如说生姜是辛温的药物，有发汗、散寒气的作用；大黄是苦寒的药物，有泻下、通便、泻火、解毒的功效。这些性能病者是不知道的，必须介绍说明。于是药店将药物的品名、性能印在包装纸上根据医生处方的药单分包包装，以便病者对症，不仅可以避免差错，而且大大方便了病人。因此，药店开业，包装纸的印刷，也是一项首先要做的重要的准备工作。

药店分为三部分，一是滋补方面的贵重药品如人参、鹿茸、燕窝、银耳等，这些药品都是由本店直接去产地采购回来的；二是饮片，包括切片、炼丹、制丸、花露、熬膏、研末，金同仁专门做这些业务，熬膏、炼丹、制丸，先请医家搜集古方研究鉴定，然后投产；三是酒店，配制药酒。

我父亲开办药店与众不同，一切都是自产自销，哪怕是用电都须自理。1917年以后就自装柴油发电机发电，梅鹿通身是宝，店内经常豢养梅鹿多头，每年冬至，便大肆张罗，将店内豢养的梅鹿公开宰杀，将鹿茸、鹿筋、鹿血、鹿皮、鹿骨、鹿脯等分等处理。之所以选择冬令，公开宰鹿，是因为要使人亲眼看见，扩大观众的口头宣传，以广招徕。在炮制的药品中，如半夏这味药，药方写为"锅制半夏"，一般药店都不作什么标榜，而金同仁的锅制半夏，则标明为金锅炮制。一个合金锅所值有限，但渲染为黄金锅制，一方面说明贵重，另一方面说明制出的药比一般锅制的要好。另外，药店炮制膏丸，用蜜较多，还办了一家养蜂厂，为药店供蜜。

药店配制药酒，我家早年在汉正街就办了一家大有庆槽坊，自酿汾酒，可以供药店大量需要的用酒。汾酒入药，需经过窖藏一年以上，始能启用。因为窖藏一年以上的汾酒，消除了燥气，有利于保证质量。金同仁的药酒有虎骨木瓜、万应追风，尤以五加皮药酒驰名省内外。

五加皮酒色质红润透明，甘洌醇厚，既有药酒的疗效，又有五加皮的特种风味，一经问世，销路特广，除本市外，近则襄府河、荆沙、宜昌一带，远至湖南、安徽、江西等地，平时每天要销售几百瓶，遇见节日则达数千瓶。

旧社会所谓同行生嫉妒，各种冒牌品很多，记得1935年左右，就发现宜昌有冒金同仁牌名倾销的药酒，当时为了保障牌名，避免鱼目混珠，曾进行过法律起诉，加以制止。

我父亲虽是官宦之家出身，但是他擅长运筹谋划，确实是生财有道的人物。

药店开业之初，各方亲朋好友推荐的学徒多达20余人，大半来自农村，文化知识欠缺。为了培植出来，为店所用，在店内二楼辟房间，专门训练学徒，将学徒分为两班，请年事较长、文化水平较高而具有医药业务知识的店员充任教师，每晚教课两小时，学习内容为写字、珠算，还要读药性赋，背诵汤头歌诀等。学期三年，要求严格，平时成绩优良的给予物质奖励。学会了写、算，并能按处方进行配药的，则提为店员。

金同仁70年来总、分、支店的经理与负责店员，差不多是从这班人中选拔提升的。旧社会所谓感恩图报的心理人皆有之，金同仁利用这一点来经营药店，一般人都能守职负责，忠于职守，双方感情协调。像后期的经理朱瑜亭，是由学徒逐步提升的，任经理20余年，出谋划策，为店尽力，始终不懈。金同仁的学徒离店以后，有的自己经营药店，有的成为名医悬壶济世，金同仁亦有功焉。

《素负盛名的武汉金同仁参药店》


## ❖ 方　明、陈章华：钟表名店"亨达利"

"亨达利"是武汉久负盛名的钟表商店，该店始创于1917年，老板名叫陈父生，他本在上海的"亨达利"钟表店也占有股份，但汉口"亨达利"则独立核算，自成一家。开业时即有职工24人，其中约有一半是修理工。主要经营欧美等国钟表，由于其技术精湛，注重质量，讲究信誉，很快在武汉市场赢得了良好声誉，业务不断发展。在武汉沦陷以前，平均月营业额达3万元左右。武汉沦陷后，"亨达利"迁入法租界内继续营业，但业务已大为萎缩。抗战胜利后又迁回原址复业，业务复振，日销瑞士和美国手表约3打，店员发展到60人，为中华人民共和国成立前"亨达利"的极盛时期。

▷ 热闹的街巷，钟表行的招牌依稀可见

注重质量，取信顾客，是"亨达利"的经营传统。凡所经营的各国钟表，在上柜前必先进行校对，走时不准或有其他问题的概不上柜。为了创名牌，"亨达利"曾向瑞士HOPE厂定制金质和银质的挂表，向德国谦信洋行定制双箭牌马头钟，上面均刻上了"亨达利"的字样。凡售出的钟表均负责保修，店内聘有技艺精湛的修表技师，并制订有一整套严格的修理制度，故修理的质量很高，素以能修各国各种花色的钟表而闻名。在内部的企业管理上，"亨达利"建立了健全的会计制度，并十分注重发挥店员的积极性，如外地职工除每年多发两个月的工资外，还另给两个月的探亲假，且路费全由店中支付。

中华人民共和国成立后，"亨达利"业务更加发展，由原以经营进口钟表为主改为以经营国产钟表为主。

《武汉旧日风情》

## ❖ 戚镜寰、戴瑞元：专营房地产的银行

义品银行全称为汉口义品放款银行，由法、比合资，约在1911年开设，行址位于旧法租界克勤满沙街，资本约合华币600万元左右。上海、天津分行均可随时调拨，又有华北银行为之支援。其内部组织有放款、工程、保险、经租、挂旗等5部。

义品不收存款，不做储蓄业务，专营抵押放款，主要业务为房地产抵押放款。所以放款部又称为房地产抵押部。房地产抵押放款分为两种；一种是有地无钱的抵押放款，即地产主拥有地皮而无钱建造房屋，即以地皮抵押贷款建筑房屋。还有一种是有地有钱的房地产主。这类房屋造好之后，亦归义品经租。

汉口义品银行既以房地产抵押贷款为其主要业务，与工程建筑关系很大，行内遂专设一个工程部，请法国工程师络康士负责主持，并雇请一个华人为之助理。部中设员工约五六十人，代客设计绘图（俗称打样）和承包建筑房屋工程。由于建筑人才及业务的集中汉口市区，一般房屋建筑的设计包工多由义品操持，各建筑商营造厂多与义品联系，如康生记建筑、公德里、德兴里、汉协顺、承建盐业银行及泰宁街、泰裕里、泰康里等。赵和升营造厂则专为义品修理其经租房屋等。

义品为了保障抵押贷款的利益安全，兼营代理保险业务，代理法商巴黎来安保险公司、英商保安火险保险公司和荷兰水火保险公司的业务经营。该三公司在上海均设有远东总经理（即总公司），义品即与之联系。保险部以法人柏里伏为主任，设华籍职员2人，办理货物和房产保险。货物保险即

堆栈存放的货物和铺店的生财家具衣箱等，华界投保者较多。货物保险为最长不过年。投保者须将所保货物品种、数量以及有关设备情形报给保险部核实，计算保险费。一般保险费标准按价每千元为17.50元，但对生财家具衣箱等物每千元为22.50元。

义品经租的房屋分为两部分：一是与义品签订有抵押关系的房屋，例如保和里、福忠里、锦春里等；二是由房产主单纯委托其经租的房屋。这部分又分为外产、华产两类。所有经租房屋均由义品主持支配，印有专用租赁合同，订立房租标准。每栋房屋出租先收费一月，押租一月，租金又是先付后住，不得拖欠，还收3%的小费。自民国十七年起，小费并入正租内收取。华界住户如拖欠租金到3个月以上，义品即向法院起诉，限期缴纳，甚至有勒令迁让情事；租界住户，满一月后不付租金，就诉请巡捕房传人交保限期付租。

挂旗亦为义品业务之一。由于不平等条约，有了租界，租界内规定不许华人置产，遂有华人在租界内所置房产改挂洋旗的办法。挂旗原为附带业务渐次发展而为正常业务，它不仅限于租界以内的中国产业，有些租界以外的中国产业主，也认为挂外国国旗能够得到庇护。如过去的璇宫饭店就是找义品挂过旗的。在武汉沦陷前，武昌的裕华纱厂以及大陆、金城、盐业、中南等银行房产，均向义品出钱买挂旗。过去旧法租界一带房屋，几乎有一半是外商挂旗的，有的房产还立有"义品银行产业"的界碑，也有人在里弄的正门上，冠以"义品"两个小字，希图蒙混是向义品挂旗的。可知义品在挂旗业务上所占的地位了。

《专营房地产的比商义品银行》

## ❖ 马惠民：马应龙眼药，风靡四百年

马应龙眼药创始人马金堂，出生于河北定州一个回族知识分子家庭。家存有大量的经学医学典籍，及木刻版原模。他在青年时代就学业有成，

对内外妇儿诸科皆有一定的研究，其中尤以眼科见长。后经潜心研究，对文献所载眼科方剂作比较分析，总结多年临床经验，大胆创新，反复试验，自制成药，取名定州眼药。他行医不取酬金，眼药亦免费施于患者。

这是马应龙眼药发展过程中的滥觞时期。名贵的原料，精心的炮制，可靠的疗效，为它尔后的发展奠定了基础。

马金堂的继承者马应龙，以制造和经营眼药为业，设店于定州北街，将定州眼药更名为马应龙定州眼药，正式投入市场。定州有清风、明月两市镇，古称"上有清风，下有明月"。未几，即在清风镇设马应龙眼药分店。与此同时跻身药界市场的，有同仁堂张其珠、锁海宇、白敬宇各名家研制的眼药，这些眼药，各以其特色优长纷呈于患者的面前。

马应龙的后裔马万兴雄心勃勃，他要打破地域局限，将囿于一隅之地的马应龙眼药由近及远，去赢得更大的市场。他择日以毛驴为骑，偕家人、帮工，带着眼药、铜钱、干粮，带着新的希冀，沿着古老的驿道向北京进发。经过选择之后，在一个客商云集的所在——北京前门外租得一宅，修葺门面，郑重地将眼药送到北京人的面前。但是开始时，马应龙眼药在北京并不畅销，马万兴不久就经济拮据，粮银告罄。

但他没有却步，在作了客观的估计后决心坚持下去，并嘱咐家人返回故里筹措资金，以作长久计，那时北京至定州尚无铁路往返，需时一月。家人离去27天后，马万兴手中已分文莫名，不得不找邻里一位以卖红薯为业的阎某告借。阎以5个铜子相助，使他度过了艰难的数日，家人带着筹借的钱款终如期返回。历数月，滞货无人问津的状态开始改变，沉郁的空气为之一扫。

大凡药物与其他商品有别的是：在药物于患者身上获得奇效后，名声就会不胫而走，其影响迅速而久永。马应龙眼药以其对眼疾的卓效，赢得了北京地区最可宝贵的声誉，一时名闻遐迩。

数年后，生意日见兴隆，集资日渐增多，马万兴遂在京购置宅地房产计30多处并开设子店。但仍以西河沿为永久性经营眼药的中心地。

马应龙眼药制造业的发展并不是一帆风顺的，它经历了旧时代的风风雨雨，曾经遭到多次变故。1921年军阀王占元部兵变，兵同匪类，到处劫掠，眼药店亦未能幸免。每有兵匪来店洗劫，即赠以重金，并请商绅说情始作罢。1926年陈嘉谟任湖北督军，北伐军进军两湖，锐不可当。陈负隅顽抗，不顾人民死活，在市民粮食缺少情况下，以征集军粮为词，继续搜刮民粮。民以糠菜为食，饿殍遍于巷闾，眼药店全体人员亦倍受饥馑之苦，其中一体质稍弱的青年工人险些饿死，工人王老荣、韩瑞生于此时惨遭流弹杀害。1938年10月武汉沦陷以后，眼药生产处于艰难之中。

为避免日军的骚扰，经常要栖身于租界，以度时日，眼药经营一筹莫展。但由于眼药已在群众中建立了信誉，同时在治厂治店中的不懈努力，企业在旧时代的风雨吹打下没有破产，走过了艰辛的途程。

《马应龙眼药今昔谈》

## ❖ 易冠生：冠生园在汉口日益兴隆

冠生园食品公司是经营广东和西方风味的食品企业。由于产品品种多，花色好，誉传中外，历久不衰。武汉设有分公司，具有特色。冼冠生生于1876年，广东南海人，长得胖而结实，脸盘很大，走路快速。他幼年在上海更新舞台门前叫卖牛肉干、话梅、陈皮梅。这个小广东很会做生意，得到戏院老板的赏识，资助他开设小作坊，自产自销。

由于产品味道好，小商和糖果店争相贩卖。因此，冼冠生雇了几个工人在沪南新舞台开起了一家小规模的食品店"冠香"，专售糖果、饼干。后来又生产二陶、橄榄、伊府面及陈皮梅、果子牛肉等，冼冠生的推销方法高人一等，业务发展大有一日千里之势。

1923年冼冠生招股集资30万元，在冠生的名字后面加上个园字，成立冠生园股份有限公司。从此，冠生园的营业范围日益扩大，分支机构遍及全国各大中城市，渐至港澳南洋一带。1928年，冠生园上海总公司委派广东南海县人张泽銮来汉筹办汉口冠生园，开始只在统一街永广里租私房一间，小本经营，销售上海的陈皮梅、话梅和饼干。因物美价廉，味道鲜美，被视为妇女、儿童的开胃佳品，销售极畅。不到几年，又租下永广里号房屋，占地面积400平方米，作生产之用，当时叫作坊。开始生产糕点、果子牛肉、果子露，冬天做香肠、板鸭等，工人亦增至36人。

1930年，总公司看到汉口的生意旺盛，很有发展前途，便在江汉路129号开办了第二个支店，楼下为冠生园门市部，二楼作餐馆。请来名厨师烹调富有广东风味特色的菜肴和各种中、西大菜。

▷ 冠生园 1944 年发行的股票

张泽銮善于经营，他利用各种广告、宣传品、报纸等工具，把生意做得很活，同时交结各界人士，与当时武汉流氓头子杨庆山结为拜把兄弟，杨庆山是老大，张泽銮是老二。杨庆山每天早晨到冠生园来过早，随来人员三三五五。杨庆山一度当过湖北绥靖公署稽查处处长，还兼做过许多社会职务如董事长、会长等等，不习惯坐办公室，但早晨到冠生园一定能找到他。有人说，冠生园实际就是他办公的地方。这也是张泽銮在武汉站得住脚、生意日益兴隆的一个重要因素。

1933年，张泽鎏在汉口友益街如寿里口开办了第三个支店；年底又在武昌司门口开设了第四个支店。根据总公司的意图，成立了冠生园汉口分公司，张泽鎏为经理，潘玉泉为副经理，其他要职均由张泽鎏一家兄弟5人担任，他们掌握着公司、工厂和各支店、门市部的人、财、物大权。工作人员增至100多人，日产量由1500斤增到3000斤，产品由江汉路、武昌如寿里等支店流入市场。

各支店的营业越来越兴旺，因此有了雄厚的资本做基础，汉口分公司准备在市郊新建一所农场，使其原材料不受别人的牵制，来减轻产品的成本，扩大经营范围。"七七"事变后，因时局越来越紧张，不得不放弃了这个了不起的打算。1938年，日本的飞机对武汉进行了惨无人道的狂轰滥炸，无辜的中国人民遭到空前的浩劫，大片的工厂变成废墟，冠生园的厂房也受波及。武汉沦陷期间，各支店被日军占用，冠生园落到了关门歇业的地步，许多店员和工人出走重庆、贵阳等地谋图生活门路。

1945年抗日战争胜利后，民族工业也随之进入大规模的复建。冠生园亦急谋复兴，先后将沦陷期内停顿的工厂、支店一一恢复旧观，产品也不断上市，且品种名目繁多起来。在当时的市场上深受消费者赞誉的产品有中点、西点，马利饼干、波士顿饼干和大花蛋糕等。在当时遭到战争浩劫的人们，一般的吃饼干之类，富有的吃大花蛋糕等。同时，张泽鎏利用江汉路129号楼上的餐馆，又经销起广东风味的菜肴和中西大菜以及各种糕点。

在楼上左侧又设了大光华附店，专售糖果、点心饼干、瓜子、陈皮梅等，每日通宵达旦，门前车水马龙，营业到了鼎盛的阶段，冠生园的名声更大更响了。

《冠生园食品公司史略》

## ❖ **薛子仁：** 薛坤明创建太平洋肥皂厂

汉口太平洋肥皂厂，是在1914年创办的。原名民信肥皂厂，1926年才改名为太平洋肥皂厂。创办人薛坤明，从摸索到筹建、开业，几经周折，经历了一段曲折的历程，使太平洋肥皂厂在武汉三镇蜚声20余年。薛坤明创办太平洋肥皂厂的经历，反映了民族工商业者在半封建半殖民地的旧中国办工业的艰难。兹就所知，回忆如下。

薛坤明虽在洋行工作，生活比较优裕，然不愿寄人篱下，总想创办工业，既能摆脱雇用地位，又能利国利民。当时民间洗衣，用土碱、皂角之类，福利洋行虽出售肥皂，因是舶来品，价格昂贵，只有外国人和富人才能购用。

汉口租界开辟增多，洋货渐渐输入，商品充斥市场，市民眼界也逐渐开阔，肥皂也开始有人生产销售，当时汉口有两家肥皂厂，一家是中国人开的小作坊，叫谢荣茂肥皂厂，生产一般含水肥皂，质低价廉，颇适合市民需要。另一家是日本人开的小型肥皂厂，生产较高级条皂，专供外国人使用，厂设在日租界，雇有华工20余人。产品委托福利洋行推销。日本肥皂厂的推销员鲁寿山，是中国人，经常到福利洋行推销肥皂，办理结账，同薛坤明打交道很多。由于薛坤明想办工业，又看到肥皂是市民大众洗衣必需之品，日后必然会发展，代替土碱、皂角洗衣，是必然的趋势，心中便有了打算。

每次鲁寿山来行推销结账时，薛坤明总是殷勤接待，问长问短，打听内情。久之，薛坤明与鲁寿山结成了莫逆之交。一个星期日，薛坤明办了一桌酒菜，邀请鲁寿山做客，开怀畅饮之际，问起肥皂生产的情况。不料鲁寿山不懂肥皂生产技术，并说日本人对生产工艺非常保密，不允许外人参观，他虽是推销员也只能在办公室内办理营业工作。工厂的大门、后门都有日本人把守，外人很难入内。厂中雇用的华工也管理甚严，工资比外面高出一倍，因此工人们乐意勤恳劳动，不愿违章犯规。

鲁寿山只知道肥皂原料有许多种，都是用铁桶装着从外国运来，只有牛油、皮油是本地采购的；他技术方面的知识一概不知。薛坤明虽大失所望，仍把学习制造肥皂的意愿对鲁寿山讲了。鲁寿山为了要帮助朋友，答应尔后有机会，混进厂去摸清生产实际情况。事隔数月，厂中有个南京籍工人因母病重，急需请假一月回家探望。日本大班认为要有替工才准一月的假期，这工人为此正在发愁，想请鲁寿山为他找一替工。鲁闻之暗喜，即对工人说："我有一个亲戚，闲着没事干，他为人忠厚，可以代你做替工。"工人听后也大喜。

鲁寿山前往薛坤明处告知此事，薛闻之非常高兴。于是薛坤明假托胃病严重，医嘱需请假一个月休养才能痊愈。英国人见薛工作多年从未请过一天假，这一月的假就答应了。次日薛坤明脱去西装，换上工人所穿粗布衣服，剃成平头，穿上布鞋，打扮成工人模样，前往肥皂厂找鲁寿山。鲁以表兄薛大发向厂方介绍。日本大班见薛坤明清秀灵活，就同意从第二天起正式让他做替工。

薛坤明进厂做替工后，对工作加倍努力，人灵活又会察言观色，既博得日本大班的信任，又密切了工人之间的感情。不论是开桶出料，挑抬搬运，或是原材料下料生火，成品出锅后开条成型等工艺，都是工作抢在前，吃饭、休息让在后。下班时总是把工具收捡干净，地上扫得清清爽爽，做好收尾工作才下班。这样干了10多天，日本大班看在眼里，喜在心中。认为这个工人能干、勤快，一个人能抵两个人用，对薛很感兴趣。工人们对薛干劲大，不怕吃亏，肯热心帮助人，也都夸奖。一天晚上下班后，薛还在忙着收捡，干得满头大汗。日本大班跑来乐呵呵地问道："你叫什么名字？"薛答："我叫薛大发。"日本大班说："什么大发？是不是大大的发财。"薛笑道："正是大大的发财。"大班也大笑，并对薛说："很好，你好好地干，将来把你转正为正式工人，还加你的工钱。"薛听了心中暗喜，正愁一个月替工时间短促，不能满足求知的愿望，急忙回答："谢谢大班！"日本大班也笑嘻嘻地走开了。

一个月很快就到了，那位来自南京的工人因母病不治，料理完丧事后回来上班了，薛坤明去见日本大班，说明替工期满要走的事。大班说："你工作很好，就留下做正式工人吧。"薛谢了大班，并要求请两天假回家一趟，以免家人挂念。大班也同意了。薛坤明回家，由于一个月劳累，人消瘦了，皮肤变黑了，与原来洋行职员的白皙书生比，判若两人。第二天，薛又穿起西装革履去见英国人。英国人见他这副模样大吃一惊，以为他胃病严重影响了健康，急忙问他的病情。薛又装出一副愁容满面、病态支离的样子向英国人说："一个月不能吃饭，胃病没有好，还要继续医治。"英国人见他这种样子，只得允许续假，等病治好了再来上班。

薛坤明第三天又回肥皂厂上班了。不久，薛向日本大班要求：因家中有老有小，需要照应，请求每天下班后回家去。日本大班见他工作勤快麻利，就同意了他的请求。薛坤明懂英文，在工作中将各种桶装的原材料的名称、出处，都一一记录下来，并在实践中已锻炼成为一个熟练工人，只是配方和熬炼技术还不甚懂，因这些操作都是由日本工程师掌握的，绝对不会传授给任何人。

薛坤明一心想把技术学到手，但又不能流露一点声色，只能暗中留神，观察日本工程师的一举一动以及下料的顺序、熬制的时间和成色，一一反复琢磨，作好记录。薛坤明有一亲戚名王秋澄，在上海教会里工作，熟悉英文，接近许多外国朋友。薛托王向上海外商购买一些制肥皂的散装原材料，如纯碱之类的碱性原料；又托人在本地买了一些牛油、皮油以及一些铁桶、坛罐，又做了一些生产工具。他白天上班，晚上在家里做试验，每天熬制到深夜。真是功夫不负有心人，他终于摸索出一套各种碱类与各种动植物油料的配制比例，掌握其性能。

花了3个多月的时间，达到圆满的成功。技术既已学到手，不能再继续当工人待下去了。于是薛坤明谎称母亲有病，向日本大班请假10天。大班同意了，希望他假满早点回来。薛坤明唯唯诺诺地答应，离厂回家。薛坤明回家后，即把鲁寿山请到家里，把怎样当工人偷学技术和自己在家里夜间试验，如此反复直到试验成功的经过，以及准备辞职、找房子筹建一个小型肥皂厂的计划告诉鲁寿山，并邀鲁参加办厂。鲁听了非常佩服，大加赞许，祝贺他成功，也同意日后相助。

《薛坤明与太平洋肥皂厂》


## ❖ 王远志：老锦春酱菜，誉满武汉

老锦春虽经营糖、盐、糕点、杂货，但营业上仍以酱菜为重点，所以酱菜极为出名。酱品类品种繁多，计有江西豆豉、豆瓣酱、蓑衣萝卜、酱瓜、汁酥豆、茭头、甜蒜头、泡蒜苗、酱海带、京冬菜、南丰菜、五香干子、臭面筋、青方、红方、糟鱼、糟鸭、咸鱼、腊肉、盐鸭蛋，还有长春药酒、各色酱油、红醋，等等。

酱品在制作方面有其特点，如：

蓑衣萝卜选购上品黄州萝卜，先制成酱萝卜，把酱萝卜干切成可以扯长的蓑衣形，用冰糖末冲开水，放冷浸泡，晾干出售。顾客买回，临吃前加上小麻油，食之感到香、甜、脆，真是佐餐佳品。

酱瓜选用青嫩的小黄瓜作原料，泡在甜面酱缸里，每天在深夜转缸一次，把黄瓜上沾的面酱一条一条地抹掉，换放另一缸里。这样连续转缸20天或一个月，成为甜脆可口的酱瓜，才能出售。

豆豉本是江西的特产，汉口原来无此产品，为了适应群众需要，派人去湖南浏阳学习制作豆豉的技术。选用黑豆作原料，经过蒸熟发酵，适当地加温发霉后，晒干即成。豆豉炒肉丁，或豆豉拌红椒均为人们所喜爱的佳肴。

沙湖盐鸭蛋也是老锦春的特产之一。每年春末派人到沔阳沙湖，选购鲜鸭蛋约20万个，原因是进货早，不嫌贵，只要质优成色好。腌蛋时根据传统经验，有投料配方，即每万个鸭蛋，须用食盐多少，黄泥土多少。盐泥浆调和均匀后，把鸭蛋包好腌透，咸淡适宜，经过阴藏一定时期，盐蛋内一律变成"朱砂黄"，而且蛋黄有油，这就达到标准，可以发售。这样沙湖油黄盐蛋，不仅畅销武汉三镇，还远销上海，堪称名产。

我父亲曾习中医，颇明药理，自选中草药配方炮制一种药酒具有滋补作用，经常饮服可以延年益寿，故名为长春药酒。惜未重视，将原配方遗失，因而失传。

除重点酱品类外，还有糕点类，品种也不少，其中也有名产品，在市场上与汪玉霞等名牌产品竞争，如：

京果，主要原料是泡糯米。我店对浸泡糯米派有专人负责，每隔一二天换清水一次，泡的期限越长越好，最少三个月，甚至泡半年，一定要把糯米泡透。以泡透了的糯米做的京果特别酥口。武汉的老人喜用京果冲豆浆，或泡米泡，用汤瓢一按，京果就碎了，一般称之为"落口消"。

酥糖，是把饴糖溶化，经过多次拉丝后，再掺和芝麻粉和糖粉，一层一层地使劲折，折的次数越多越好，我店酥糖最少折50次以上，最后能拉成长条。这样的酥糖香酥可口，每届节前，市场供不应求。

绿豆糕、豆沙包，这两种产品的主料均是豆沙。我店对豆沙的制法，首先把豆制淀粉吊干后，用猪油炒熟，隔几天又加油重炒，这样连炒几次，油糖花得多些，使豆沙又黑又亮，没有豆子原味。用此佳料做绿豆糕和豆沙包的馅子，味道特别好。碱酥饼，我店生产的碱酥饼上面用芝麻堆成一个"锦"字，代表老锦春产品，汪玉霞糕点店生产的碱酥饼，上面用芝麻堆一个"玉"字。

这是我们两家在产品质量上进行竞争的具体表现。以上许多产品都有名师掌作。如酱品掌作先是吴继松老师傅，年老退职后由其本家吴述柏、吴继武接替。糕点掌作，先是胡老师、傅年老，退职后由其徒弟詹海文接替。在掌作的指导下，还有不少工人钻研技术，做出好的产品。如面包工人张有培生产的酥皮面包，质量甚佳。

*《武汉老锦春酱园》*

## ❖ 方　明、陈章华："苏恒泰"伞店

汉口"苏恒泰"伞店在清末民初被誉为武汉地区十大名牌之一，名扬华中。其所制造销售的伞，质量之高，据说能达到一人撑开后从楼上跳下，伞既不坏而人亦不伤的程度。在伞面上投以小石，居然能在伞面上弹回来而伞不伤，一把伞可使用8—12年之久。

"苏恒泰"创设于1864年（同治三年），创始人苏文受，湖南长沙人，幼年即从师学习制伞，技艺渐精。1862年，逃难至汉口，在关帝庙（今硚口区西关帝巷）定居下来，靠修伞为生。在修伞中，他发现汉口的伞（主要为蒲圻和潜江所产）在质量上与湖南伞相差甚远，于是便萌发了制伞的念头。

他买了一些制伞的原料，利用晚上的时间按湖南制伞方法制伞，白天便摆在伞上出售，牌名定为"苏恒泰"。由于质量甚好，渐渐供不应求，"苏恒泰"的牌名，便渐渐流传开来。

为保证伞的质量，"苏恒泰"的制伞原料是相当考究的。做伞骨的竹子，一定要湖南茶陵产的，因其肉厚质坚，不走性弯边；伞柄采用质地坚实的湖南益阳产的树木；桐油则非湖南常德的不用，因其有纯度高、光泽好的特点；皮纸则选用陕西的郧皮纸，因其性韧坚牢，不易磨损；柿油则必用罗田的，因其汁清透油，黏性强而耐久。

1864年，苏文受收起伞担，在关帝正式坐庄开店，定名为"汉口苏恒泰伞店"。雇工12人，还收了3个徒弟。月产量达五六百把，仍时常脱销。为了提高产量，苏文受一方面增加雇工，一方面对传统的生产方式进行了改进。原来的生产方式是从下料到做成成品（内行叫成器伞），全由一个人完成，一般一个工人每月可做50把左右。改进后，把原来由

人做成器的方式，改为5人协作：伞架部分，一人做长骨，一人做短寸，一人做兜托、套柄；油褙部分，一人褙伞，一人打油。改进后，由于用工专，不但效率提高了，而且质量也更好了。为了适应产销量的增加，苏文受在大火路先贤巷租到一栋房屋，正式成立作坊，集中生产。从此，"苏恒泰"发展更快了，雇工达到100余人。到1905年，月产销量已达到四五千把。

▷ 苏恒泰油纸伞

　　1906年，"苏恒泰"派出一个名叫左云程的人至湖南湘潭组织"左祥和"制伞作坊，其原料和做法完全以"苏恒泰"为模式，做成后全部运到汉口以"苏恒泰"的牌名由"苏恒泰"包销。这种包销方式，引起了湘潭朱德泰、傅保兴和长沙李仁和等制伞作坊的兴趣，也分别和"苏恒泰"订立包销合同。由于货源充足，苏恒泰便结束了大火路的作坊，专门经销以"苏恒泰"为牌名的雨伞。这时，苏恒泰除饮誉武汉以外，其伞还畅销至黄陂、孝感、黄冈、汉阳、汉川、沔阳、嘉鱼、麻城、罗田、天门、襄樊等地，远销河南、河北两省，年销量达8万把左右。

　　1928年，"苏恒泰"的第三代传人苏荫泉在湘潭重组作坊并对传统的制伞方式又作了若干改进，使其质量又得到进步提高。1938年武汉沦陷后，"苏恒泰"遭到惨重损失，业务一落千丈，只雇了8个工人在内自制销售。抗战胜利后，"苏恒泰"又派人至湘潭再度组建作坊，而且又对制伞的原料和方法又作了若干更新和改进，以适应市场新的需要。由于质量提高，经营得法，年产销量很快就恢复和超过了战前的水平，达10万把左右，且仍供不应求。

《武汉旧日风情》


## ❖ 赵元凯：老字号帽店——盛锡福

提起盛锡福帽厂，还得由天津说起。它创办于1911年天津法租界和平大道，创办人刘锡三，山东掖县湾头村人。掖县是草辫的传统产地，他继承父业，在本县收购草辫，运到青岛、天津卖给外国人。几经贩运，赚了一些钱。刘锡三是一个有事业心、很会动脑筋的人，在和外国人打交道的过程中，他观察和思考一个问题：外国人以低价在中国收购大量草辫，经过加工制成草帽，又在中国市场以高价卖给中国人，从中赚大钱，我们为什么不能制造草帽来赚这笔钱呢？

这是他办帽厂的动机。关于招牌和商标也是煞费心机的。他想到过去做生意常用的一副对联："生意兴隆通四海，财源茂盛达三江"，从中取一个"盛"字，接着下面用自己学名"锡"字和乳名"福"字，拼成盛锡福招牌，预祝财源茂盛。商标设计是在盛锡福三字下用草辫连成一个圆圈，里边以三顶帽子成品字形，锡字下有三帽商标四字，直读就是锡三的名字，以示自己创业之意。

刘锡三在天津办起帽厂，既卖草辫又制造草帽出售。由于本小利微，加之草帽是夏季业务，落令后还需兼营其他，发展不大。后来他求援于天津东莱银行本家叔父刘子山，借到一笔资金，租下楼房一栋，前店后厂，增加工人，扩大营业，既做草帽又做呢帽、便帽等多种产品，营业比以前大有发展。但是手工生产的帽子，技术落后效率不高，仍难与洋人抗衡。遂于1911年从外国进口全套电力制帽设备，自设漂白车间，成为当时全国第一家机械制帽厂，产量大增，质量提高。短短几年工夫，营业额直线上升，盛锡福已发展为能制造草帽、呢帽、缎帽、皮帽、便帽以及男女各式花色帽几百个品种。

规模逐步扩大，在天津增设了立栈大街及天祥市场两个发行所，又陆续在上海、南京、徐州、济南、青岛、北京、汉口、成都等城市设立了发行所，业务日益兴旺，赢得了社会声誉。生产的各种帽子，质地优良，式样新颖，不仅在国内博得顾客好评，还在新加坡、印度尼西亚、菲律宾等地设立了分销处，在国际市场打开了销路。

刘锡三独资经营，由小到大，发展到驰名全国，是与他深谋远虑，在经营管理上有一套行之有效的办法分不开的。首先他以产品质量为生命，坚持选料优良、制作精细、美观大方、物美价廉，在市场上有竞争力。工人沈自用在工作空隙钻研帽子式样有创新，刘就提拔为设计师；还派大儿子刘珍和大徒弟曲捷三东渡日本，到帝大帽厂等处参观学习掌握最新制帽技术，回来应用于生产。因此，制帽技术进一步提高。

1929年在菲律宾举办的国际博览会展出的产品，获得头等奖。在服务方面，他视顾客为"财神"，制订服务规章32条，如在营业时间不准看报，不准吸烟，不准聊天，不穿短裤，衣帽整齐，礼貌待客。购货任人挑选，不论买与不买，进门欢迎，出门欢送，货真价实，童叟无欺，包调回换。他还雇有懂外语的人接待外国客人。他很重视广告宣传，在车站码头树立广告牌，刊登报纸广告。甚至他在走路或乘车途中，见到别人戴的帽子就以旁观者身份，询问是哪厂出品，借机宣传盛锡福帽子质量如何好、售价如何便宜等等，以扩大影响。

在经营管理上他也抓得得法：如天津三个店子，每天一起开碰头会，汇报昨天工作，布置今天任务。外地各分店的进销存以及费用开支，每天都要向天津总店汇报。他知人善任，任人唯贤，各店主要负责人，不论亲疏，均选拔有才能的人担任，分店会计都由他亲自选派总店会计人员担任。工资待遇，比较优厚，一薪一酬代理人吃干股，听赚不听赔，盈余分红，一年小分，两年大分。

《老字号帽店——盛锡福》

## ❖ 陈祖泳：精益眼镜公司与汉口分店

中国工人已掌握了配制眼镜业务技术，就逐渐脱离高德洋行，自行集资另开一家眼镜店。于1911年在上海南京路、劳合路，他们向美国订购了所需的全部验光仪器、机器设备及各种新式样的框架，在此之前，我国采用西方先进设备及技术配制眼镜的，尚无先例，精益是先行了一步。所以精益在宣传广告上一直标榜为"中国首创第一家"。

精益开业后，技术服务及商品质量较之，高德有过之无不及，售价又低廉，因此竞争力很强。高德洋行受到很大影响，业务渐渐冷落，又因失去了一批技术力量，继续维持有很多困难，所以不久就停业了，高德本人也回国去了。参加创办精益眼镜公司的有10余人，计有张士德、刘致祥、张云桐、邹静润、唐墨林、徐天声等。

孙中山先生于1924年在广州题赠《精益求精》横幅一张，现保存在上海孙中山纪念博物馆。精益眼镜公司创办时的资金据说为白银2万两，以后曾陆续增资，1927—1928年登记资本为16.8万元。精益眼镜公司的组织形式为股份有限公司。

▷ 孙中山为精益眼镜店题词

上海精益眼镜公司开办后，业务非常好，就逐步向外发展，在各大中城市设立分店。最早是汉口和北京，这两个分店建立后，业务都很好，鼓励了精益增设分店，最多时达到20家左右。主要地区的精益分店经理，大都由精益的创办人或股东担任，分店与总公司利益上有相互依存关系，多数分店经营得比较好，也有少数经营较差而撤销的。到解放时尚有10余家。精益开办了一段时间后，声誉日增，在外地的分店也日益增多。

为了杜绝外地眼镜店盗用精益牌名，曾在当时的民国政府注册局注册。有些地方的眼镜店就有以"精一""精艺"等谐音字作招牌，变相蒙混以广招徕。外地的精益眼镜店一般都是上海精益眼镜总公司的分店，受总公司管辖；也有个别的是得到总公司同意使用精益招牌，但经济上并无关系。这样的情况，多半是由原来精益的职工或有关系的人所开设的。其使用精益招牌并不附带什么条件，只是在精益本身一旦要开设分店时，这些店子就必须无条件放弃使用"精益"牌名。

抗日战争前的重庆、昆明及澳门的精益，即属这种情况。精益在国内分布面广，遍及东北、西北、华北、华中、华南及西南地区，这在国内同行业中，尚无类似例子。精益分店的业务经营有较大的自主权，分店经理可自行决定职工的任用与解雇。关于货源，分店可向总公司要求调拨，也可以自己直接进货。但向国外进货，则由总公司统一办理。具体的经营做法总公司并不过问，仅每年有例行的一次形式上的巡回查账。精益开创初期，很有奋发精神。为了提高业务技术，曾几次派人到美国学习眼光学，进一步深造，还有部分人员参加美国眼光学函授学校学习，对培养专业人才起了一定作用。

在20年代，该公司曾建立了一个生产K金镜架的车间，产品质量较好，曾拿去参加巴拿马国际博览会，得过奖。但并未继续在这方面进一步发展。30年代后，精益眼镜公司已渐趋保守，满足于现状，没有什么新的拓展。

汉口精益眼镜分店是在1912年建立的，店址开始在前花楼附近。后来江汉路不断有新式建筑落成，市面日趋繁荣，于是就迁移到江汉路。汉口精益的设立基本上参照上海的情况，仅数量上略少些。制镜片设备有球面磨片机，有半自动成型头子的割边机；验光仪器有眼球计、视网膜镜、组合成镜仪及标准试镜箱等。在当时来说是比较现代化的了，因为是武汉三镇过去从未有过的新型店，开业后业务十分兴旺，曾轰动一时。

汉口精益的创办人张云桐，是上海精益眼镜公司的创始人之一，曾获得美国眼光学函授学院的毕业证书，有一定的技术，对生产经营也有较丰富的经验，因此汉口精益分店是经营得比较好的。

《精益眼镜公司与汉口分店》

## ❖ 汪祥法：悦新昌绸缎局

杭州王氏悦新昌绸缎局1947年歇业后，汉口华华绸缎公司的胡梅堂与东华染厂的陈福认为，悦新昌历史悠久，营业一向繁荣，只因资金周转失灵而停业，实为可惜，如能接办继续经营，是大有可为的。于是两人出面，邀约沪汉两地染坊及布店友人，共同集资35亿元，约值黄金1000两，将悦新昌接盘下来，仍用悦新昌招牌，登报声明前后悦新昌推盘受盘事宜，明确界限。

任命胡梅堂为经理，吴益寿为副经理，襄理汪祥法主管会计，周秀峰主管业务。随即着手组织货源，更新装修，于1947年10月10日开张营业。关门几个月的老店新开，对城乡广大顾客仍具有吸引力，营业兴旺，销售居同业前茅。年终结算短短3个月，已将接盘和装修所花费用全部收回。

1948年是富有经营成果的一年，虽然货币贬值，但由于采取了稳健的经营方法，零售价随币值议盘调整，售出货随地补追或兑换硬币，存货不存钞，年终仍盈利约资本值的四至五成。到了1949年，国民党败局已定，人心惶惶，经济崩溃，苛捐杂税名目繁多，敲诈勒索变本加厉，金圆券急骤贬值，物价一日数涨，货物售出即不易补进，而暗中收受银圆，风险又大。为了减轻股东们对企业投资风险，商店决定将上年盈余进行一次红利分配，以银圆和绸缎折价付给，大致相当于原资本的三成。全体职工也以4000银圆发给酬劳金。战局急转直下，股东们对应变意见不一。在接到中共地下组织的安民信后，恐共心理才渐消除，决定不搬迁、不解散，保产护店，等待解放。

1949年5月16日，人民解放军进入武汉。解放后，社会秩序安定，商店照常开市。年内，市工商联合会及各同业公会相继成立。笔者被选为丝绸呢绒业组长，组织学习新民主主义工商业政策及《共同纲领》等文件，对共产党的经济政策有了初步认识，开始明确了经营方向，加强了经营信心。

《悦新昌绸缎局——江汉绸布公司的演变》

## ❖ 李肇君：品芳照相馆

品芳照相馆是汉口的一家大型照相馆，地处中山大道748号民生路口，创建于1916年。创始人李炳声，武昌县人。他父亲在黄鹤楼茶馆内卖花生瓜子为生。李炳声排行老大，14岁在印字馆学徒，后转入照相馆学徒，从照相、修底片到冲晒，样样熟练。他25岁筹建"品芳照相馆"，是用银子做的招牌，店铺是一栋四层楼房，通过湖北省官钱局王殿芳的关系租下来的。

经营到1938年10月25日止，店子的生意越做越旺，每月盈利在万元以

▷ 1929年的黄卓群（品芳照相馆拍摄）

上，从而成了万贯家财的富翁。李发富之后，又在统一街口开了一家当铺，经营棉花、棉纱，还在六也村买下豪华的房屋两栋，作为他的公馆。在民

生路口左边，买下一栋三层楼房，出租朱岳盛开酒铺；这是因为他怕别人开照相馆与他唱对台戏，所以买下这栋房子。

1938年10月汉口沦陷后，品芳照相馆被日商霸占，改为"永清写真馆"，雇用中国工人担任各种工作。这时李炳声全家跑到黄陵矶避乱，在当地购买了两担田，出租给农民耕种，他没有收过租，佃户则逢年过节送些农副产品给他吃。1945年8月15日日本投降后，他将这两担田无偿送给佃户，全家回到汉口。

抗战胜利后，李炳声收回了品芳照相馆，修理门面，重新开业；其他商号亦相继开门营业。此时一些军政要员、巨商富翁、洋买办行纷纷由重庆来到武汉。照相馆也生意兴隆。李炳声当上了全市照相业同业公会理事长，办公地址设在品芳照相馆三楼，处理全行业有关事务，成了全行业中知名人物。照相业属特种行业，没有后台，是难以立足于旧社会的。

李炳声与汉口警察三分局局长有莫逆之交，店子开张时，局长送了一台1.5米高的座钟，下面落款是局长的名字。有些小瘪三进去一看，掉头就走。李炳声还结识了青洪帮头子杨庆山。杨庆山经常去照相，李炳声都亲自接待，他将杨庆山的肖像放大挂在店堂内，一方面起宣传作用，另一方面炫耀他与青洪帮头子有关系，一些地痞流氓遂不敢寻衅闹事。李与汉口市商会理事长贺衡夫也有深厚的交情，贺衡夫送了一块金字匾，写了"领导有方"四个大金字，李就把它挂在店堂正中。有一次国民党刘峙部下的一个团长与营业员发生口角，将柜台上玻璃板打破，刘峙打电话给这位团长，事情便很快平息下来。

"品芳"继承和发扬了传统技艺，造就了具有团体摄影权威的老技师、专攻艺术人像的老技师、能笔下生辉修整的老技师等十余名，加之工艺标准严格，质量精细，遂在多次评比中夺魁。该馆现有五个摄影场，分布在四个楼层，店容整洁，装潢讲究，陈设典雅，设备优良，技术力量雄厚，接待有礼貌，服务细心周到，交件快、质量好。不少外宾、华侨，慕名前来摄影留念。由于武汉人像摄影学会的学术探讨中心设在这里，故各地同行常来这里交流经验。

品芳照相馆的艺术人像、儿童稚影、新婚礼服照、舞台摄影、大型团体照各具风格，影调讲究，质感强烈，光线柔和，层次分明。它能弥补顾客生理缺陷，使人物形象自然潇洒，端庄稳重。至于机械产品、工艺美术品、建筑设施、文件图纸等彩色照和天然彩色片、反转片等业务，亦日臻完善。

《品芳——汉口的一家大型照相馆》

## ❖ 邹凤祥：邹协和金号

1914年第一次欧战爆发，金价逐步下跌，落到30余元一两，这才为资力微弱的邹协和带来了发展的机会。由于金价向无前例的便宜，业务激增数倍，至1916年就积累了约值八九百两金子的底货。为了扩充业务，即以2万两银子的资本，在汉正街永宁巷口增设邹协兴银楼，交沅之负责管理。随着金价上涨，又赚了一笔钱，至1918年乃在交通路口增设老邹协和银楼，由济之负责。第二年润之来汉，住在店内，请一个姓刘的老师教他读书。

交通路口邹协和开业时，生意很好。在同一条街而又是同帮的同丰金号，资金号称30万，邹协和望尘莫及，而其老板李之圃，每天还要来观察三次。有一天，澄之带着侄儿启祥，由汉正街邹协和坐人力车送30两金子来店，下车时只顾把孩子抱进屋，忘了拿金子，回头出来，车子早走了。几弟兄非常着急，适逢李之圃亦在场。李知邹协和此次开张，由济之出面在银钱业上了不少的架子，就趁机向他们散布谣言，不说澄之丢了30两金子，而说是"济之丢了几百两金子"，企图煽惑银钱业收回放款，搞得邹协和一时下不了台，殊不知有一家绍兴帮的钱庄，很器重邹济之，原已透用银子3万两以上，见此情形，就索性加放现款与他，还清了急债。从此，与他往来的钱庄，更加信任。

再有一天晚上，店里快要打烊，还有不少顾客。有一个穿着很讲究的人，在柜外看了很久不肯离去，济之上前接待，他也只说是"随便看看"。当时店里正在酬客请酒，济之顺便邀其入席，他也未加推辞。他酒后才说："我是直鲁豫巡阅使派来的副官姜显宗，带有点金子，放在旅馆不便，想交给你们柜上，留下印鉴，等我买了东西，陆续按当日牌价折算，由你柜上付款，行吗？"济之当然满口应允，随即派人陪他到荣生旅馆，把数达900两的金子取回来了。这笔金子，三个月后才搞清。

后来姜副官并介绍邹济之认识了吴佩孚部下的许多人物，关照他的生意。从此声名大振，业务也与同丰金号并驾齐驱了。是年，派沛之到上海去坐庄进货。由于以上二事，外间知道很少，有人再问李之圃，李无言可答，只好说："济之损财是实，现在哪来这么多钱？恐怕又搞了一个大的金罗汉！"从此，"邹协和靠金罗汉发横财"，就越说越神了。

邹协和得到这一机会，才又从发展角度上，确定了金银并重的经营方针。在大革命以前，沛之在上海即与大德成、同丰永等金号建立了关系。每日均有标金行市报汉，汉店就按着来报换算饰金收进的牌价，标金成色低于饰金，为九七八折，但也不完全这样机械，多一点或少一点还是有的，而邹协和则是提高进价一元挂牌，别家挂牌收进每两80元，他就挂81元。在收进价在70元至80元的时候，售出牌价一般要加至7元5角至8元1两，而邹协和的售价则系降低一元挂牌，邹协和并且常于行市低落时大量购进，至行市涨起时售出或炼足交由沛之在上海售出。

大革命时期，武汉地区的贪官污吏，土豪劣绅，富商大贾，争购黄金以为逃避之计，邹协和即在上海购进大量黄金运汉应市，也获得了巨额的利润。大革命以后，同业公会成立，邹济之当上同业公会委员，参加金饰挂牌的议价。邹协和的金饰挂牌表面虽是与同业一致了，但在实际经营中，依然保持提高一元收进，降低一元售出的做法。

在1928—1930年的三年中，营业特好，邹协和的资金积累，是以金子为标准，而每店的流动资金，定额又都保持在500两金子左右，生意好的时候多一点，生意差的时候少一点。超出资金定额的盈余，大半是购置房地产和以较高的利息贷与典当业。至1930年即先后购置房子36栋。

1931年分家，在现金方面，兄弟五人各得黄金370两、白银8000两。房屋是大小配搭的：沛之五栋、济之七栋、沅之四栋、澄之五栋、润之五栋。设以黄金每两价值80元、白银每两价值一元四角，房屋每栋以2000元计算，共约财产27万6000元。把四家店子的门面、生财合算起来，当不下30万元。分家是由其父怀愈做主，经亲友协同安排的。润之年未满20岁，故寄托在济之名下。

他们对于店子的分配，原议是谁管理的就归谁得。沛之在上海出庄，没有管理铺面头，意见很大。认为自己是创业人，把兄弟们带大了，反而"无庙躲雨"，因此就非要交通路邹协和不可。济之偏不肯让，兄弟几至动武。经亲友解劝，决定给银1万两交沛之另开一家，而济之又不准他用邹协和的招牌。沛之当然不服，又经亲友再三劝说："牌子是人做出来的，老大经验丰富，还怕做不出名牌来吗？"于是，就将分家前租好的民权路花楼街口一块地皮，交与沛之另开了一家邹协盛。自此就由各家分别派人在上海出庄或托人代庄，兄弟之间总是口和心不和。

《汉口邹协和金号》

## ❖ 方　明、陈章华：维新百货商店

"武昌维新百货商店"是一个合资性质的百货商店，创立于1911年（宣统三年），当时资本仅有制钱五六十串，在武昌南楼边摆地摊，主要销售绉纱包头、土布袜、布底鞋、绑腿、头绳、梳篦、美人胶等小商品。至1921年，正式设店，有店员8人，经营范围扩大，增加了服装、火柴、肥皂等类商品的销售，营业额逐渐扩大，至1948年，已发展成为一个拥有店员48名、在武汉三镇已颇有名气的中型百货店。在长期的商业实践中，"维新"不断总结经验，逐渐形成自己的讲求商业信誉，明码实价，薄利多销的经营作风。他们根据本地市场特点，确定以纱厂工人和流动的筛客、炭帮等为主要销售对象，并与之建立了长期往来。采取先货后款，分户挂账，按比期（旧社会把同行业结算日期叫"比期"，这里是指筛客、炭帮的行期）结算等多种办法扩大销售额。

为了组织广泛地适销对路的货源，"维新"还在上海派有常驻"庄客"，在本市也设有"经手"，负责货源采购。除外采货源外，"维新"还组织人力自制化妆品，自己销售，为本店创牌名。在经营管理上，采取分工负责制，分柜、分人、分等负责。每10天按分工后各人的售货款的多寡，提取厘头发给个人，以鼓励多销。年终盘存，一年决算一次。店员除福利和月工资以外，每月还按销售额的1%提取作奖励，年终还另有红利。在经营作风上，要对顾客礼貌周到，言语轻和，迎进送出，强调恪守"一文钱的生意也是衣食父母"的准则，童叟无欺，做好每一笔生意。由于各股东经营有方，店员上下努力，至1948年以前，"维新"的业务一直是蒸蒸日上，不断发展。但1948年以后，通货膨胀加剧，不少股东退股，为还股金，商店被迫低价抛售求现，损失惨重，元气大伤。为弥补所退股金，被迫卖房增资，经多方努力，才勉强维持至武汉解放。

中华人民共和国成立后，"维新"开始复苏，正式易名为"红旗"，走上了正常兴旺发展的道路。

*《武汉旧日风情》*


❖ **蒋明壁：**汉口的行栈

旧时在城市商业中有一种行业，称为"行栈"，更早时称为"牙行"。所谓"牙帖"就是它的营业执照。

这种行栈是指城市市场中的买卖双方说合交易，并抽取佣金的商行。

在旧社会里，这种行业起到出口、内销的中间桥梁作用，是一种不可缺少的贸易手段。

汉口号称为九省通衢，水陆交通便利，是全国商品主要集散地之一。硚口的南端面临汉水的出口处，从历史情况来看，汉正街就是古夏口的一条主要街道，是夏口镇的精华。在硚口，除了一般的商户外，其最大的行业就是"行栈"。硚口的行栈是一种集中型的结构，除了药材行业集中于沈家庙，土产、水果集中于小新码头外，其余的一些行业都集中于硚口路至崇仁路一带的汉正街及沿河大道。

▷ 热闹的街市

这一地带集中了粮食、山货、石膏、牛皮、牲猪、蛋品诸多行栈。

这类行栈中最大的一种行业就是粮食行。它的户数最多，交易额最大。由于这个行业的影响从属依赖于它的还有"缝包""量衡"两种行业。这两种行业是一种世袭制的行业，养活了不少人。

其次是"石膏行"，硚口牌楼街叫石膏帮，就是因此而得名，如今应城汉办设在此处是有其历史渊源的。

最后就是山货行、牛皮行、牲猪行、蛋品行。除此之外，还有少许的鱼行、菜行。与这些行业的经营性质不同的那就是车行。它们的经营不是提取佣金，而是靠租赁提取租金，如人力车行、马车行、自行车行都是如此。

我的祖辈是经营牛皮行的，我粗略知道一些经营的底细，现在就这个行栈的经营情况谈一谈它的演变过程。

我家的招牌是"蒋元顺"，是硚口比较知名的本行业的大户。

牛皮行主要是受买卖方委托，作为中介人的一种行业，其他的如粮食、石膏等行栈也都是这样的性质。它只从中提取佣金，照行话来说，叫"扣"。佣金的比例不是以行情为标准，而是以托卖品种为标准。一般来说单值高的商品提取的"扣"就低，单值低的提取的"扣"就高。

就牛皮行来说，它的经营不仅仅是"牛皮"，实际上就是"畜"。在畜产中牛皮是论"斤"来计价的，而黄狼皮则是以"张"来计价的。因之牛皮的行佣则高于黄狼皮的行佣。所谓行佣就是以成交额提取百分之几作为行栈的收益。"九五扣"就是提取5%的佣金，"九六扣"就是提取4%的佣金。

牛皮是各类畜皮的代称。它经营的品种以牛皮为主业。牛皮分黄牛皮、水牛皮两种，水牛皮又分撑板与懒晒两种。其他经营范围还有长皮、杂皮、猪暴、猪毛、牛角、牛骨、牛油、马尾等。

行栈商对提取佣金的比例规定是不能乱的。当时虽没有法律的明文规定，但是行规是很严的，没有哪一家敢乱这个规定，否则，群起而攻之，要你站不住脚，非把你挤垮不可。商品经济日趋繁荣，行栈是一种服务行业，大有可为，旧时的经营规则，有的还是可以引为借鉴的。

《说说汉口的行栈》

## ❖ 周新民、程霖轩：棉纱业之兴衰

1914—1925 年这 10 年左右的时间里，是汉口棉纱业的黄金时代，纱号最多时曾达到 47 家，都较殷实，其资金自纹银一万两至四五万两不等，此外各家纱号，还有银钱业不同程度的放款和临时性的支援，购销业务颇为旺盛。

当时纱业中有的人看到，棉纱商业终属于贩买性质，其货源操在纱厂和洋行之手，如果改变销售渠道，则全体纱商将处于无货可卖的困境。于是由孙志堂、胡瑞芝等人发起，从纱业同业中集资 70 万两纹银同停办了楚兴公司的张松樵出资纹银 50 万两，合作开设一个纱厂，定名为裕华纱厂，由孙志堂担任总经理，在收集股金和筹备设厂中，纱业中发起人经手将收集的股金放了两笔"倒账"，因赔偿问题，发生了分歧意见，同时在订购机器方面，发起人在外汇看跌时未及时结汇，后来外汇猛涨，造成很大的差价损失，也引起了股东的不满。加之棉纱商业受日本洋行抛售"三品"的巨额亏损，对原来的股额也无力缴付，因之合作未成。结果由张松樵同其他股东徐荣廷、姚玉堂等人单独开办裕华纺织公司。纱业中人虽仍有认股投资的，但为数不大，有的人担任了董事，不过备位而已。

同业中人感到本身日益壮大，认为有单独成立公会的必要，于是在戴家巷租的民房，成立了汉口棉纱公会。随后又在升平左街购买地皮，兴建公会大楼，建筑费用除动用公会原来抽存的基金以外，又由会员纱号自愿乐捐，同时还向会员纱号征收会费，按各家资金多寡分为甲、乙、丙三等，计甲等户收纹银 800 两、乙等收 600 两、丙等收 400 两。新的会所于 1913 年建成，首届会长经同业公推同升恒纱号经理汪荫庭担任。

棉纱公会的会所，在 1937 年被日机轰炸几成废墟，武汉沦陷时，又被日军占作军用，业已荡然无存。抗日胜利后，公会恢复活动时，是借住一个善堂为临时会址，于1947年在利济路买了一栋民房改作会址，虽然翻修营建，比原来会所大有逊色。

《武汉棉纱商业之兴衰》

## ❖ 徐卯钊：红旗百货商店

武昌红旗百货商店的前身是维新百货商店。创始人是刘瑞生、余铸臣、陈敬诚三人。武昌辛亥首义后不久，他们三人合伙在司门口摆设一个地摊，销售百货商品。当时，他们看到清末时社会流行穿着的长袍、马褂已经逐渐被人们所淘汰，而新式的衣着如中山服、西式衫裤以及胶底鞋等迅速兴起，就立即适应社会潮流，改售新式服装。他们自己用背包向汉口进货。

为了打开销路，他们采取了三项有力措施：第一是赊销；第二是薄利，当时社会上商业利润一般在一分以上，他们只按八厘谋利；第三是送货上门。

他们的措施，很快收到了效果。武昌文华、中华等大专学校的教职员工和学生，都纷纷向他们购货。这样，他们在很短的时间内就获得一笔可观的利润。于是他们就在长街开了一座店堂，取名维新百货商店。维新这个名字，意思是维护孙中山先生辛亥革命的新法。

维新创建以后，不断适应市场变化，坚持良好的服务态度，在激烈的市场竞争中，不仅站稳了脚跟，而且还有所发展，成为武昌市区内较有声誉的百货商店之一。

1938年秋，武汉沦陷，维新被迫停业。

1945年秋，抗日战争结束。1946年，刘荷生、刘竹生、刘菊生三兄弟共同投资，重振维新旧业。商店面积由原60平方米增到170平方米；店员由原30人增到40人。

经过扩展后的维新，年销售额达30万元到50万元，1948年更高达100万元以上。1948年是维新创建以来的鼎盛时期。

《武昌红旗百货商店》

## ❖ **严小士**：商界巨擘蔡辅卿

蔡辅卿名文惠，湖北省咸宁市龙潭老屋蔡村人。父务农，母曾当奶妈。家贫，他只读3年私塾，13岁随表叔顾某赴汉口在"立昌生参号"当佣人，旋到"立昌生海味号"打杂，因聪明伶俐，老板提拔他进柜当学徒。仅一年，就跟经理下洋行。在同外商交往中，他很快就学会了外国常用口语，能与外商洽谈。

他初贸浙帮海味号，继开泰昌祥，接着扩建恒泰字号、同泰参号、元泰花行、有成当铺、公济当铺，在咸宁城关开设泰生当铺，在家乡铺兴街开同德药铺，又置翔鸥、起凤两轮航行于汉口、咸宁、湖南水域。他惨淡经营白手起家，经过20余年时间，一跃而为武汉商界巨擘。

他的商号，一贯恪守薄利多销，礼貌待客，讲求信誉的经营作风。如1931年，汉口水灾后，市面萧条。他将燕窝的羽毛拣净出售，名曰：拣净白燕。很畅销，因而盈利。一次，某贵客来"同泰参号"买支人参，售价201元多。宁可生意不成，也不还价，维护信誉。

蔡辅卿从任药材行帮商董开始，曾任楚兴公司董事，第一纱厂董事，汉口咸宁会馆馆长汉口商务总会议董、协理、总理，湖北全省商会联合会与中华全国商教联合会副议长，并先后当选为汉口慈善会、武昌同善会会长，华洋义赈汉口分会委员，湖北水灾急赈委员会常务委员兼救济股主任。

蔡辅卿更热心公益慈善事业，在咸宁家乡修桥修路、建造善堂、兴办小学。尤其可贵的是，修造汉口慈善会。1916年夏、秋，他两次赴北京晋见黎元洪总统，请求拨基地、募捐、筹款，得到总统、旅京同乡的一致赞助。回汉后，他带头捐款1.1万元。1917年11月，在汉口后城马路，他主持兴建慈善会会所、中西医院、孤儿院、残废习艺所等，得到黎元洪总统颁以匾联，给予奖章。以后，天津、直隶、柏泉、仙桃、两湖等地水灾频仍，他均大力募捐支援灾区。1925年湖北溃江堤，他晋见督军萧耀南，面陈灾情时失声痛哭，当场受到礼遇。

1931年，咸宁、汉口大水灾。蔡辅卿担任省水灾急赈会常委兼救济股主任工作，不顾年老，为灾区奔走，终因劳累过度，于当年11月4日在汉口病逝，终年66岁。省、市各界举行公祭，柩回故里，沿途设奠。

*《武汉商界巨擘——蔡辅卿》*

## ❖ 丁隆昌：爱国民族工业家王一鸣

王一鸣，1906年11月2日出生于湖北省黄陂县滠口乡高车畈。其父王子云曾在湖北官钱局任职多年，有所积蓄。1924年，他考入北京铁路大学管理专科，1927年毕业。在协成煤矿公司和湘鄂路局财务部门工作，由于不满官场中贪污作弊旧习而辞职。

1933年起，经钱业友人之邀，与王璧双、曾炽斋、赵厚甫、商泽如等集资组织赓裕钱庄。股本定为10万元，王一鸣占半数，任监理。由于经营有方，每天五位股东会谈一次，交流情况，研究办法，在几次金融波动中，赓裕的现款较多，并支持其他钱庄，因而赓裕信誉增加，走在前列，年年获取较多的利润。嗣以负责人认为经营钱业前途不稳，且盈利亦属有限，不如搞工业的可以发大财。得到五位股东一致同意，原想办一个有规模的大工厂，但资力不够，还须扩大招股。

这时，汉口水厂下首襄河边有一家面粉厂，厂房被烧毁而停产，无意恢复，拟将厂址和残存机件物料标价出售。经王一鸣等标购到手，改名为"胜新丰记面粉厂"。除赓裕钱庄五位股东投资外，又增加陆德泽、张松樵的投资。推陆德泽为董事长，王一鸣股本占胜新厂全部股本的35%，任经理。重建厂房，添购设备。

由于当时运输困难，所购的新机件迟迟才运到，王一鸣参加装机工作，边向工人师傅学习，边结合自己所学的理论知识，进行实践，于1937年抗战发生不久开始生产。1938年春赓裕钱庄宣告结束。有一部分赓裕的存户自愿降低利息，转为胜新厂的存款，为胜新面粉厂增加了周转力。

1938年下半年，战火逼近武汉。为免被敌军利用，许多工厂纷纷撤迁后方。胜新面粉厂将机件全部拆卸，藏匿于汉口英商仓库。王一鸣携眷避往重庆。武汉沦陷后，日寇曾企图与胜新面粉厂合作，一再胁迫守厂人员电重庆联系，王一鸣始终置之不理。王一鸣到重庆后，1941年秋参加筹备中国粮食工业公司，任工程顾问，义务职。创办同益机器厂，任经理兼工程师。

1945年抗战胜利回汉，看到胜新厂房受到破坏，机件大半形同废铁。有的股东主张变卖胜新，专搞惠工钱庄；王一鸣则坚决主张修复胜新，以胜新所存美金为基础，再利用金融业贷款的力量，从事周转。以陆德泽为董事长，王一鸣为董事，管理机务，赵厚甫为经理。由于负责人团结共事，各展所长，注意经营管理，使胜新厂有所盈余。武汉解放后，肩负一部分粮食加工任务。

王一鸣在解放前未参加任何党派。1946年和1947年是湖北省工业协会第一届、第二届理事，1948年是汉口市工业会理事。武汉解放前夕，市面萧条，人心浮动，有些工商业者转移资金到海外设厂。王一鸣不仅自己不离开武汉，还劝说亲友也不要逃走。1949年春，汉口市人民和平促进会成立，他和陈经畲等武汉工商界人士参加活动。同年4月成立武汉市民临时救济委员会，王也是常委之一，兼任救济委员会汉口执行处副总干事及财务组副组长，迎接解放。

1949年5月16日，武汉解放了，全市人心振奋。

王一鸣非常关心家乡建设，乐善好施。抗日战争以前，他继承父志，在黄陂县滠口乡高车畈王氏祠堂内办起学校，为纪念从江西迁到黄陂的始祖的名字命名"成三"学校。1931年大水冲垮祠堂，水退后修复祠堂扩大为6个教室，有教员办公室和住所，修理附近庙宇作为远路学生的宿舍。女生成立缝纫班购置抽水机提供农民灌溉高田，设义诊处免费施诊，歉收之年，用学校名义买回面粉分配给困难户。又在黄陂北乡王家同族中办起成三学校第二部。有一年乡间涝灾，许多人搬到滠口后山，他用学校名义买回药品散发病人。

见后山有一大片荒地可作校址，就购下，建造教室师生宿舍、礼堂、操场、厨房和图书室，定名为成三学校第三部，并购置一些理化仪器和体育用品，先办初中一年级，拟逐步扩大为职业中学。对于学生，只要肯用功成绩好，不论是否王姓子弟，都可得到培养。他历年办学所捐资金，共计约10万元。直到1938年武汉沦陷前一月，学校才被迫停办。

《民族工商业者王一鸣》

第六辑

食在武汉·
邂逅最正宗的湖北风味

## ❖ **董宏猷：热干面，江城人的最爱**

关于热干面的来历，曾有过有趣的传说。那是在80多年前，汉口长堤街关帝庙一带，有一姓李的熟食小贩，因其脖上长一肉瘤，人称"李包"。李包所卖，为凉粉与汤面。某年夏日，其收摊回家，面条尚剩不少，他怕面馊，便把面条煮了一下，捞起晾于案板。谁知不小心撞翻了麻油壶，油全泼在面上。李包灵机一动，遂将面与麻油拌匀，第二天一早，将此面在滚汤中烫热，捞起来加上佐料，竟大受欢迎。人问此面名称，李包脱口而出："热干面！"于是江城独创之小吃，便从李包偶然之失手中诞生。

余生也晚，虽从小在长堤街关帝庙附近长大，惜未逢"李包"。倒是关帝庙前麻子的热干面，给我留下亲切的回忆。麻子的热干面，有精有神，有嚼头，佐料齐全，尤其是芝麻酱货真价实，因而远近闻名。麻子的热干面摊，十几年中几经迁移，而我始终追寻，成为其忠实的食客。

武汉的热干面馆，最著名的，当数蔡林记了。其馆址在繁华热闹的江汉路，面对着建于1908年的水塔。大半个世纪以来，水塔作为汉口最高建筑，一直是武汉的标志。而蔡林记热干面馆与其巧相对应，用另一种文化显示着武汉独特的风俗。

武汉是全国有名的"火炉"，也许是夏天太热的缘故，连面都要强调一个"热"字。其实武汉自古以来，就有6月三伏天吃热干面的习俗。南北朝宗懔所著之《荆楚岁时记》，曾记有楚人"六月伏日，并作汤饼，名为辟恶"。汤饼，就是现在的面即面条。有人称面粉为"面"，称长条的面即面条为汤饼。看来楚人在最炎热的6月三伏天吃面条，是为了辟除邪恶。武汉人爱吃热干面，也许就是这种辟恶的遗风。

*《舌尖上的武汉之热干面》*

## ❖ **田玉山:** 小笼汤包"四季美"

小笼汤包系江苏一带负有盛名的小食。汉口居民有消夜的习惯,往往喜吃这个品种。但是,为保持住这品种,并使其不断发展,我在质量上特别注意求精。

▷ "四季美"匾额

汤包有它一定的操作程序,决不能偷工减料。经过多年摸索,得出了一套比较成熟的经验:

第一步为熬皮汤。用鲜猪肉皮下锅煮半熟,去净猪毛与浮膘,用绞肉机绞碎,放入作料。在配料上是10斤鲜肉皮,加20斤清水,一斤酱油,半斤陈酒,10根葱,半斤生姜,两钱胡椒,二两精盐。葱姜要切成细丁,一同拌匀。等熬至糊状,起锅加入胡椒,用盆摊凉,放入冰柜中成冻。

第二步,在选肉上,只能用一指厚的膘作肉馅,用后腿和前夹,去净肉皮剁碎,或用绞肉机绞碎。每10斤净肉,加清水4斤,2两味精,五钱胡椒,2两糯米,1斤酱油,半斤小麻油,2两白糖。再与6斤皮冻拌匀,成为肉馅。以一斤净肉为标准,可制汤包50个。

第三步为制包。用头等面粉10斤,掺酵面1斤,吃水5斤,用力揉匀。搓成长条后,摘成二钱四分重的小粒,擀成四边薄、中间略厚的皮。每张皮上挑上四钱一分的肉馅，将皮子捏成花边，收口处成"鲫鱼口"状，微露肉馅，即成红白相间的汤包。每笼蒸10个至14个。

此外，尤须注意看准"熟食一口气"的火候。食前还应佐以镇江香醋及姜丝。

重阳时节，菊黄蟹肥，制作蟹黄汤包，其利润高出普通汤包50%。原料选用阳澄湖新鲜大蟹，蒸后拆取蟹肉蟹黄，加1/3的板油，温火吞熬，乘温热拌入嫩肉及各项配料，冷却后成馅。在制包时应注意收口，"鲫鱼嘴"比普通汤包稍小，做工不能马虎，要求极为细致。

全年除了出售小笼汤包外，尚应按季节划分不同的品种供应。冬春以春卷应市，夏季增添冷饮，如冰激凌、刨冰之类；秋季则大抓蟹黄汤包。生意要做活，尤应注意质量，做到物美价廉。

《小笼汤包"四季美"》


❖ **何侯李：鮰鱼大王与老大兴园**

鮰鱼，又称鮠鱼、江团、白吉，按鱼类学名为长吻鮠。体长为体高的5至6倍，吻为锥形，向前显著突出，全体裸出无鳞，体色粉红，背部稍带灰色，腹部白色。栖息于江河的底层，肉质细嫩，味极鲜美。

鮰鱼鳔肥而且厚，尤以我省石首笔架山一带所产最佳，视为肴中珍品，宋代著名诗人苏东坡曾作诗赞美鮰鱼道："粉红石首仍无骨，雪白河豚不药人。寄语天公与河伯，何妨乞与水精鳞。"可见鮰鱼美味，早为骚人墨客所欣赏。而以鱼为原料，作为一项特别烹饪技术，谱写"鱼大王"的新篇章，要以"老大兴园"为最。

1936年，吴云山以高工资把精于烹调鮰鱼技术的厨师刘开榜拉进了老大兴园。挂牌"鱼大王"，更进一步为老大兴园开创了新局面。

从第一代鱼大王刘开榜开始，经他的徒弟一代一代地继承与发展，使鲴鱼这一美味佳肴更加深入人心，鲴鱼的烹调技术更加发扬光大。刘开榜开始有名不只在老大兴园，刘曾帮过不少的馆子，到鲍家巷的武鸣园和德华楼悬过牌，刘不仅技术上有名，而且是洪帮老五，靠山是洪帮大哥杨庆山与周盛余、邓海山等洪帮兄弟。

刘最拿手的菜有红烧鲴鱼、双黄鱼片、烧青鱼、大鸡鸢、海参碗鱼、荷包元子等，刘的红烧鱼是选料讲究，2—4斤的活鱼，鲴鱼非活口不用，汤汁纯净，烧鲴鱼用的汤是经过特制的鸡汤，佐料齐全，火功适宜，因此色香味俱佳，成为菜肴中之珍品，深受广大顾客好评，特别是上层人倍加称赞，如杨庆山等每星期六宴会不是请刘到家去做，就是到老大兴园吃，而且必请刘喝酒。国民党军阀夏斗寅每次到老大兴吃鱼，必到厨房看是否刘开榜亲手做。

老大兴园充分给"鱼大王"刘开榜以英雄用武之地，刘开榜也给老大兴园带来生意兴隆，财源茂盛。可谓相得益彰。

1944年9月25日，美机轰炸武汉时，老大兴的房屋被毁，刘开榜被烧死，暂时停止营业。这年年底吴云山集股，在原店址上建一平房恢复营业，又有盈利，1946年大兴园扩建升楼，开张之日，武汉洪帮头子杨庆山、邓堂等18人捧场。赠匾两块，一块是黑底金字"美尽东南"；一块是红底金字"大展经纶"。牌头是"老大兴园大厦落成"。悬挂堂前，以示炫耀。同时，刘开榜的得意门徒曹雨庭正式挂牌，是为第二代"鱼大王"。

曹的高超技艺不仅继承和发扬了刘开榜的优良特点，而且还有多项发明与创新，使老大兴园的湖北风味特色更加突出和鲜明，"鲴鱼大王"这朵烹饪之花在老大兴园更加娇艳夺目。

《鲴鱼大王与老大兴园》

## 桂仙筹："水饺大王"谈炎记

汉口的小吃，不但花色品种繁多，而且各具其独特风味。"四季美"的汤包，"老通城"的豆皮，"五芳斋"的元宵，都是以其特有风味而饮誉三镇的。谈炎记的水饺则以其皮薄馅多、汤鲜味美著称，在水饺行业中，独树一帜，堪与天津狗不理的包子、广州沙河的炒粉媲美，外地来汉客商无不以一尝"谈炎记"的水饺为快事。

位于利济南路下首、中山大道南侧的"谈炎记"水饺馆，现在已发展成为一家综合性餐馆，颇具规模，但它究竟是怎样发展起来、怎样赢得"水饺大王"之美称的呢？这还得从20世纪20年代谈起。

民国九年，有一位黄陂人谈祥志者，从乡下来汉谋生，开始肩挑小担，在利济路一带穿街串巷，叫卖水饺，并兼卖汤圆，那时水饺属夜宵食品，白天在家准备材料，到夜晚才肩担上街来卖，因为是晚间生意，水饺担子上挂有一盏煤油灯，以作照明之用，谈祥志就在它那盏灯罩的玻璃上横写着"谈言记"三个字，中间又直写着"煨汤水饺"四个字，加起来就是"谈言记煨汤水饺"。在旧社会里，一般人的头脑中或多或少都残存一点封建迷信思想，后来谈祥志为了图个吉利，他开动脑筋，把谈言记的"言"字，改为"炎"字。"炎"字是两个火字组成，以示火上加火，越烧越旺，生意兴隆之意，这就是"谈炎记"招牌的由来。

1940年谈祥志去世，其子谈艮山继承父业，与别人合伙摆起了水饺摊子，地点固定在硚口利济路三曙街口，不久谈艮山与别人散伙，自己单独摆起了摊子，又正式恢复了父亲的招牌"谈炎记煨汤水饺"。

在旧社会做小生意的竞争性很强，据统计，当时在汉口挑担经营水饺的300余个，谈艮山采取在饺皮、饺馅、汤汁、佐料等方面提高质量、薄利多销的办法，很快赢得了信誉，站稳了脚跟，生意逐渐兴隆起来，特别在硚口地区、襄河码头一带名声很好，被人们誉为"水饺大王"。

▷ "谈炎记"水饺

谈艮山继承父亲谈祥志的职业时，开始只不过是在三曙街口别人房子旁边搭起一个小棚作为固定摊点。抗战胜利后，他在小棚子的基地上搭盖了一间4平方米的简陋小房。后来随着生意的发展，又对这一间小房进行了改造，并加盖了一层楼房，营业场地扩大了，声誉日隆，于是将"煨汤水饺"改为"水饺大王"。从此正式挂起了"谈炎记水饺大王"的招牌。

谈炎记水饺之所以享有盛名，经久不衰，经调查了解，实有其独特之处，主要原因就在于它把质量放在第一位，而且始终不渝，数十年如一日，保持自己的特色和风味。

《"水饺大王"——谈炎记》

❖ **袁伟明：** 老会宾楼的楚乡名菜

在汉口三民路耸立着一幢6层楼的现代化建筑，这就是重建后的老会宾楼。老汉口人要说不知道老会宾楼的是很少的。老会宾楼随时代变迁发展，目前已是武汉地区最大的一家专营湖北风味、楚乡名菜的酒楼。

老会宾楼创办于1929年。老板朱荣臣，系湖北汉阳县朱家台人，他十几岁时就在汉口大观楼里跑堂。后来，他兄弟三人合伙在汉口开了一家维新酒楼，后改名为精谷酒楼，再后来又搬至得胜街，改名为普宴春酒楼。因当时修建马路，该酒楼在巷内，生意较清淡，从而搬至三民路孙中山先生铜像附近，定名为会宾楼。

朱荣臣从小没读什么书，文化很低，其招牌还是他的儿子朱世泽看到中华书局出版的一本《中西食谱》，上面写有会宾楼而仿效取名，其意为来宾的聚会之地。由于朱老板管理和经营有方，把当时的嘉宾楼的生意挤垮了。

1932年，嘉宾楼的房东罗小初把房屋收回，家具财产抵作房租。会宾楼老板朱荣臣得此消息，就花了400现洋，买了嘉宾楼的全部家产，房租也由原来2000元一月降为400元一月。当时的营业规模是一底二楼，一楼是供应大众化的经济客饭和小吃，所接待的都是一些人力车夫、跑单帮的生意人、铜匠、铁匠等顾客，二楼是宴会酒席厅，由于会宾楼是以湖北风味为主，所以邻近武汉的黄陂、汉阳、孝感、武昌等县。四楼是平台，每到夏天开辟夜花园，供应消夜、喝茶、纳凉，生意越做越大。

1938年武汉沦陷后，日本商人开店铺的越来越多。有一日本商人在离会宾楼不远的地方也开了一家会宾楼唱对台戏。老板朱荣臣到日本领事馆打官司，败诉，一气之下便在原招牌上添了一个"老"字，以示区别，但生意却被日本人开的会宾楼拉了一半。

1945年日本投降后，著名的杏花楼、燕月楼、吟雪楼相继歇业，一些著名的京、苏帮厨师便云集老会宾楼。此时老会宾楼的技术力量相当雄厚，风味也有新变化，成为武汉三镇最著名的一家酒楼。巨商富贾，知名人士，纷纷光临。

国民党官员亦对之大加青睐。著名的京剧表演艺术家梅兰芳、红极一时的影坛明星胡蝶曾到该楼举行宴会；楚剧名演员李百川、沈云阶和汉剧名演员牡丹花、胡桂林、周开栋等是座上常客；吴天保还在老会宾楼搭台挂衣唱戏。有些国民党军政头目、青红帮头目，名为做寿，实为打秋风，承包筵席百桌以上；一些巨商富翁婚丧喜庆，亦到此摆筵席。有时一天接待60多对结婚者，筵席总在400多桌。当时日营业额达6500万元左右。

这个时期的老会宾楼生意之所以如此兴隆，主要是老板朱荣臣经营有方、管理得力。

他视顾客如同衣食父母，尽量不让他们吃亏，并欢迎他们提出意见。在管理上，朱老板严格把好进销存三关，亲自掌握进货，做到鲜货原料天天进，干货原料按季节进，并随时掌握市场行情，压低进货价格。在业务方面，有事同服务堂头和生产掌作两人商量。在费用开支上该用则用，不该用的坚决不用，每花一笔钱都要精打细算。

在工作作风上，对跑堂和厨师严格要求，如有疏漏，则炒鱿鱼。由于经营管理得法，赚了钱，因而先后开了三家铺子，即汉阳蔡甸永太油坊、南洋百货商店、星光照相馆，此外，还建了五栋住房。

《老会宾楼漫笔》

## ❖ 袁复兴："南游莫忘武昌鱼"

湖北省江河湖泊纵横，是盛产淡水鲜鱼的"千湖之省"。湖北武昌的鲜鱼尤为肥美，历史上许多名人学者都有不少的文字记载。早在东汉末年三国时期，吴主孙皓欲从建业迁都武昌，谋士陆凯上疏谏阻，引用当时的民谣谓："宁饮建业水，不食武昌鱼。"即以武昌鱼代表武昌地区。从那以后的1800多年里，历代诗人吟唱不绝。唐代诗人岑参在《送费子归武昌》一诗中写出了"汉阳归客悲秋草，旅舍叶飞愁不扫"。"秋来倍忆武昌鱼，梦魂只在巴陵道。"

元代诗人马祖常也写过"南游莫忘武昌鱼"，清同治年版《江夏志》也载有"得失任看塞上马，依栖且食武昌鱼"。从历代诗家、史籍的吟咏直到毛泽东诗词中提到的武昌鱼，显然都是泛指，而不是专指某一种鱼。

自《水调歌头·游泳》词发表后，国内外慕名来武汉的人，必以品尝到词中吟咏的武昌鱼以为快！为了满足这种需要，当时的武汉市人委秘书长、财办主任王健，指定武昌大中华酒楼挂牌供应武昌鱼。用于烹制武昌鱼的主要原材料——樊口鳊鱼：头小、面扁、体高、背厚、呈菱形，最重达6斤，学名"团头鲂"，因独产于樊口，俗称樊口鳊鱼。与同类"长身鳊"和"三角鳊"合称鳊鱼三姐妹，它脂肪丰富，肉质细嫩，味极鲜美。

樊口位于湖北省鄂州市，境内有梁子湖，湖水如镜，水草茂盛。北出樊口入长江，每年鱼苗随江水入湖，秋后成鱼外游。到秋冬季节，又成群从湖中游到江水与湖水汇合处的樊口河槽深处越冬。此时此地捕捞到的樊口鳊鱼，更是上等佳品。

*《武昌鱼和大中华酒楼》*


## ❖ **甘瑞文、刘树禹：**青山麻烘糕

青山麻烘糕是湖北的特产之一，它以香甜松酥的独特风味，成为糕点中闻名省内外之佳品。

辛亥革命以后，以前店后厂形式生产麻烘糕的厂店，在青山至黄石沿江一带竞相出现。当时，青山镇就有蒋利记、万星恒、薛合仁、张义茂、张朗如、合记等六七家厂店生产经营的麻烘糕。以蒋利记为最早，有四个师傅，生意比较兴隆。万星恒为最大，他从阳逻请了陈名清、朱婆苕、张幼庭、吕益太等师傅，专门做麻烘糕。因蒋利记和万星恒都抽大烟，到抗战前这两家店铺相继倒闭。1938年日本人入侵武汉后，汉口"五路财神"合资开办了生产麻烘糕的福兴作坊，便由张朗如掌管经营，人员有苏昆成、汤义昌、骆长发、苏益占。

▷ 麻烘糕

抗战胜利后，张朗如以3万块银圆买下了福兴作坊，改名为鸿兴杂货店，聘请王开鹏、荣忠良两位师傅掌作，工人有郑明喜、曹复元、胡定国等。嗣后张朗如的侄儿张凤鸣继承掌管鸿兴杂货店，并与张荣堂、张益兴合股经营，易名为鸿兴食品厂，以期扩大再生产。在此期间，其他几家生产经营麻烘糕的厂店因本小利薄生意不佳。只有鸿兴的资本较大，生产也稍有扩展。直至1949年5月武汉解放，其他厂店先后歇业转行，唯独鸿兴食品厂生存下来，维持少量生产。

过去麻烘糕的生产全部是手工制作，原材料要求严格，虽然设备简陋，但制糕师傅一丝不苟，认真选料，精心制作，讲求质量，通常生产100斤麻烘糕，配料比例是：糯米粉27—30斤，绵白糖60斤，黑芝麻8—10斤，麻油2斤，桂花2斤，红（绿）丝1斤。下料后，经过合（把原料反复拌合）、打（打实装进盘子的糕粉）、炖（将装有糕粉的盘子放在热水上面走过，起加温紧密的作用）、切（用刀子按规格切成薄片）、烘（用炭火掌握火候烘烤）等工序，这样制作出来的麻烘糕，色白味甜，松酥爽口。麻烘糕的声誉经久不衰，代代相传。

《湖北特产——青山麻烘糕》

## ❖ 商若冰：老长春斋的填鸭，供不应求

时下人们一谈起烤鸭，都会不约而同地想到北京的"全聚德"，那是一家海内外知名的烤鸭店。其实，早在五六十年前，武汉几家大餐馆如会宾楼、德华楼、悦宾楼等都曾卖过烤鸭。

烤鸭讲究的是鸭肥、肉嫩、皮薄，一般的鸭子必须经过特殊制作，才能做成烤鸭。这种经过特殊制作的鸭子，名曰"填鸭"。会宾楼等餐馆虽曾卖过烤鸭，但他们均未掌握"填鸭"这门技术，他们几家所用的"填鸭"，全部由汉口"老长春斋"鸭子馆供应。

"老长春斋"鸭子馆，创建于清末民初，是一家汉口闻名的老店，原开设于汉口统一街小江家院口。抗日战争胜利后，迁到统一街。家父商春山老先生，就是这家店子的创业人。

商春山老先生自幼在一家鸭子馆学徒，掌握了宰、汤、持、卤、烤整套做鸭菜的技术，成了鸭子行业中的名师，行业中人称"老鸭子"。他做的"红皮鸭子""盐水鸭子""板鸭"远近闻名。这家店的鸭子除少数门市供应市民外，汉口的几家大餐馆如会宾、德华、大鸿、群宴等酒楼所用的鸭子全由老长春斋供应。这家店的"鸡杂鸭杂"（用鸡鸭的肫、肝、肠、脚、翅等下料加卤汁做成）是佐酒的好菜，成了酒客们须臾不离的"好友"，著名京剧演员高盛麟、少英等更是这家店的常客。

"填鸭"的做法过去是秘而不宣的，虽说没有达到"传子不传女"的地步，但也不轻易为外人道。家父的"填鸭"技术可说到了"炉火纯青"的境界。他能把一只二三斤重的鸭子喂成五六斤重的"填鸭"，而且达到鸭肥、皮薄、肉嫩的要求，是上好的做烤鸭的原料。

餐馆中有个名菜叫做"烤鸭四吃"：鸭肉做成炒鸭丝；鸭皮包薄饼，大

葱蘸甜酱；鸭骨熬成鸭汤；肝、肠、翅做成炒鸭杂，深受群众喜爱。

《填鸭名店——汉口老长春斋》

## ❖ 谢承远：户部巷的面窝，香酥爽口

面窝是武汉人民喜爱的传统小吃。其历史悠久，形美味佳，种类繁多，风味各异。

我父亲谢荣清，从1920年开始就经营面窝。由于家境贫寒，生活清苦，没有本钱，每天只能靠借点钱做生意。用现在的话说，就是借高利贷经营。因为当时还没有固定地点，父亲炸的面窝只得沿街游动叫卖，天天跑大堤口码头和筷子街一带，长年累月的风里来、雨里去地过日子。他原是茂包席馆的学徒，精于制作各种酥点，他的面窝味道好，也注意质量，更兼物美价廉，经济实惠，颇受那些码头工人、人力车夫的欢迎。这样父亲得以维持一家数口人的生活。

1938年日寇侵占武汉，生意没法做，全家逃往乡下，因生活无着落，又于1940年返回武汉。开始父亲以拉人力车度日，在一次出车中，被日本兵打伤。这条路无法走下去了。后来还是在父亲的穷朋友的帮助下，几经周折，在户部巷找到了一个门面，就是现在的户部巷6号，仍以经营面窝为主，兼营豆浆，临时借了人家两张桌子，几条凳子，开张营业。有了这个固定铺面，我们全家老幼合力经营，每天销售量一斗米左右。

当时我们生产的面窝，有米浆面窝、糍巴夹面窝、豌豆面窝、苔面窝，这些面窝的共同特点是香酥爽口，味正，品种不仅丰富多彩，也各有特色。根据父亲多年来的实践经验，我们尤其注意用料讲究，薄利多销，品种多样，适应和满足多方不同对象的需要，使生意日益好转，也开始有了名声。

面窝虽然是大众化的食品，但我们在生产上从不做成简单化和一般化的东西。既要有适合于一般劳动者所需要的品种，也要满足那些不同对象

所需要的花色品种。前者是大多数，后者是少量的。像米浆面窝、糍巴夹面窝需要是大量的，我们就多生产。

解放初期，物价稳定，市场繁荣。一个糍巴面窝几乎半斤重，才卖5分钱，一个搬运工人，吃上两个这种面窝只需花1角钱，就可撑到12点吃午饭。其他的人吃一个也就够了，或者吃上两个三分的米浆面窝，喝碗豆浆，倒也经济实惠。有时候，吃口味的人，自己拿来鸡蛋、肉丝，我也代为调入面窝之中，不取加工费。

从这些细小的事情中，我也受到启发，为了扩大销售，我开始学着备些少量的肉丝、鸡蛋之类，以满足这些不同对象的需要。吃上这种肉丝、鸡蛋面窝，的确趣味横生，余香味长，使人回味无穷，久而久之，也形成了一种别致的风味。

用料上我们是很讲究的。选用上好大米为主要原料，配上糯米、黄豆、芝麻、五香、味粉、葱、姜，对于调料，一丝不苟，大米必须淘洗干净。大米与糯米的比例，一般以十斤大米、半斤糯米为宜。按季节的变化，糯米也可适当多一点，糯米起酥口的作用，黄豆起发泡的作用，五香压豆腥气，只是用盐偏重，以咸出味，适合广大劳动者的口味。其余味料，可酌情适量，总之是把味道调好，调正为准，绝不马虎。所用的食油一律选用清油如麻油、茶油、棉油，连菜油都用得少。猪油、杂油是一概不用的。从解放后到合作化以前，市场小贩密集，竞争力强。我们隔壁有家姓李的也炸面窝，他屋里早上炸，晚上炸，早上炸的还要大一些，但也只能等我们卖完以后，他才卖得一点。

我们是全家炸面窝，母亲每天半夜就起来手工磨浆。浆要磨细、磨匀。不然炸出的面窝是不好吃的，如果用电磨，就要求按季节认真掌握，否则电磨发热，磨出的浆，就容易发烧、发泡。这样不仅耗油大也影响质量。此外，还要看火候，油温高了，原料很快焦煳，油温过低，又形成不了面窝的特色。特别是油锅在火上变化极快，难以驾驭，因此要把火功运用得恰到好处，使炸出的面窝，色泽黄亮，香酥并重，诱人食欲。

《户部巷的面窝》

### ❖ 龚成柄：红菜薹，色香味俱美

红菜薹别名芸薹、芸薹菜、油菜、油菜薹，因其茎叶紫红，故名紫菜薹；又因原产武昌洪山一带，一般称作洪山菜薹。它与武昌鱼被誉为"楚天"的两大名菜。

红菜薹含有丰富的维生素A、维生素C、蛋白质、醇类和碳水化合物，脆嫩爽口，别具一格，堪称色、香、味俱美。

解放前曾发生过汉口买红菜薹的趣事。1949年1月，蒋介石的"钦差大臣"张群，来武汉游说"运"人士，遭到失败。临行前，张群对当时的湖北省主席张笃伦说："今晚到洪山去买300斤红菜薹，以便明晨带回南京去。"张群破坏"和平运动"未成，也还没有忘记要吃红菜薹。有诗人记其事云："从此辞却鄂州路，空载洪山菜薹归。"

红菜薹的发源地，在洪山区洪山公社的学田垄。据原住洪山杏花村86岁的老人张洪回忆，他家先辈人从江西过籍到此都种过红菜薹，到他辈已经有11代之久。洪山南面原有两座与它平行的小山，一个叫"白芋山"，另一个叫"吴家山"，两山之间有一垄田，因属公产学田，古人称学田垄。学田垄系梯田，面积200多亩，每年两季，粮菜兼作。宝通寺对面的杏花村有五六十户，绝大部分务农，离村不到200公尺的白芋山，有口塘，内有泉水，因而附近两块田（约1亩5分），种的红菜薹最早、最好。民间传说也是这样，以宝通寺钟声所播及的范围内，种的红菜薹最好，即白芋山、吴家山、郭家山、石牌岭、小洪山、马房山、桂子山、珞珈山等范围之内。其中又以洪山宝塔落影之地的白芋山下学田垄首屈一指。可以断定这就是红菜薹的发源地。

▷ 洪山宝塔

　　钟声所到处的洪山地区多丘陵，有九岭十八凹，全是排水良好的红壤和黄壤。这些梯田（地）背北朝南，避风向阳，地势高燥，排水良好，又有泉水和浸水灌溉之利。冬春之际，小区气温较为暖和，因而适于红菜薹的生长发育。加上水旱轮作，隔离防杂较好，年年选种，所以种性至今不败。

《红菜薹史话》

❖　**海　客：谦记牛肉馆，味美价廉**

　　冯谦伯夫妇经营的谦记牛肉馆，创立于民国初年，店址设在武昌青龙巷。供应的品种仅有牛脯、牛肉炒豆丝、牛肉煨汤、原汤豆丝、清汤豆丝五种，花样很少，而且都是普通常见的，但由于冯谦伯精于烹调，样样都有特殊滋味，因而脍炙人口，享盛名几十年，至今还有少数健在的老人津津乐道。谦记牛肉馆首先以烹调可口显见特长。与此同时，它还具有其他一些优点和自己的特色。

（一）定价低廉。顾客花钱不多，能够既吃得好，又吃得饱。比如，有些人力车工人，有时拖着空车，经过青龙巷，找个空角落把车停放下来，就近买一两个馒头或烧饼，带进去，同时买一碗清汤豆丝，配合起来吃一顿，就很感满足了。正由于味美而又价廉，适应一般劳动群众和大中学生的消费水平和需要，所以顾客川流不息，座无虚席。

（二）清洁卫生。谦记店铺的房屋，旧式砖木结构，很简陋，很旧了，面积狭小，仅可安排三四张方桌。可是，四壁却经常粉刷，或用报纸裱糊，还挂上几幅字画和一张地图，加上经常打扫，却显得一尘不染。所有的餐具，常用热水或碱水洗涤，对用具也及时揩抹，件件干干净净，虽旧如新。夏秋之际，店里看不到苍蝇。顾客们一进店，顿时便产生新鲜感、清爽感。

（三）供应迅速，手续简便。谦记营业是有计划的，每天供应的牛肉有定量。所用的牛肉，是从汉口一家最大的牛肉加工厂和记购进的，订有合同，逐天按定量买进来，按定量调制好，按定量卖出去，卖完了就收场。因此，该店每天的营业时间，大约只有4至5个小时，上午9点开始，下午1点结束。

（四）满面春风，以礼相待。跑堂的小伙子，很机灵，尽管应接不暇，手脚不停，却彬彬有礼。管账的内当家，不苟言笑，却显得落落大方，于端庄、安静中，仍带一团和气。冯谦伯本人，身在锅边，紧张操作，还随时照顾着全局，偶一转身，就用笑脸和喜悦的表情，向四座的顾客们打招呼，有时和比较面熟的顾客对话，谈笑风生，或者即景生情地讲几句幽默话，使顾客为之发笑。食味以外，倍增愉乐。

1935年间，我在武昌三道街师范学校工作，校址与青龙巷相距不远，去谦记牛肉馆很方便，去的次数多了，与冯谦伯面熟了，成了忘年之交。趁着彼此的业余时间，我曾特地几次走访他，有一年寒假中，春节前几天，他曾约请我去他家做客，待以晚餐。由于这段因缘，我对冯谦伯的为人，获得了较多较深的了解。

《谦记牛肉馆和冯谦伯》

## ❖ 筱 青：汉阳区野味香小吃店

野味香小吃店，民国三十一年（1942年），由汉阳县的解华忠、王菊英夫妇创办于汉阳三里坡。该店地处荒郊野岭，周围湖汊遍布，芦林丛生，野生动物资源极其丰富，当地民间流传的"九雁十八鸭，外找一对红爪爪"的俗谚，便是对这种天然生态的生动写照。生长在这一带的不少农民，长年上山下湖，以猎为生，将捕来的野味，或充饥粮，或卖钱度日。解华忠根据当地人这种生活习俗，广泛联络猎民，收购野味，专门经营野味卤菜，靠卖酒和野味卤汁面，以浓郁的乡土风味招徕顾客，生意逐渐兴发起来。

▷ 汉阳俯瞰

1945年的一天，该店来了四位客人，其中一位自称是记者。店主忙做了几道上好的野味卤菜供他们佐酒。数日后，这位记者又邀人来品尝野味，他们边吃边赞："这野味越嚼越香。"并对解说："老板，我来给你起个招牌，好吗？"解随即取来红纸和笔砚，他挥笔写下了"野味香小吃店"六个大字。解华忠欣喜不已，随后就挂上了这块招牌。

当时该店门面不大，横直面积各5丈；前屋一半做厨房，一半做店堂，摆得三张半桌子。来进餐者多是附近的农民和过往行人，他们有的拿上几只鸡蛋，捉来几只麻雀，也能折价换顿酒喝；有的酷嗜杯中物，但临时没钱，也可以记账赊吃，来日再付。每年当中，该店可做上两笔好生意：一是逢年过节期间，许多游玩归元寺的香客和来郊外上坟的游人，必到野味香品尝野味；二是春夏季节，三里坡一带贩卖鱼苗的生意人，也纷纷涌至野味香酌酒小憩。逢到这时，顾客日日盈门，主人应接不暇。有些人为吃野味，竟远足十几里地，有的富贵阔人也慕名坐上人力车，出城到此一游。碰到店堂满座，不少顾客就端着吃食坐在店外绿茵茵的草地上，边吃边看田园风光，自有一番乐趣。

为了保证野味菜品质量，店主十分讲究操作程序。每当生货一进店，就及时去毛刮皮，挖除内脏，用清水反复漂洗，直至血水漂尽，闻不到土腥气。他们一般在头天把货卤好，第二天出卖之前又打一次卤，卤品上面并刷上一层油，颜色金黄透亮。顾客来店，当面解刀装盘，佐以麻油、酱油、醋和蒜粒，味道可口极了。该店用来卤野味的，是一口大铁吊子，吊里的卤水长年不换，保持原味。第一次下卤时，倒点酱油变个色，以后每次卤货就不给酱油了；卤水见少，适当兑些清水在吊里，下入丁香、桂皮、八角茴，少淬调点冰糖和红淀，撒点精盐即可；下次卤货，就把用过的丁香、桂皮等佐料捞出来，再放入新的佐料卤制。时间长了，吊里周围便积上了厚厚的一层卤垢，这样卤起货来，更具鲜香。因此，店主把这口卤吊子视为家宝，爱护备至。有一年该店失火，解华忠急得一头钻进火里，什么也没抢，只抢出了那口卤吊子。他说："有了它，生意就不愁了。"

该店以卖野味卤菜为主，经常供应的品种有十多个（因季节而异），其中有鹌鹑、斑鸠、麦啄、獐子、野猪、野兔、野鸡、野鸭、大雁等。卤菜价格也比较低廉，如炸禾花雀每只5分，卤兔肉每盘1角5分，卤鸭子视个头大小每只3至5角。他们供应的野味卤汁面，更具风味，将煮熟的面条挑入碗内，浇上野味卤汁，上盖几片青菜，一碗只卖一角钱，既便宜又好吃。

《汉阳"野味香"》

## ❖ 袁复心、章本庸：小桃园煨汤馆

煨汤是武汉人的传统习惯。花色之繁多，味道之鲜美，是别的地方少见的。而汉口小桃园是专注研究煨汤的一家馆子。

小桃园煨汤馆，原名"筱陶袁"，是由陶坤甫、袁得照两人创办的。陶、袁两人原是汉口天主教堂医院同事，陶坤甫任西厨，袁得照任中厨。1944年，美机大轰炸时，医院被炸毁了，他们两人同时失业了。胜利后，1946年10月，两人合伙在胜利街、兰陵路口的一片废墟上，搭了个10余平方米的小棚子，经营热食，卖点豆浆、面窝之类的小吃品种，但生意清淡，很难维持。陶、袁二人在一次怎样才能解脱困境的言谈中，陶坤甫想起了大智路铁路边上，有一家经营瓦罐八卦汤（即乌龟汤）和牛肉汤的小吃店，营生很好，老板姓杜，原来是某洋行的厨师，因为失业才改行的。陶坤甫在天主教堂医院任西厨时，对煨汤技艺颇有研究，于是效仿杜老板的方法，开始了他的煨汤经营。最初只煨牛肉汤、八卦汤两个品种。为了争取顾客，十分注意质量，讲究精工细作，保持原汁原汤，只求薄利多销。陶、袁两人共同努力，勤奋苦干，生意开始逐渐有了转机。品种中八卦汤尤为香俏。

这八卦汤有一股特殊的香味，营养价值较高。选料是用半斤以上活乌龟。宰杀前，先放入水中，吐净腹中脏东西后，再破壳、挖肉、分肠、取蛋、去皮，然后解刀洗净，入锅爆炒。最后经过煨、焖等11道工序，再配以各种味料，按标准一份放入瓦罐内，小火温炖。其汤汁奶白稠浓、龟肉鲜嫩，不仅营养丰富，还有滋阴补肾强身的功能。老人、小孩吃了可以不起夜，病后体虚者，食后可以恢复健康，是冬令之最佳补品。

八卦汤既能治病，又营养丰富，很适合各方人士的需要。因此，前来喝汤的，除了有钱的人要补补身子以外，一些老弱病幼也日多一日。还有一些出力的码头工人，劳累一天以后，喝上碗也觉欣慰。一些嫖、赌的人熬了夜后，也要来喝一碗以滋补损失。由此八卦汤名声日显，生意兴隆。

这家煨汤小店，由于地方窄，只好倚门设炉，当堂营业。店堂仅设两张方桌，他们勤于扫洗，显得一尘不染。用具也都干干净净。顾客进店，除了品尝到煨汤的鲜美芳香外，对这家小店还能产生一种清爽、新鲜之感。

1948年，随着营业日增，于是小棚扩建为20多平方米。还先后增加了母鸡汤、甲鱼汤、排骨汤、鸭子汤、鸽子汤、猪蹄汤、肚子汤、肠肺汤等十多个品种，都各有特色。同时又以陶、袁两人的姓为主，借用了天声剧院一位有名的越剧演员叫"筱牡丹"的"筱"字，正式挂上了"筱陶袁"的招牌。这时，友益街有一家叫"纽约"的煨汤馆，见筱陶袁名声大，生意好，这家老板自恃店子大，设备讲究，特意在附近珞珈山路口设了一家分店，与之抗衡。这家纽约分店的汤里面加有粉条、香菇等副料，看上去很俏皮，但其风味却比不上筱陶袁的，因而食客稀少，门庭冷落，不久就悄然关歇了。而筱陶袁的生意却越做越好。

解放后，筱陶袁的煨汤技术，更上一层楼。对煨鸡汤又有新的研究和发展，具有独特之处。从选料上，专用黄陂、孝感两县一至二斤半的活母鸡。这种鸡，肉嫩且肥，黄油多。经过宰杀、去毛、破腹、取内脏、去头脚，切成一寸半长的块状。洗净后，先用猪油、葱白在锅内熬香，再用生姜、料酒、白糖、精盐并鸡块倒入锅中混合爆炒，同时放入少许清水。待炒至水欲干未干，鸡肉变成黄色时起锅。然后放入砂罐煨到八成熟，起火停放一刻钟，再上火，经上下两次焖透，而后按每份数量装入瓦罐内，小火温炖。经过这样精心操作后煨出的鸡汤，肉嫩酥烂，汤清油黄，醇香味美，诱人食欲。

《小桃园煨汤馆》

## ❖ 喻保明：黄陂城外"好吃街"

1939年，人们为了生计，陆续回至城关，在大西门外搭起了高低不一、参差不齐的房舍，各行各业先后在这里摆摊开店。不久就形成了几条小街：团结街、康乐街、富强街。为了避免日寇凶神恶煞般的搜查，人们不愿进城。于是这里成了万商云集的"自由市场"。在这几条街的交叉处，成了饮食行业的集中点。每天从早到晚来这里大张酒宴的、点菜会饮的、随意小吃的、过早消夜的以及品尝不同风味的食客，摩肩接踵，热闹非常，久而久之，人们就用嬉笑的口吻把这条街叫做"好吃街"。一传十，十传百，这个街名就是这样约定俗成的。

一切为顾客，服务态度好。这里每天清早四五点钟就有吃的东西卖，晚上夜深人静还有饮食店没有关门，即使再晚些，关了门，如有所求，必有所应。顾客还可以开一张菜单叫菜，由馆子里专人送到指定地点，先吃后结账。如因事忙，或行走不便，那些卖吃的挑子，挂着马灯，敲着梆子，边走边敲边喊，可以送到屋里或床前。钱多就多买，钱少就少买，无钱还可赊账。不言而喻，好，就好在一切为方便顾客。

各家显特色，菜点味道好。采购员买鱼肉求鲜，买蔬菜求嫩，买面粉求精，配作料求全；厨师烧、炒、炸，样样都行，操作程序一丝不苟。拿出的菜肴色、味、香、形都合要求。如雷木生做的鱼丸子，鲜、泡、白、嫩。朱绍平做的狮子头，每个都很大，色黄而红，形似狮头。罗焱记做的八宝饭，由八种原料组成，花纹清晰，摆在桌上，赏心悦目，吃在口里，香甜滑润。徐福林的油炸干子，边吃边炕，闻起来臭，吃起来香。吃后有令人不愿放下筷子的感觉。

经营品种多，任凭挑选好。好吃街的菜点，品种多达一百种以上，有的是四季常有，有的是应时而出。如春季有元宵、炸糍粑等；夏季有粽子、甜酒、凉粉、凉面、豆腐脑等；秋天有红薯、花生米面窝、炸藕夹、发糕等；冬天有八卦汤、猪血汤、心肺汤等。品种既多，而又能"因时制宜"，满足了群众"因人而异"的需要。

餐馆多层次，适应需要好。有急事的可在挑子、摊子上吃"快餐"，迅速方便，价格便宜；想喝酒但钱不多的可在摊子上随意"靠杯"，连吃带喝不过几毛钱；三五好友、团聚小酌，可到格局一般的小馆或卤菜馆吃点菜，价廉味美，宾主满意；红、白喜事或接风送行需要大张筵席的，可到鲁新发等大餐馆。这几家店堂雅而不俗，闹中有静，山珍海味，一应俱全。

家具求整洁，讲究卫生好。当时无论是大店、小摊，他们都懂得伙食行业清洁卫生的好坏，对生意有直接的影响。因而餐馆内外以及桌椅餐具都很干净。大馆用纱柜把香肉、卤菜罩起来，即使是卖热干面的小摊，也用洁白的纱布罩着。店摊多而集中就有比较，就要竞争。

《黄陂城外"好吃街"》

## ❖ 颜学甫：历史悠久的黄陂豆腐

黄陂豆腐，历史悠久，相传远在一千多年以前，其制作技艺由淮南传入黄陂后，经历代名工改进、发展，其誉日高，并以其鲜、白、嫩之独有特色闻名于省内外。黄陂豆腐制作业极为旺盛，生产的铺家不胜枚举。仅以黄陂的城关镇为例，30年代初期，生产作坊就有20多家。其中富有特色的豆腐铺有两家。

一是"王桂记"豆腐铺，业主名叫王桂伢。1911年开业。王桂伢不务正业，酷爱赌博，主要是由徒工熊满意制作和出售，生意一直不好。1927年，王桂伢负债累累，只好将店铺房屋作抵押，合家流落异乡。后来在黄陂桃园落了脚。流离颠沛的生活，使王桂伢幡然醒悟，决心脱胎换骨，并将熊满意再度请来重操旧业，刻意习技，苦心经营。真是"有志者事竟成"，他的制作技术大有长进，生意也日见兴隆。没几年光景，王桂伢的豆腐在方圆几里内便小有名气了。

每逢腊月，是销售豆腐的黄金季节。有一年腊月，熊满意嫌工钱少，与王发生口角，王出言不逊，熊盛怒之下卷起铺盖不辞而别。王后悔莫及，眼下家家豆腐铺都很忙，到哪里去雇到一个熟练的帮手呢？俗话说："急中生智。"王桂伢忽然想到，如果能将豆腐一块一块的小包改成大包，岂不可以大大地节约时间和劳力吗？他试验成功后，就把大包撤除，再将大块豆腐用刀划成若干相等的小块，不但造型比原来别致，而且工效比原来提高了许多倍。这"逼"出来的工艺改革，不仅缓和了他家人手不足的矛盾，而且轰动了同行，大家纷纷前来取经，效仿王的操作方法。王桂伢因此名声大振，生意更加兴隆。

1923年，他返回黄陂城关重立炉灶。生产规模日益扩大，产量逐步增加，不仅买豆腐的主顾越来越多，而且前来拜师求艺者为数不少。到晚年，他收了几个自认为有出息的徒弟，如王国银、陈桃清以及他的孙子王恒山、王沼松等。他们诚心请教，刻意钻研，几年的工夫便身手不凡。后来他们另立铺店，继承发扬了王桂伢的技术长处，不断改进，在同行中也有些名气。

二是"张复兴"（安记）豆腐铺。老板叫张南波。开始工具简陋，也无特色，经过后人艰苦创业，面向市场，增加品种，至第三代时，已独具特色颇负盛名了。其主要特点是以质取胜。生产以豆腐为主，同时生产干子、臭干子、五香干子、千张、臭千张等十几个品种。产品质量在同行中独占鳌头。干子细腻，切成细线也不会断，臭豆腐、五香干子更别具风味。

臭豆腐闻起来微臭，吃起来喷香，油炸后蘸上酱油辣椒，既是下饭的素菜，也是饮酒的佳肴；五香干子香气诱人，味道可口。这两味干子曾是解放前黄陂城关"好吃街"必备的大众菜肴之一。豆腐分为两种：一是菜豆腐，宜于做菜；二是汤豆腐，宜于做汤。张复兴在当时就讲究包装和造型，干子的包装纸上都印有"张复兴"标记。人们把它作为馈赠亲友的佳品之一，畅销省内外。

湖北素有"黄陂豆腐、樊口的酒，武昌鳊鱼、巴河的藕"之说，足见黄陂豆腐名声之大。

《黄陂豆腐》

## ❖ 袁复心：独具特色的武汉甜食馆

民国二十一年（1932年）前后，武汉甜食馆到了曾天祥后裔曾汉章手上，由于继承了传统的风味，生意更加兴旺。汤圆既有炒的，也有煮的；既卖熟的，也卖生的。汉口一些有钱人，特地坐轿子前来品尝。他们除了自己吃，还大包小提地带给家人尝新。由此，汉阳曾天兴炒汤圆一时名扬三镇。

随着武汉商业市场的日趋繁荣，民国初年，汉口民生路口出现了大型汤圆酒馆老福寿居。该店拥有资金400银圆，职工40余人，还雇有名师掌勺。民国十五年（1926年），该店掌勺的名师郭春山，把小汤圆改包芯子，配以西米等，做成了当时的一道名菜——甜菜小汤圆，曾经轰动一时，许多中、西菜馆的酒席、宴会，都必用这道名菜。连享有盛名的海陆饭店，凡是招待外宾都要去预定此菜。尤以"全料小汤圆"为改良后的甜菜小汤圆的传统风味，具有清香纯甜特点。

民国二十五年（1936年），老福寿居老板周殿臣，又在法租界新开了一家美味汤圆酒馆和另外两个分店。武汉沦陷前夕，许多下江的大商人、富户相继流入武汉，上餐馆的人多了，讲口味的人也多了。为了更多地赢得这些人的生意，当时又在美味春掌勺的名师郭春山，精选了叉烧肉、广米、香肠、虾仁、瘦肉、香菇、玉兰片、鸡蛋、香葱等作原料，制作成什锦豆皮和三鲜豆皮。为此，老板周殿臣还在门口挂出了"豆皮大王"的牌子，以招徕顾客。这是甜食业的兴盛时期。

民国二十九年（1940年）武汉沦陷期间，阳逻人袁金安在后花楼开设了顺香居汤圆酒馆。由于雇用了武邦点心馆名师黄家保，因而引进了武昌三园（青海园、品海园、盛兴园）的重油烧梅，使该店经营名声日振，销售额扶摇直上。

到了民国三十一年（1942年），在顺香居对门又开了家"竹林村"汤圆酒馆，两家各显其能，在激烈的市场竞争中，袁金安规定，烧梅芯完全要用鲜肉和猪油，并配以虾仁、虾子粉和当时日本人的味之素等上等调料，只用少数糯米，这样做出的烧梅，馅多皮薄，油大，味鲜，具有浓郁的地方风味。人们吃完一盘烧梅，几乎还剩下半盘油。顺香居以绝对优势压倒对方，生意越做越好，不久"竹林村"便悄然倒闭，顺香居烧梅也由此而盛名远扬了。如今，该店仍保持了这一传统的风味特色。

民国三十五年（1946年），蓝因庭在武昌司门口开了同兴汤圆酒馆，花色品种多样，重油烧梅、三鲜豆皮、孝感米酒、天津包以及小油锅等颇具特色，甚为群众喜爱。这是武昌最大的一家甜食馆，老板蓝因庭经营得法，注重质量，讲究信誉，经营亦有起色。后来又起用了武邦师傅，把品种扩大到各种小吃如汤面、炒面、炒饭，以及卤菜，都是群众所欢迎的。

*《独具特色的武汉甜食馆》*

## ❖ 龙　麟："龙井豆腐"与豆腐的故乡

古云："十里不同风。"各地都有自己独特而丰富的风味。武昌纸坊的"龙井豆腐"与众不同，历史上闻名江夏城乡。老居民从小就听过上辈人流传下来的赞语："走进龙王庙，浑身汗一垮；喝了龙井水，身上不长疤；龙井水好豆腐好，又白又嫩盖江夏。"

龙井旁，古时有座龙王庙，庙旁的古井从来不曾干涸，传说甲戌、乙亥年天大旱，四周乡民都到此来挑水，此井依然碧水盈溢，因水源来自龙头山底层的山泉，故自古至今，沿称"龙井"。用龙井的水制作豆腐，不但又白又嫩，好吃，且不易变质，历为江夏名产。

八公山是豆腐故乡，八公山下龙井豆腐素负盛名，方志均有记载。八公山与八公山下的豆腐，绝非神话中的巧合。据《本草纲目》载："豆腐之法，始于汉淮南王刘安……"淮南，有座八公山，传为发明豆腐的故乡。不过，对于四体不勤、饭来张口的淮南王，是制造不出豆腐的，从磨豆、制浆、滤浆、煮浆到品水、配膏、渗盐、卤等制作过程需付出极其沉重而又复杂的体力劳动与脑力劳动。豆腐是八公老人经过长期辛勤劳动所创造发明的。

随着历史的发展，科学的进步，豆腐由繁重的手工与体力作坊，发展到电动等科学制作。中国"豆腐制法早已传到世界各地"。

《"龙井豆腐"与豆腐的故乡》

## ❖ 胡锡之：武汉的汾酒槽坊

全国名酒，最为人们所称道的是贵州茅台、泸州大曲、山西杏花村汾酒、陕西西凤。武汉所产汾酒，虽不能与上述名酒相媲美，但也独具特色，蜚声遐迩。武汉汾酒不仅参加国内评比，1919年还参加过国际巴拿马赛酒会，荣获过奖章，在国际酒史上留下了一页。参加过评比，并获得奖品的，有裕顺、老天兴、天成、聚兴益等厂。虽时隔多年，酿酒业的老工人还记忆犹新。

我于1919年进汉口协顺和汾酒槽坊当学徒，时年方14岁。我从此在汾酒业由学徒、店员，以后四易店号，担任采购、供销，还担任过汾酒业同业公会副主任委员。搞汾酒槽坊的行当，历时60余年。

武汉的汾酒槽坊，一般称汾酒帮，其中又以经营人的籍贯划分为"本帮""北直帮"两大帮。武汉本地籍贯经营的，称为本帮，完全是酿造户。

▷ 聚兴益酒槽坊酒标

▷ 益成汾酒厂酒标

年资较久的有大有庆、江义兴、义顺昌、白康、瑞康、天顺等60余家。北直帮是山西、北直籍贯经营的，又称客帮，大多数经营门市酒，转手买卖。有四大有、三天成、魁兴、聚兴益、协成、万成、益成等14家。两大帮遍设于武汉三镇，以汉口较多，都集中于汉正街一带，因而汉正街有槽坊街之称。

由于酿酒不能用自来水，因水中有漂白粉，酿出的酒味差，所有槽坊都是自己钻井，取用井水。这种井水，引自汉江，以汉江之水酿出的汾酒，故名"汉汾"。当时汾酒槽坊每天早晨向客户送酒，一般两篓子一担，约200市斤，工人肩挑途中，喊着和谐的号子，散发扑鼻的酒香，成了汉正街早晨的特色。

《武汉的汾酒槽坊》

## ❖ 金 水：大有庆槽坊的汉汾酒

从很早年代起，人类就与酒结下了不解之缘。酒的发明，是聪明人的创造。它象征快乐，也体现哀愁；能解除寂寞，也能给人享受。三国曹孟德有"何以解忧，唯有杜康"的名句，也广泛流传。此外，英雄借酒壮胆，劳动人民劳累一天后，喝上几两酒可以消除疲劳，通经活络。酒助于人者多矣。

我国南北各地都办有不少的酿酒厂，北方叫"烧锅"，南方称"老窖"，湖北通称是"槽坊"，酿出的酒，各具特色。汉口的"汉汾酒"历史悠久，在全国酿出的酒类中，一直获得好评。

旧社会酿造汾酒的槽坊，多集中于硚口地区，社会上有过"喝好酒，到硚口"的流传。槽坊业的鼎盛时期，武汉共70余家，分为北直和汉口两大帮。

我祖父金莲峰在汉口杨家河正街开设了家自酿汾酒的槽坊，名"金裕茂"，资金雄厚，酿出的酒质地优良，在社会上享有较高声誉。

汾酒槽坊的生产规模有单灶、双灶之分。"大有庆"是双灶，厂房占地4000平方米，建有缸房三大间，埋有大酒缸1400余口，另外有晾场两个、堆曲房一大间、高粱仓一个、磨坊一间、方井一口。由于是作坊型的小手工业生产，在未用电力以前，用牲畜一骡子、一二十匹拖碾石磨，有专人饲养。

槽坊所用原料，一是小麦，二是高粱。每逢麦熟季节，派专人赴产区一次购进颗粒饱满的小麦三四千石，抓紧暑期踩制成曲砖，以备全年发酵之用。高粱是每日蒸饭的必需品，则在本地和汉阳南岸嘴通过粮行兜售评议，如价格适宜而货色又好，便大量收购。如是资金短缺的厂方，购原料时受到掣肘，难免缩手缩脚，乃向殷实槽坊通融，明知增加了成本，但为了不致停产，只好忍痛吃亏。这说明，槽坊虽属小手工业，经营也应看实力。

槽坊每天所出的酒糟，都是黏性很浓的高粱渣，是饲养牲猪的很好的催肥料。

"大有庆"每天生产的汾酒，均需管酒员进行检验。检验方法是用碗一个进行凉水勾兑看花，分为"七三""八三""九三"等成色。另凭眼力观察酒碗中留下的余香，酒越好，留香的时间越久，并可从中得出酒的黏、醇、幽香等风格。

今天酒香分型较多，如茅台、双沟、郎酒属酱香型，泸州老窖洋河、剑南春、古井贡为浓香型，汉汾酒则以醇正的清香型为饮君子所称道。

"大有庆"酿出的酒，不存放3个月不出售。酒经过一段时间便能减除燥气，否则不能达到一个"醇"字。销售往来，一部分为联号金同仁参药店泡制药酒，余则输送至其他药店、餐馆、吊酒店。每日清晨由出店人抬着双酒篓，一家一家运送，运送途中他们习惯地喊着富有韵调的非常悦耳的号子。同时，酒篓里散发出阵阵酒香，令人陶醉。

"大有庆"还自制有药酒、色酒，如虎骨木瓜、万应追风、五加皮、红白玫瑰、橘黄、碧绿等多种。酒注杯中，因质浓黏杯，有小珠附。如有商公、僧尼慕名来沽碧绿，便告诉他们碧绿虽美，惜与素食者无缘，盖酒中含猪油，不要影响清戒。

"大有庆"在较长时间里，负有盛名，生意兴隆。抗战前，汉口酿造的汾酒，由于富有质醇味正、清香可口等独特风味，曾作为中国酿制的具代表性的名酒参加国际博览会评比展出，荣获金牌，在世界酒类历史中留下光辉的一笔。

《大有庆槽坊的汉汾酒》

## ❖ 舒 湮：街头饭摊里的河南味道

鄂、豫两省，山水相连，河南从宋末以来，再次处于战乱特多时期；虽然也有安定的时候，但总赶不上南方的富裕。逃荒南来湖北、武汉者，世代皆有。南来的河南穷苦人民，不少以摆饭摊谋求生计。1938年以前，武昌黄鹤楼下，汉阳门沿江一带，许多饭摊都是河南人摆的。他们所卖的饭菜有：

稀饭。用大米或小米熬成，有的是大、小米掺和。佐以咸菜丝、水煮咸黄豆、腌韭菜、花炒芹菜、豆腐干丝、豆腐乳等小菜。

馒头、菜包子、肉包子。菜包子除了菜馅外，常加有粉条。肉包子亦然，馅多皮薄。

浆面条。用水磨豌豆，成稀粉糊，使发酵略酸，用以煮面条，有的加粉条。吃时，加水煮咸黄豆、炒芹菜。

胡辣汤。用炒得略焦的面粉，黄豆粉煮汤，煮开时加粉条、面筋片再煮，最后加胡椒和辣椒粉。吃时随意再加醋、葱花等。

油茶。用炒得略焦的面粉、黄豆粉，加清油或猪油以及花生仁煮成。

面片。用手工或轧面机制成面片，每条比一般面条宽数倍，用水煮熟。

猪肉。多为杂碎。

咸黄牛肉。比水牛肉细而香。

饭摊大都是一根扁担挑得起来的。一头是盛熟食的桶、小缸或木柜，油茶是用大壶盛的；一头是碗筷、汤匙等。有的有矮小的桌子，或方或长不一，以及小凳数个，供来吃者坐用。有的无坐处，来吃者只能买来站着吃。

▷　街头小吃摊

卖力气的搬运工人、人力车工人以及其他缺钱的人，是饭摊的经常顾客。

刚解放时，看见有这样的情景，许多河南人在武汉世代居住下去，子孙渐渐熟悉并习惯了武汉的饮食习惯。这样的河南饭摊，非常大众化的饭菜，也慢慢改成了武汉风味。

《武汉的河南饭摊》


❖　**尹明阶：** 老汉阳乡土风味

古老的汉阳县，位于汉口平原的尾闾之地。田原广袤，湖泊棋布，农业发达，物产丰富。在老汉阳县城的西门外，有几家小吃店子，至今令人难忘的是一碗两件。

所谓一碗两件，就是一碗糊汤米粉和两根油条。糊汤米粉实际是"鱼羹"加细米粉混合而成。汉阳是水乡，鱼多，大鱼好鱼，价钱高，销售快。而一些小鳝鱼、小泥鳅、小杂鱼，价钱便宜。几个小吃店，则把这些活鱼、新鲜小鱼贱价买下，熬成鱼汤，去掉鱼骨鱼渣，成为鱼羹，再煮沸煮熟，即为糊汤粉，十分可口，如果加入胡椒，尤为鲜美。油条现在市上也有出售，但那时的油条则不同，它不仅粗壮而且香脆。吃一两口糊汤粉，再吃一口油条，别有一番风味。

▷ "汉阳门"牌匾及城门内街道

汉阳城东门有一个锦春杂货号，糟腐乳和蓑衣萝卜是它独有的商品。糟腐乳与普通腐乳不同，上面有少量米酒，清香扑鼻，买上一两块，加上一点麻油，吃上一点，顿时胃口大开。当病人病情初愈，食欲不振，用糟腐乳调味，确有回春之妙。所谓蓑衣萝卜，其形状如农夫避雨的蓑衣，就是将黄州萝卜晒个半干以后，用刀削成无数小条条，拿在手上像一朵大菊花，呈浅黄色，香气扑鼻。尝之，其味咸而甜，香而脆。

旧时侏儒山人的菜，以蒸菜当先，因此有人讽刺说："侏儒山人只晓得吃蒸菜。"但是侏儒山人的蒸菜确有其特点。蒸鳝鱼为蒸菜之最，蒸白鳝更是难得的佳肴。

白鳝形如鳝鱼，长而粗壮，其色白，故叫白鳝。它在水里喜欢吃动物尸体肉质，因而肉质细嫩。凡吃过白鳝的人，莫不啧啧夸赞，似乎口有余香。但白鳝毕竟为稀有之物，蒸鳝鱼最多。鳝鱼以一斤以下半斤以上为宜，其做法是：先将鳝鱼头部钉于板上，手握稻草束，反复上下搓揉，务使涎水净尽。然后破肚除内脏，去头尾，拌上胡椒、味精等调料，放到蒸笼里，用旺火蒸30分钟后冷却。吃时，再放酱油、熟猪油、蒜头，将蒸好的鳝鱼切成2寸长、5寸宽的条形，放入蒸笼，又蒸1小时左右，将熟透的鳝鱼倒入盘中，淋上米醋，再加上黄汁，撒上葱花。吃时，鳝鱼夹在筷子上烂而不散。

侏儒山的珍珠丸子，味道也很可口。所谓珍珠丸子，是因糯米蒸熟以后，形如珍珠，故名。

蒸珍珠丸子的原料，是鳜鱼、虾仁、肥肉等。将鳜鱼肉去刺剁碎，然后将鳜鱼肉和虾仁丁、肥肉丁混合在一起，用上各种调料，加上少许盐拌合调匀。另将糯米用温水泡半小时，倒入箕内滤去水分，混合滚动，即成为珍珠丸子。这也是侏儒山蒸菜的特色之一。

《老汉阳乡土风味杂谈》

## ❖ 于福生：硚口的吃喝两条街

老硚口的人都有这样的说法："饿不死的隆基巷，干不死的大火路。"这句话的意思就是说隆基巷吃的东西多，大火路喝的东西多。隆基巷在汉正街下段，横连汉正街与大夹街之间，巷子东面是原老凤祥金号的侧面和沥泉池浴池，没有其他门面。西面整条巷子都是餐馆和熟食店，先后有老大兴园酒楼、新大兴园酒楼、景阳酒楼、张汉记牛肉馆、爱雅亭粉面馆、芙蓉川菜馆、黄天兴酒楼等。南面巷子口有一家煨汤馆，北面巷子口有一家熟食店卖生煎包子和蒸饺。因此，该巷也就由于吃的东西多而得名。

最早来此巷的是汉阳人刘木堂，他开设的大兴园酒楼，后由其徒吴氏两弟兄继承，分别开设老大兴园酒楼和新大兴园酒楼。开始以鄂菜为主，后来老大兴园厨师刘开榜以红烧鮰鱼独具风味，成为鄂菜中的珍品而出名。其制作要求较为严格，选料要五斤以上鲜活鱼，精细切割分块。烹调时掌握火候，以原汁、鸡汁烩制，重视嫩度，使人口感鲜香、滑嫩，余味无穷，赢得了广大顾客赞赏，享誉武汉三镇，甚至省内外闻名而来品尝者也络绎不绝。

由于风味独特，又系首家独创，故有"鮰鱼大王"之称。继刘开榜之后，由曹雨亭、汪显山先后接厨师，他们在红烧鲈鱼的基础上，又增加了"鮰鱼丸、鱼肚、鮰鱼片"等花色品种。因此，老大兴园酒楼经营数十年，声名不衰，生意兴隆。张汉记牛肉馆也是汉阳人张新汉开设的，专门经营牛肉菜肴。蒸、炸、烹、煮均以牛肉、牛心、牛肝、牛肚、牛筋等作为原料，在汉正街一带独具特色。

还有一样产品牛肾筋汤，具有滋补强壮的功效，深受人们喜爱，因货源有限，每到秋、冬两季供不应求。此项菜肴独此一家，也曾享誉武汉三镇，并在原汉口新市场内电影院和当时汉正街建国电影院放映过幻灯广告。该餐馆规模虽然不大，但在饮食行业中还小有名气。过去汉口的餐馆业，能在电影屏幕上登广告的还不多见。其他餐馆、煨汤馆、熟食店都有各自的特色，招徕食客，所以，当时人们称隆基巷为"好吃巷"，并不虚假。

《硚口的吃喝两条街》


## ❖ 陈宛茵：武昌城的风味小吃

笔者自抗日战争时期离开故乡武昌城，迄今已有半个多世纪了。尽管岁月更替，自己已从一个绿鬓青年成为白发老人，但对我生于斯、长于斯的故乡，却始终怀有深刻的眷恋，尤其是童年时代在武昌城吃到的几种风味小吃，至今犹觉齿颊留香，念念不忘。下面且逐一道来：

王府口的油酥烧饼。记得那家饼店门面不大，名气却不小。他家做的烧饼，原料虽也是面粉、油、盐，但其特色是猪油放得特别多，做饼师傅一手揉面，一手舀猪油涂抹在摊开的面饼上，然后重新将饼揉和，再摊开抹油；再揉和，再抹油……如此反复数次，而后将饼面撒葱花，入锅用油煎成嫩黄色即成，熟了的饼，层层起酥，入口即化渣。因此，虽然价钱比一般烧饼略贵，但顾客仍趋之若鹜。

青龙巷"谦记"牛肉豆丝。旧日的青龙巷，是由司门口去粮道街必经的一条窄街。这条街上，十之八九都是经营出租婚娶喜事用品的店铺，如出租花轿彩轿，新娘穿戴的凤冠霞帔，以及旗、锣、伞、扇等喜庆所用的仪仗器物之类，店堂里摆得花花绿绿，煞是好看。"谦记"就坐落在这些五彩缤纷的铺面之间，很不起眼，很显寒碜，但却以它的牛肉豆丝遐迩闻名。许多富绅大贾，往往站在小店门口鹄立候座（四川话叫"候轮子"）。因为店堂过于狭窄，不过只安放了三四张破旧桌子，若迟到的顾客，便不免有向隅之叹了。我只随大人去品尝过一次，感觉确实名不虚传。其妙在牛肉系用文火炖得极烂，肉汤鲜而不腻，加上自制的豆丝，厚薄适度，色泽鲜亮，堪称色香味兼而有之，果然与众不同。

▷ 武昌街景

　　长街"王兴合"的冰糖莲子与水晶方糕。"王兴合"是一家很有名气的老甜食店，店址在长街司门口不远处。他家的冰糖莲子，可说是驰誉三镇，老少咸知的了。仅就当时煨炖莲子的方法来说，现在也很少见。系用一锡制鼓形大圆锅，中有镂空圆洞，设小炉桥于底端，上部可燃木炭。锅边周围依次有杯大圆孔，每孔嵌入一带盖小锡筒，整日炉火不熄。到取食时，将小筒提出，倾莲子于碗内，一筒刚好一小碗。入口中，莲子烂而不碎，汤稠而香甜，极为可口。水晶方糕用米面制成，以猪油、白糖、桃仁、桂花为馅，表面镶少许红、绿丝，入笼蒸熟，莹白如玉，松软爽口，深受顾客欢迎。

最后，也是我最爱吃的一种——糊汤粉。这是一种大众化食品，光顾它的多是下等社会的劳苦人民。当年笔者就常偷偷跑到保安门城根一处摊点，花上几个铜板买碗香喷喷、热腾腾的糊汤粉。那个味道，用现代的时髦语汇说，叫"盖了"！原来店家用来氽粉的汤非同一般，乃是以鲜活小鱼久熬而成，上桌时再撒上葱花、胡椒粉等佐料，其味自然鲜美无比了。

《忆武昌城的风味小吃》

第七辑

忙里偷闲·
老武汉人的消遣时光

## ❖ **田梅村：**茶馆见闻

武汉市位于长江中游，是九省通衢之地，华中商业中心，水陆畅通，进出口物资大都由此集散。由于商业发达，交易频繁，旧社会一些中、小工商业者，来往船民都喜欢利用茶馆这个场所来进行交易，有些工厂、码头、手工作坊工人、老年居民以及社会上各色人等，闲暇之余也喜欢驻足茶馆，或听书看戏，抹牌赌博，或打尖过早，品茗聊天。

▷　茶馆里品茶的市民

因此在解放以前武汉市，特别是汉口，无论大街小巷，凡是人烟稠密的地方，差不多都有茶馆开设，而且每天总是座上客堂满，生意极为兴隆。不过在旧社会那些达官显要、社会名流和工商界的资本家以及买办们是不进茶馆的。他们利用旅社、酒楼、烟馆、妓院来消遣取乐，或进行交易。

旧时代武汉茶馆到处都有，但比较集中的地方要算汉口中山大道、江汉路、长堤街一带。因为这几条街手艺作坊较多，人口稠密，所以开设茶馆也较多。

茶馆大致可分为大型户、中型户和小型户三种，但不管是哪种型户，它们有一个共同特点，除经营茶馆业务外，均聚众赌博，从中抽头渔利，这是开设茶馆的另一种收入。也有个别茶馆专营卖茶业务，不聚众赌博，但这只是极少数。

茶客到茶馆喝茶，不是先买票后喝茶，而是进去坐上席位，工人就自动把茶碗送上来，茶资先付后付，任凭茶客自便。不过是否付资，茶馆工人有一个识别记号。在用盖碗泡茶时，如果茶客是先付资后喝茶，工人上茶时就随手将茶碗座子收走，未付资就不收，改用茶壶盛茶时，先付钱用的是蓝细口茶杯，未付钱则用光口杯，以此识别茶资是否付清。

《旧时代武汉茶馆见闻》

## ❖ 龙从启：喝茶有讲究

茶馆的设施分大小不同而有所区别。大茶馆分普座和雅座，普座是一张桌子，四条板凳一围，坐客随意，谈话品茗；雅座多是靠卧竹椅，明窗亮几，当称舒适。旧社会无电扇，每个茶馆在夏季都是用上截为木夹，下截用布叠折成的土吊扇，再用麻绳穿过葫芦，一连两个，挂在茶座堂的正中空间，在另一头用一个人将绳子一拉送，就成了风扇。在徐徐的清风中，饮上一口茶，确是沁人心脾，心旷神怡，给人以飘然之感。

入秋后，窗户紧闭，玻璃尚能透过阳光。

可是一入冬天，竹靠椅上都加了一层棉布纳的椅垫子，但窗门紧闭，还在缝隙处糊上白纸，不让透风，再在楼梯口挂上两扇蓝布夹棉花的厚门帘，人多空气不流通，加上抽烟的不少，一进门，满堂的乌烟瘴气扑面而来，令人窒息，再加上不绝于耳、撕心裂肺的咳嗽声，使人简直难以忍受。

可奇怪的是，居然有相当一部分人，一日两次从不缺席，即使狂风暴雨或者大雪纷飞也绝无例外，这也许是茶的魅力吧。

在用茶时，一壶茶只能配两个茶杯，如人多可以增加茶杯，但不能超过四个，熟茶客可以例外，否则当另加一壶茶。到了改用瓷盖把茶杯时，情况就不同了，来客一人各泡一杯，现在的茶馆都是如此，这样可以互不吃亏。茶馆内还有以水烟袋卖烟的、修脚指甲的、算命看相的、提篮子卖烧腊酒的，嘈杂纷乱实在令人难以安坐。但茶客们熟视无睹，真是到了旁若无人的境界。

有些茶客在这些茶楼上，刚喝了两口茶就因事暂时离开，但必须认识"茶博士"才能把茶杯"弯倒"，即请"茶博士"不要收了茶杯，本人还要再来喝，而且还要把茶杯盖翻转来，使盖里朝上盖在茶杯上，这是规矩，否则，再来时又得重泡杯。要是生客，"弯茶杯"是不可能的。

小茶馆及夫妻、父子、兄弟店，摆几张桌子，板凳一围，有一把开水壶，一个炉子，十几个茶杯，有些没有茶杯，就用碗。店子连招牌也没有，就以茶馆名之，或冠以姓为某家茶馆。这些茶馆是很简陋的，完全为了糊口。可是这碗"茶馆饭"也是不好吃的，因为地区复杂，来往人多，只要有点风吹草动就可能受牵连。所以想求得安稳，就不能不找洪帮大爷作后台。有人说"四川省的袍哥是遍地开花"，在武汉又何尝不是如此呢？

《也谈武汉的茶馆》

## ❖ 余文祥：汉口的茶园与楚剧

中国戏曲与茶园有着十分密切的关系。茶园的发展促进了戏曲的繁荣；戏曲的繁荣又刺激了茶园的发展。在相当长的一段时间里，戏曲以茶园为载体，茶园以戏曲为依托，相辅相成，同步发展。汉口茶园与楚剧的关系则更为密切。特别是楚剧在花鼓戏阶段，二者之间我中有你，你中有我，我离不开你，你离不开我。可以这样说，楚剧是在汉口茶园中发展起来的，汉口茶园则是楚剧生长的摇篮。

楚剧，原名花鼓戏，又称西路子花鼓，即黄孝花鼓。黄孝花鼓戏，在汉口的这些茶园中，实践并成功两项重大的改革。

一是舞台布景的改革。

楚剧，特别是花鼓戏阶段本没有布景，只有一个帐帘，四把椅子，更没有灯光，最早是用蜡烛和清油灯，继而用煤油灯和气灯，后来才有仅作照明用的电灯。1918年汉口新市场开张，聘来上海布景师阿兔，合同规定他只能在场内服务，不许在外面作画。恰好升平楼老板郑善生和阿兔都是宁波人，于是郑善生利用同乡关系秘密地把阿兔请到自己家中，偷偷画了底幕，穷、富、文、武、宫殿等10余张软片，按照各个剧的剧情、人物、场面去套用。特别是神仙洞府，挂上软片，外加附片，再配上灯光效果，演员登场，如在仙境。观众一进剧场，耳目一新，别有洞天。花鼓戏舞台布景的改革，始于共和升平楼茶园。从此，楚剧别开生面。

二是伴奏音乐的改革。

20世纪20年代以前，花鼓戏除打击乐而外，并没有其他伴奏音乐，而是靠后台其他演员或乐队成员人声帮腔和接腔。因此，观众说花鼓戏好是好，就是不沾弦。当时武汉市警察局又以花鼓戏是淫戏为由，经常令其禁演。1923年，章炳炎等人在上海演出时，文明戏演员王无恐很喜欢楚剧，并建议改用胡琴伴奏。章炳炎回汉后，天仙茶园的陶古鹏接章炳炎到天仙茶园唱戏。在此之前，陶古鹏考虑再三，决定向汉剧学习废除人声帮腔和接腔，用胡琴伴奏。于是由陶古鹏出面，请来同乡、汉剧琴师严少臣先生。严少臣应陶古鹏之邀到天仙茶园，与陶古鹏、李百川、章炳炎、沈云陔一道，研究改革花鼓戏的伴奏音乐。他们定过门、谱工尺、合唱腔。经过一个多月的努力，试验终于成功。他们第一次用胡琴伴奏演出的茶园是天仙茶园，演出的剧目是《白扇记》，主要演员是陶古鹏、李百川、章炳炎三人。他们第一次用胡琴伴奏的演出，博得了观众的热烈掌声。天仙茶园用胡琴伴奏演出的成功，刺激了其他茶园戏班，于是共和升平楼、天声茶园也纷纷聘请琴师，改用胡琴伴奏。花鼓戏改用胡琴伴奏，不仅是楚剧史上音乐改革的重大突破，而且也是决定楚剧生存的关键一步。

1926年9月，汉口戏剧界筹建湖北剧学总会，黄孝花鼓戏正式定名为"楚剧"。自此，楚剧纷纷走出茶园，进入剧场演出，使茶园萧条冷落。一部分茶园改为剧场，另一部分茶园则纷纷倒闭，曾一度欣欣向荣的茶园，结束了繁荣鼎盛的局面。

虽然楚剧只在茶园里活动了几十年，但是汉口茶园对楚剧的发展做出了卓越的贡献，汉口茶园在楚剧发展史上留下了瑰丽的篇章。

*《汉口的茶园与楚剧》*

## ❖ 余文祥：楚剧戏园三鼎足

1912年，共和升平楼的经理郑善生邀约江秋屏、朱福全、严少卿等人组班，到共和升平楼演出，这是上演楚剧的第一家正式戏院。

茶园和戏院大不相同。从建筑结构上来讲茶园一般没有舞台，演出是在平地上，观众坐在八仙桌旁，一边喝茶，一边看戏。从演出形式上来讲，茶园一般是"挂衣"演出。"挂衣"演出是一种简单的演出形式，班子的演员只需十一二人就够了，行头也很简单。从营业方式上来讲，茶园只卖茶，不卖票，戏钱是包在茶钱里的。戏园就不一样，进门得买门票，演戏有木板舞台，观众席中取消了八仙桌，改用了面向戏台的长条木板桌椅。

共和升平楼原在法租界的华清街对面，后因失火搬到了友益街。"共和"的演员阵容很强。旦角有江秋屏、张桂芳、李光银、崔俊华；小生有严少卿、高月樵、陈国安；丑角有朱福全、王若愚、冷占奎；老生有严孝卿、陈彬卿、胡喜堂等。

1914年，玉壶春也改成戏园子，成为汉口上演楚剧的第二家戏院。在玉壶春演出的戏班前台经理是李保记，后台领班是李百川，后台管事是张银铃。主要演员旦角除李百川外，还有孙文芳、张银铃、聂金云；小生有章炳炎、陈皓伢、李进伢；老生有肖雅臣、夏世燮、张洪升；丑角有李无畏等。鼓师陶阳，是李百川之师。玉壶春后改名叫"春仙"，不久又改名为"天仙"。

1915年，徐鑫培、黄汉翔、余文君等人在法租界天声舞台组班，成为汉口上演楚剧的第三家戏院。这个戏班有个特点，就是沔阳花鼓戏艺人较多，如姚如春、黄汉翔、王保成等都是沔阳花鼓戏的名角。小生徐鑫培、余文君，丑角李小安等都小有名气。特别是稍晚来的沈云陔，很快成为天声的台柱子。

这三家戏院，是在楚剧激烈的竞争中形成的三足鼎立之势。在此期间，楚剧不仅实现了音乐、布景、化妆等方面的改革，而且在剧目生产上出现了本子戏、移植戏；不仅形成了楚剧历史上第一个辉煌的时期，而且使江秋屏、李百川、沈云陔、王若愚、陶古鹏、章炳炎等一大批楚剧演员崭露头角，成为江城楚剧观众心目中的艺术偶像。

《楚剧戏园三鼎足》

❖ **杨　铎**：汉剧名班福兴班

汉剧，是以襄阳为发祥地的，接受"秦腔"改变为"襄阳腔"，是为汉调"西皮"之原始。因为武汉昔为九省通衢，商业鼎盛，为政治、经济、军事、文化的重心，故能汇合南北声腔，成为"皮黄合奏"之局。武汉几时开始有了汉剧的流行，已不可考。说到福兴班，的确是武汉近百年来的唯一有权威的汉剧名班。

在汉口当时有句歇后语说凡是不行的事，就说是"汉调的大班子——福兴"，意思是以"福兴"二字谐音"不行"。可见它在民间流行的势力。它原来设在杨千总巷，我也看过它曾挂牌于头街大火路口。据我所知首先是由七小杨福庆主持的，这可以说是我知道福兴班近年来的第一个时期。那时从府河、沙宜、中路、武昌县、大冶、兴国、黄冈等地来武汉的角色，都要到福兴班来挂号，方可在武汉搭班。杨福庆死后，为福兴班近年来的第二个时期。

汉剧大王余洪元初来汉口的时候，得到的奖掖和吹捧不少。因为当时十大名角齐全，这可以说是近年来的第三个时期。那时的管事，仍为李彩云。到了辛亥革命前后，正式戏园成立的日多，各园都纷纷组织班底，而福兴班遂告无形解散。

▷ 汉剧名伶余洪元

除差戏外，还有会戏。会馆、公所的会戏，戏台都是固定的建筑，规模大小不一。草台戏，则是舞台形式，非常简陋，角色演出也很简单，只有十几个人便可成班，谓之"江湖班"。谈到搭台，那更是简陋，服装也是因陋就简，然而严格遵守"穿破不穿错"的原则，所以规矩还是相当谨严的。汉剧的演员，在几十年前人皆称为"子弟"，扮女角者人皆称为"相公"，所住的公共地方，称之为"打官店"的地方。这些名词一定是有些来历，似乎还甚尊重，不过到了末期，受到统治者的剥削和压迫，困于"缠头"，迫于生活，也每每受到人身侮辱。

汉班，本来是个江湖组织，听说演草台戏的时候，在乡间无论是在"打官店"或在后台，都接待江湖里的"黑帮上"的朋友，只要他到"官店"或后台送个恭贺，就可以接待。所谓"送恭贺"，是汉班的一个术语，就是打躬作揖道贺的意思，只要懂得江湖礼节能够还上规矩，班内的管事就让他们宿膳，做到"来不打米，去不分家"的江湖尚义的气氛。各行其是，互不相犯，在班内可以放心，不致遭受偷盗。在当时凡是走江湖的人，多半是义气相笼络，汉班也是号称江湖班，故当时的风尚如此，到了辛亥革命以后，此风稍息。

其中代表人物吴天保甚有声誉。他能戏极多，如《四郎探母》《辕门斩子》《法门寺》《哭祖庙》《未央宫》《吴汉杀妻》《打鼓骂曹》等，皆为其杰作。吴的艺术造诣极为深湛，即就其绝唱的《四郎探母》而言，亦有为人所绝对不可及者。其出场时，就觉雍容华贵，高人一等。其自编的《新四郎探母》用引、诗、白登场，其定场诗中有"思亲与报国"等句，将四郎的贪生怕死，既保生、又思亲的心事和盘托出。

吴生平是以演悲壮戏见长的，因为他在舞台上演戏认真，始终不懈，几十年如一日，所以他的舞台威望一直不衰。余洪元后，此一人而已。

《汉剧在武汉》


❖ **张立鹤：** 京剧票社乐趣多

京剧在中国曾被誉为"国剧"。其戏剧语言，以国语为基础，加以中州韵、湖广韵，几乎打破了方言局限，故能通行全国，且远扬海外。在两百年的历史中，经著名艺人不断改进，业余爱好者助兴发展，形成了今日之一庞大剧种。

许多京剧业余爱好者，平日求师访友，不论台上所演，台下所唱，因系业余，习惯称为票友。为方便集合研习，即联络同好，组织票社，俗称票房。武汉为"九省通衢"、华中重镇，地居湖广，得天独厚，研习京剧，较易入门，因之过去京剧累社，代有组织。

1927年以前，即有"雅歌集"票社之组织，系由方博泉、路泽香、李少斋等组成。在1927年大革命时期，精武体育会内附设有票社组织，成员有王攀云、张南陔等。欧阳予倩亦曾参加该社演出，曾演《人面桃花》《莲英惊梦》等剧。又华商总会附组之票社，成员中有程灵谋、廖茂林等。京汉铁路局内有俱乐部之组织，其活动主要是京剧。如章小山、南铁生、卢燕屏、费禹三、孙世馨、吴曙东、刘佐西、张立鹤、熊福彦等，均为该局职员。其中较为出色的，如章小山能演武旦戏，且代王瑶卿授徒。南铁生扮相酷似梅兰芳，唱做亦佳。孙世馨学小翠花，颇得其神。

嗣后，精武、华商两社停办，青年会内原设的话剧社，改为京剧社，由李少斋、王攀云、李之龙、单向演、何友三、吴伯清等负责。程灵谋、吴曙东等均参加活动。

以上是30年代以前武汉票社的概况。在30年代，已有社会性的票社组织"竞成票社"，社员中有陈汉涛、马叔璋、单少臣、朱竹轩、朱啸秋、唐声闻、汪少伯、熊福彦、周砚青、刘熙青、孙舟、方所声、刘海洲等。朱啸秋演旦，拿手戏很多，陈汉涛、马叔琼演生；单少臣演大小花面，能自拉自唱，每演《花子拾金》，极得好评。

有一次晚会，曾在教工俱乐部演出《黄鹤楼》，完全由票友反串，梁荫山饰刘备，杨月琴饰赵云，王慧珠饰张飞，刘秀兰饰孔明，热闹非凡。

*《回忆汉口京剧票社》*

### ❖ **方　明、陈章华：**照相趣闻

　　1872年（清同治十一年），照相业开始从沿海传入武汉，当时，有位广东人在汉国回龙寺（今江汉公园附近）开设了一家照相馆，名为"荣华照相馆"，这便是武汉的第一家照相馆。随后，有个姓庄的江苏人也在回龙寺一带开设了一家名为"鸿图阁"的照相馆。不久后，又有一位日本人在武昌黄鹤楼开设了一家照相馆。由于照出所得的相片逼真，且价格远较画像便宜，有些肖像画家为其吸引，也弃画摄影，如1881年开业的"显真楼"（位于黄鹤楼旁），1882年开设的美华照相馆（位于武昌斗级营），就属此类。这些照相馆，算得是武汉最早的一批照相馆了，距今已有一百余年。

　　早期的照相，由于摄影材料原始，感光速度很慢，曝光时间长。摄影师为了使照相的人注意力集中，以免造成身形晃动，影像模糊，正式摄影时，手里拿块硬木块，口里边喊数字"十、九、八、七、六、五、四、三、二、一！"边将硬木块用力向桌上拍去（据说"拍照"一词即由此而来），发出震耳的"叭！叭！"响声。有些胆子小的小孩便会被这阵仗吓病，其大人便跑到照相馆门前敲打着面盆之类的响器"叫魂"。于是人们便谣传照相会摄去人的魂魄，是邪术，害怕照相，以致照相馆业务清淡，难以发展。

　　…………

　　至清末，除风景照和肖像照以外，武汉的照相业中又出现了新的照相样式，这就是流行一时的"化装相"和"化身相"。所谓"化装相"就是为戏装人物拍照。照化装相闻名的是文华照相馆，摄影师鲍俊轩善于拍摄剧照，并在相片上为戏装人物着色，甚至描以金粉、银粉，色彩艳丽，很受欢迎。所谓"化身相"就是在同一张照片上有两个本人的影像，又叫"我

图"。当年汉口流传有竹枝词云："形影何须辨真假，镜中人即意中人；近来始悟分身法，一笑拈花证妙因。"说的就是照化身相的情形。

1911年，辛亥武昌首义爆发。在革命浪潮激荡下，许多摄影师从照相馆内走入社会，经营非常活跃，这成了武汉新闻摄影的开端。如汉口荣昌照相馆的老板李白贞，本为共进会会员，参加了辛亥革命。他在首义后阳夏战争中，出入战地摄影。现在保存下来的许多辛亥革命的珍贵照片，都是他的作品。

1911年10月10日凌晨，彭楚藩、刘复基、杨宏胜三烈士就义时，文华照相馆的鲍俊轩在刑场上拍摄到三烈士的照片。1912年1月1日民国成立时，鲍便把三烈士的照片放大挂于照相馆橱窗之内，以示纪念。此事引起了容康照相馆王松山的注意，认为有利可图，便设法将这张照片翻拍到手。

▷　品芳照相馆拍摄的全家福

10月10日，辛亥首义周年纪念活动在武昌隆重举行，各省代表云集江城。王见机会已到，遂将三烈士照片大量洗印销售，人们争相购买，供不应求。王松山还摄制了孙中山先生等人来武汉的照片，也一同大量洗印出售，轰动一时。"显真楼"见此亦起而效之，照得湖北军政府都督黎元洪半身礼服像，洗印三千余张，带往海外，销售一空。从拍摄个人肖像和少量风景图片到摄制并大量发行摄影图片，这是武汉照相业史上的一次大发展，是照相业从店内走向社会的必然结果。

辛亥革命后，照相馆增加较多，竞争也日趋激烈。为在竞争中获胜，各照相馆努力提高技术，更新设备。如1919年开设的真光照相馆，就以其设备富丽堂皇、技艺先进精湛而著称一时。20年代初期，显真楼、品芳进行扩建，建成四层楼的照相馆，并更新了设备，改进了技术，使得业务进一步得到发展。"品芳"的18—24寸的"全家福"和"寿相"，不仅享誉武汉，而且闻名于整个江汉平原。

《武汉旧日风情》

## ❖ 郑丛林：五花八门的杂技表演

民众乐园杂技厅，坐落在园内广场中央，与合围着它的扇形主楼以及江夏剧院、群众电影院，和谐统一地融为一体。这座两层圆形结构的建筑，是1916年随该园主体建筑一起修建的。民众乐园杂技厅起初叫雍和厅，后曾4次易名，分别为纪念堂、胜利厅、技艺厅及杂技厅，它不仅是一个重要的文化场所，而且是一个具有历史意义的革命旧址。

民众乐园杂技厅建成开放初期，并不是一个专门表演杂技的场所，其活动内容，五花八门，十分繁杂，不仅有空中飞人、巧耍杯盘、大魔术等各种技艺，而且有不少戏曲演员在此汇聚一堂，表演"群芳会唱"，内容主要是一些传统剧目，如《武家坡》《古城会》《捉放曹》《红鬃烈马》《辕门斩子》《苏三起解》等。此外，里面还演出大八线戏，开办精雅茶室。这种状况，一直持续到1927年，这里改为纪念堂以后，才专演杂技。

当时，在杂技厅演出的，主要是一些零散的杂技班子，既有当地的，也有从外地流入的，他们每天上午、下午、晚上三场，或轮流表演，或组合演出。有时，还聘请上海等地的口技专家及滑稽京戏演员，到此助兴。直到解放初期，由8个杂技班子，一起并入了民众乐园。民众乐园杂技厅，在中国革命历史上，曾有过轰轰烈烈的光辉篇章。

《民众乐园杂技厅》

## ❖ 万澄中：民众乐园看演出

民众乐园是1945年日本投降后，国民党政府给它命的名，在这之前称为新市场大舞台。新市场大舞台的全盛时期是30年代和40年代初期。当时，新市场大舞台不仅演出京剧，还演别的剧种。我在30年代前期就在这个剧场看过评剧"四大名旦"之一的芙蓉花的《桃花庵》和评剧著名前辈老生王万良的演出。

同时看过中华飞车团刘少武和另外一位演员各自表演的1.2丈高的单轮车绝技；看过张一飞表演的"手卷钢板"，他的妻子表演的胸前碎石，蒋鹏飞表演的"汽车压人"等等。当年新市场大舞台京剧班每逢节日都要上演应节令戏，如元宵节时上演《洛阳桥》，端午节时上演《白蛇传》，阴历七月上演《天河配》，八月十五上演《唐明皇游月宫》等。当时以吴天保为首的时代汉剧社不是在大舞台演出，而是在新舞台演出。

《天河记》是每年阴历七月初七，也是这个京剧表演得最有特色的剧目，扮演织女的坤角先后有饮雅南、金钢钻、白玉凤和武旦马秀蓉，还有著名京剧表演艺术家关肃君老师、雪艳香。扮演牛郎的就只有著名小生演员葛次江一人。金牛星的扮演者是花脸演员蒋宝印，三太子是前辈武生名家李顺来所扮演。

后来来了一位头牌文武老生刘奎英，他扮演了"百鸟大王"；之后又来了一位头牌坤旦林曼云，刘奎英改挂了二牌。刘这时编演了"二本天河配"，剧情说的是牛郎、织女生有一子，有很好的武艺，长大成人挂帅出

▷ 建造中的民众乐园（左）和南洋大楼（右）

▷ 20 世纪 20 年代的民众乐园

征，平息了外族的入侵，后来他父母招他上天。刘在这出戏中表演了他的"双鞭"绝技，正拉着绳子"上天"之际，谁知右手食指被夹在滑轮之中，他虽一再喊叫，可是人一直听不见，结果他的右手食指被轧断了，血流如注，等到伤愈重登舞台时，他就不能表演这一绝技，因为他已缺了一个指头，无法"顶鞭"了，后来只有靠着他的一条好嗓子演唱《萧何月下追韩信》等剧。有时主演《艳阳楼》的高登时，右手食指则贴上胶布用以保护断指之处。刘奎英是真"一失指成千古恨"。

30年代新市场大舞台所演出的连台本戏《彭公案》一共上演了2本，而且是分为两个阶段演出的。每本演出的时间为7天到10天不等。前一阶段是1本到13本由小三麻子主演，他是挂的工牌，目的是为了提携后辈。头牌坤旦先是雪又琴，后是侯玉兰（"四块玉"之一）。小三麻子真名为李吉来，因为他的师傅是"老活关公"三麻子，所以他艺名为小三麻子，也是一位"活关公"。他身材高大，武功好，嗓子也不错，他除了演"红生"戏外，还演唱《徐策跑城》《扫松下书》等老生戏。他在《彭公案》连台本戏中，扮演了武丑、武生等功夫很深的角色。他开始主演"杨香武三盗九龙杯"这一段戏，是以武丑的"行当"出现在观众面前的。他修长的身躯，表演倒挂金钩、盗九龙玉杯的动作。接着他又扮演了武老生邱成，甩着"髯口"（胡子），耍着亮通通的钢朴刀开打。最后他扮演了文丑和武丑相结合的欧阳德。

*《汉口新市场大舞台——为〈民众乐园大舞台〉补正》*

❖ **吕奎卿：** 首屈一指的璇宫饭店

璇宫饭店的开业，在当时汉口高级旅馆中可谓异军突起，使久负盛名的扬子江和太平洋饭店也为之逊色。解放前，璇宫饭店成为军政要员社会名流、商界泰斗迎来送往、交际应酬、喜庆欢宴和磋商机密的场所，归侨、外宾亦多下榻于此。虽然三易其主，但营业始终不衰。地利、人和使其得天独厚，驰名江城。

璇宫饭店虽然地址适中，设备完善，但更重要的还是服务态度和服务质量。他们的做法是：旅客进店笑脸相迎，先递上洒满香水的毛巾，不论房间看成与否都是一样；看好房间就座，又递上毛巾并献茶，然后送上登记簿进行住宿登记。每一房间装有电铃，茶房穿有号衣，旅客有事随叫随到。茶水充分供应，茶叶、火柴、手纸免费供给，常备不断。

那时旅客是先住宿后付款，璇宫对旅客进餐洗衣，购买香烟、肥皂等零星费用，茶房还可向小账房领款暂垫，待旅客离去时一并结算。旅客外出，房必留人，以免客去房空，上当受骗。旅客结账时，如房间家具等设备有失落或损坏，及时向旅客询问索赔，否则由管房茶房负责赔偿。由于饭店利益与本人利益挂钩，茶房搞好工作就成为自觉行动。

除笑脸迎送、服务周到外，同时勤洗勤换被褥、被单、枕巾、毛巾，保持清洁卫生，窗明几净，为旅客提供一个愉快舒适的环境，衣食住行称心如意，确有宾至如归之感。有的由于服务周到，还与旅客建立了感情。

《昔日的璇宫饭店》


## ❖ 徐明庭：幸遇"天狗吃日头"

1941年7月底到8月1日，在汉口出版的汪伪《大楚报》，连载了汪伪中央通讯社的一条消息，引起了市民的注意。消息说：9月21日，我国若干省的一些地区可以看到日全食，其中包括了武汉。届时日本的专家学者将组团到湖北观测。从此，人们以好奇的心理谈论看日食或者"天狗吃日头"的话题，偶尔听到几句，我也没有把它放在心上。

有一天吃晚饭时，我家也谈到这件事。父亲说："我从来没有看过日全食，这次倒要好好地看一看。"祖父捋须微笑："连我一生也没有见过，你当然更不会看到了。"祖父这一年是 75 岁。我想这大年纪的人都没有见过，一定是很稀罕的事，于是就缠着大人们继续讲下去。庶祖母和母亲谈去谈来都是谈的"天狗吃月亮"，人们怎么样惊慌地敲锣打鼓放鞭炮，以至动用一切可以敲击出声的响器来救月亮。

父亲拦住话头："那些都是缺乏科学知识的人讲迷信，莫跟小伢谈这些事。"祖父转弯说："这也难怪，我国历史上的天子和诸侯都有迷信思想，何况老百姓。"他叫我到书架上拿来《春秋穀梁传》，他翻到卷六庄公二十五年，有这样的记载："天子救日，置五麾，陈五兵五鼓；诸侯置三麾，陈三鼓三兵；大夫击门，士击柝，言充其阳也。"祖父讲解给我听，并且归纳成一句："他们认为只有这样才能救出太阳。"我问："那是多少年以前的事呢？"父亲想了一会儿："大约是两千七百年前吧。"母亲说："昨天四舅来信，他由重庆的报纸上，知道今年在武汉可以看到日全食，希望我们切莫错过这个好机会。还说要寄一本最新出版的关于日食的书来。"祖父特别叮嘱我："书寄来了，你要认真读一读，中学生要多懂一些科学知识。"

秋季开学后，有同学向物理老师提出日食的问题，我听老师解答时不再漫不经心了。

9 月中旬，四舅寄来了天文学家陈遵妫的新著《日食简记》。书中介绍：1941 年 9 月 21 日发生的日全食，其全食带是从苏联中亚细亚进到中国，经过新疆、青海、甘肃、陕西、湖北、江西、福建、浙江等 8 省的 112 个地方出海，经台湾到太平洋。中国境内的全食带全长约 4000 公里。全国虽然也有地方不在全食带内，但是所能看到日食的多寡大半都在日面一半以上，真是可遇不可求的难得机会。

该书还谈道："就中国地方来说，过去约 400 年内，中午能够见全食的不过 4 次；至于中午附近在黄河长江一带人口稠密的地区能看见全食者，500 年只有两次：一次是 1542 年 8 月 21 日，即明嘉靖二十一年七月己酉；一次就是今年 9 月 21 日。"

直到这时我才明白：为什么 75 岁的祖父也没有见过日全食。

《一九四一年在汉口看日全食》

## ❖ 顾亦兵：罗汉堂里数罗汉

武汉地区还曾流行一种占卜方式"数罗汉"，凡列汉阳开元寺敬香的善男信女都要到罗汉堂"数罗汉"。许多青年人则把"数罗汉"作为一种游戏乐趣。归元寺罗汉堂内五百金身罗汉千姿百态，具有浓厚的生活气息与淳朴的人情味，是一幅人间生活画卷。所谓数罗汉，即从自身年龄这一号罗汉数起，如当年20岁即从第二十号罗汉数起，依次顺数到第二十个罗汉（即40号罗汉）；还有一种数法，即随便选一尊罗汉数起，数到当年年龄那一号止，其大小年龄，均依次类推。两种数法，均要数到自己的序数的那一尊罗汉，对照罗汉神态来应验心事。当数到面貌带笑者，以为必有好运，喜滋滋；当数到面貌哀愁或盛怒者，便认为不吉利，心存不快。当然，这些纯属巧合，不必当真。欲以此来卜知自己或亲友的命运，实乃笑话。这种活动虽盛行，但信者不多，如今已成为一种游戏。

▷ 罗汉堂里的罗汉

早年，每届农历正月初，善男信女赴罗汉堂拜佛，有如潮涌，所烧檀香，烟尘如雾，无法张目，但游客仍源源而入，挤得水泄不通，多半是为数罗汉问卜而来。如今，前来归元寺罗汉堂参观的游客如织，往往以其不同身份、不同年龄、不同兴趣，在这里指指点点，品评自己数着的罗汉。喜怒哀乐，各自心领，并讲述着各自采集的神话故事，谈到动情处，往往引起一阵欢笑，实乃一桩乐事。

《风雅武汉》

## ❖ 徐明庭：龙腾狮跃闹元宵

岁岁元宵，今又元宵。一到这个节日，我就想起童年时观灯的场面。

有龙灯处必有挤得水泄不通的人群，为了让龙灯顺利前进，只好借助火流星开路。在长绳的两端各系一个镂空的铁皮圆球，内装烧着的木炭或其他经久耐燃之物，两手相距一庹握住长绳，左右开弓，交叉地甩成一个个的同心圆，火花不停地从球体空处溅出。观众唯恐沾火星，不得不让出一条路。

一条条的龙灯套着颜色各异的龙灯衣子。额前或鬓边缀有颤巍巍的鲜艳绒球，一步三摇，宛如在和风中摇曳的花朵，漂亮极了。设若有人放鞭迎灯，一条或几条龙灯立刻在蒙蒙的爆竹烟雾中起舞。鞭炮放得越多，玩龙灯的越是攒劲，锣鼓动地，孩子们高兴得欢蹦乱跳。

"龙灯游九州，狮子不过沟。"玩狮子不能超越约定俗成的此疆彼界。

狮子还有文武之分，玩武狮子要会一些武术。在驯狮人的逗引下，披着狮衣的两人配合默契地摇头摆尾，张牙舞爪，翻滚扑跌，做出千姿百态。驯狮人则打八叉，摊一字，摔空心跟头，使出浑身解数博得一阵阵欢笑和掌声。

文狮子的任务是跟随托香盘去说沿门彩的人。在各家各户的香案前略显婆娑之状就可以了。抑扬顿挫，一唱众和，堪称"绕梁三日"，使人们沉浸在欢乐的心情和对未来的美好向往中。

《龙腾狮跃闹元宵》

## ❖ 奉 子：稳赚不赔的赛马会

"赛马"本是西方的一种公开赌博方式，30年代它盛行于号称"东方芝加哥"的汉口。在当时，"赛马"的"跑马场"就有三个：一是"华商跑马场"，地点就是航空侧路现在的同济医科大学。该校校内体育场的"看台"，就是那时的"跑马场"，观众看"赛马"的看台。二是"西商跑马场"。三是"万国跑马场"，在"二道棚子"附近，是那时离汉口市内最远的一个"马场"。

汉口为日寇所陷期间，"华商"与"西商"停业，只有"万国跑马场"为日本侵略者利用。主持赛马的赛马会会长就是高伯勋，在赛马会这个总机构下，还设有"骑士会"和"马主协会"。"赛马会"总管一切赛马事务，星期六和星期日的下午为赛马时间。每一个下午要跑马14次之多，每次赛前公布马的名称和号码，并注明某人骑某匹马。买马票者就根据"马"如何、乘骑的人如何，来决定买这一场的哪一匹马。

马票分三种，一是"单位"，即只猜哪一匹马会跑第一。二是"复位"，即是猜哪一匹马会跑第一和第二。这是比较稳妥的赌法，如所猜这匹马跑了第一可赢钱，跑了二马也可保本，或少输几个钱。三是"连位"，即如猜一号跑头马、二号跑二马，就买一、二号的马票，赢了钱多，但错了一个就全输。

赛马会是稳赚不赔的，因为它将每次卖出马票全部金额的百分之几十，先提出作为它的收入，剩下的才由以上三种猜中者来分，所以参加买马票赌博的是输多赢少。"跑马"这种赌博有时出了冷门，买了这匹马的人才可

▷　跑马场

▷　跑马场里观赛的人群

多赢几个钱。"冷门"如何能出呢？这就在于"骑士"们共同弄鬼，如一号马可跑第一，而骑一号马的人有意不让马跑快，让二号马跑第一。一号与二号马的乘骑者是事先商量好了的，二人都买二号马第一的"单位"票，这样"冷门"一出，他们二人就都可赢很多钱。但他们自己不能出面，而是叫别人替他们去买马票。

骑士们的搞鬼，是不能让赛马会知道的，否则会取消他们乘骑的资格。

《万国跑马场点滴回忆》

## ❖ 尹明阶：端午节的迎神赛会

神庙是神权的象征。封建时代的神权组织，是以庙宇为单位，每一庙宇都由其所属地域进行供奉。每个庙宇有庙产，有僧侣，负责这个地区的敬香的责任。这些庙宇所供的菩萨，一般是关帝像和屈原像。关帝是关公，因为他讲忠义所以受到人民的尊敬；屈原是楚国人，人民爱戴他的忠君爱国思想，因投汨罗而死，所以世代祭祀他。

每年五月端阳节，人们把关帝像和屈原像抬出来，叫做赛会。一般是四个人抬一尊像。关帝是武装，但抬他的神像的人都很斯文，都是稳步行走。屈原像是三头六臂，传说屈原投汨罗时，有两个学生去拉他，随着他一齐淹死了。抬这个像的四人则是跑步前进，显示很威武的样子。

迎神赛会的随行人们，有些打着响器，有些放着鞭炮，还放着火炮，炮声震天，来到乡绅门前，停留时间较长，户主就拿出鞭炮鸣放表示庆祝。然后挨家挨户来赛会。人们就焚香烧纸和放鞭炮来迎接。

迎神赛会有会首。谁当了会首，亲戚朋友就来祝贺，热闹非凡。但大部分经费来源，都是从庙产的租课中解决。如果因租课被士绅们占去，只好怠慢一些。记得侏儒地区有一年迎神赛会时庙里的租课被乡绅鲸吞，无法筹措，只是买了点鱼和肉，加上黄瓜、瓠子。抬神的人们不满意，作了首歌谣："叮叮当当，黄瓜瓠子烧汤，筷子一响，精光。"但即使在这种情况下，人们还是热爱这个风俗，自动地组织迎神赛会活动。

《谈谈汉阳的旧风俗》

## ❖ 徐明庭：洪山的甘蔗节

"三月二十八，洪山敬菩萨，钱多吃甘蔗，钱少吃麻花。"这是半个世纪前流行于武汉的一首民谣，寥寥二十字勾勒出甘蔗节的一个侧面。因此积习相沿，认为旧历三月二十八日是东岳大帝的诞辰。每年这一天，一般寺庙多半要举行"天齐会"。

尤其是武昌洪山宝通寺，香火更盛：从早到晚撞钟、击鼓、敲磬，伴随着木鱼声、念经声不绝于耳。在烟雾缭绕中，一些善男信女们跪在神像前的蒲团上，虔诚地磕头，祈求神明保佑自己和亲人在"福、禄、寿、喜、财"等方面如何如何。

▷ 宝通寺

随之而来的是许愿或还愿，愿仪的大小根据各自的经济条件而定，有上油、挂红、抹金、献匾或布施若干钱财等等。最后还要抽签，请和尚核对签文，预卜财运、文运、婚姻、子嗣或流年吉凶。每逢这种盛大场合，初见世面的沙弥往往手足失措，而善于应酬的知客、方丈等则忙而不乱，按照宗旨办事："坐、请坐、请上坐；茶、泡茶、泡好茶。"

在众多的香客中，还混杂了两种人：一种是游山玩景，去观赏宋代的摩崖石刻、岳飞手植的松树、元朝建造的"七级浮屠"洪山宝塔和明初雕刻的形态生动的石狮等等。还有一种是专为看女人，存心"猎艳"的。其实像这类"打围"的轻薄行为，在旧社会人多的处所是屡见不鲜的，并不是洪山庙会的特产。

1938年4月，武汉警备司令部以"国难严重，空袭时闻，为策人民安全起见"特地出告示，停止一年一度的甘蔗节，禁止民众往游洪山。当时的《新华日报》也就这事发表了消息。武汉沦陷后，三镇人民生活在水深火热中，从此谁也没有心情过什么甘蔗节了。

《洪山的甘蔗节》

## ❖ 李华树、刘益衡：新洲旧街花朝会

旧街花朝会，原是民间自发组织和形成的一种大型群众性集会，因此具有浓厚的乡土气息。如点天灯：东岳庙五岳圣帝殿前，有棵铁树，高2米，树枝数层，每三片叶上，可放油灯一盏。傍晚时，附近群众都争先恐后地赶来上油点灯，一会儿，铁树上百盏灯光排成菱形图案，层层叠叠，火树银花，灿烂夺目。

花朝会还有唱会戏的惯例，俗话说"无戏不成会"。少则唱至10天，多则唱半个月至20天。一般是请乡班唱花鼓戏。唱会戏，起先只限于庙内，后来逐步发展到在河滩搭台，进行多台口、多剧种演唱，有楚剧、汉剧和

京剧，夜晚还有电影。看戏时，附近的人自带板凳在场中坐着看，外地的人在周围站着看。

花朝会的早上，当地群众有吃汤圆粑的习俗，取圆满丰收之预兆。早饭后，青年男女穿上自己最好的衣服，撑"洋"伞或戴银草帽，出门赶会。一时间，红男绿女，三五成群，浩浩荡荡从四面八方向旧街涌来。中年人则着重于筹划当年的生计，或准备出售自己生产的土特产品，或计划购买所需的生产生活资料。

花朝会又是各种民间艺术的大荟萃、大表演。清末诗人李荣校曾作《旧街花朝赋》一文，其中提道："旧街花朝会有艺十余种，诸如测字算命、玩拳习武、摆棋布局、马戏杂技、挑花绣朵、猜谜打彩、写字绘画、打球踢毽、说书唱筒、木偶纸马等等。"

旧街花朝会原来仅限于农历二月十五日这一天，人们一则以集会表示庆祝花辰，二则顺便做些小买卖。解放后，却是从农历二月十一日开始，十八日才结束。前三天是开端，中间三天是高潮，后两天是尾声。

大会中物资交流的范围极为广泛。《湖北日报》报道："大河上游的几十亩草坪上，是以耕牛为主的畜牧交易地，这里有河南的黄牛，安徽的水牛，湖南的子牛……还有鹅、鸭、羊等其他禽畜；大河中游，是以生产农具为主的交易所，森梯、竹棍架棚如林，犁、耙、耖、磙等举目皆是，箩筐、筬箕应有尽有；大河下游，是木料和大型农具如水车等交易区。花朝期间，街道上各商店、各摊点都是架凉棚开展经营，大家都将最好的货物，以最优惠的价格来争取用户。这几天，群众可以买到很多平时买不到的货物，如四川的猕猴桃、云南的香烟、山西的汾酒、温州的绫罗……应有尽有。"

场上的茶棚、酒馆，鳞次栉比，炸食、菜肴香气扑鼻。各种文娱活动也非常活跃，旧街镇中心文化站还主办图书展览和棋类、球类竞赛，深受广大群众欢迎。

《新洲旧街花朝会》

## ❖ 方　明、陈章华：漫话浴池

早在清朝初年，三镇就已有浴缸店，其缸为木质，形似水缸而椭圆，能容13人洗澡。1862年汉口开埠后，始有澡堂（也称池堂），一次可容纳十余人洗澡。1886年，华兴池在汉阳青石桥开业，1898年，鸿磐楼浴池又开设于武昌斗级营，这两个是武汉开设较早的大浴池。辛亥革命后，新颖的盆汤店东华园开业，随后，清泉池、华阳楼等大型浴池也先后开设。盆汤店除大池外，还开设有单间客房，浴具卫生，可适应不同社会阶层的需要。抗战初期，武汉人口剧增，浴池业也因之十分兴旺。武汉沦陷后，浴池业一落千丈，关停不少。抗战胜利后，浴池业逐渐恢复，并有太平洋、鑫园池等一批新建浴池相继开业。至1949年武汉解放前夕，三镇共有浴池45家，但因当时经济崩溃，营业很不景气。

解放前武汉的浴池业大致分为盆堂、澡堂和木盆三种类型。盆堂店属大型浴室，一般开设在交通方便、人烟稠密之处。内设特别雅座、雅座、官座、普座等，一般拥有座位120—140个（躺床和坐炕）。配备有男盆、女盆及淋浴大池，并备有上等毛巾、浴巾和茶叶。一般有工人30—50人。特别雅座房间讲究舒适，服务周到，兼有理发、搓背、修脚、推拿等服务项目。有的大店还兼营茶馆和酒楼，以方便顾客。

澡堂的规模一般比盆堂店要小，档次也要低一些，只有大浴池，没有单间客房。其中规模较大一些的，有80—100个座位，工人15—25人，属中型店。规模小一些的，有5060个座位，工人10人左右，属小型店，多设于硚口地区。澡堂的浴池一般按水温的高低不同隔成三档，称为头池、二池、三池。在休息室里设有躺椅、茶几等用具，使用普通毛巾、浴巾和茶叶。

木盆浴则更为简陋，规模更小，收费低廉，很多是夫妻店。顾客主要是下层贫苦劳动人民。武汉沦陷期间，市场萧条，大中型浴池关闭不少，木盆洗澡业便应运而生，发展较快。木盆浴因过于简陋，不能适应社会发展的需要，后来逐渐被淘汰。

浴池业是一种季节性很强的行业，每年5—9月为淡季，10月至次年4月为旺季。一般旺季时顾客盈门，应接不暇。浴池一般都是关门度淡，工人自谋生计。

《武汉旧日风情》

## ❖ 冷天樵：火炉城里竹床阵

武汉，与重庆、南京并称为长江中下游地区的"三大火炉"。身临其境的人，深感这"火炉"之喻是多么贴切。入夏以后，高温持续时间长，一般从6月下旬至8月下旬的两个月里，气温多在摄氏30度上下，最高时达40度以上。日照时间长的低矮平房，室内有时高达38度以上。暑气灼人，真无异于火炉。

▷ 竹床阵

因为是火炉，所以过去的武汉人乘凉独具特色，别有情趣。每当夕阳西下，那寸土如金、人口稠密地带的人们，下班回到家，顾不上做饭，就先到室外去占地盘，洒水，清扫，摆上躺椅、竹床，或架起铺板……然后，再回室内做饭，不时还跑到室外瞧瞧，看是否有人把竹床等挪动了，把地盘占走了，偶尔还发生一场争夺地盘的小小纷争。

夜幕降临以后，万人空室，满街满巷都是乘凉人。男的女的，老的少的。床挨床，密密麻麻。男人一条裤头，妇女一件汗衫、一条短裤，所谓"暑天无君子"。多数年长者还手摇一把蒲扇。开始，坐的、躺的、打扑克的、下棋的、聊天的、说笑话的、讲故事的、数星星的……都有，各展其好，各得其乐。人们可以从这竹床阵中交流各种信息，听到许多奇闻逸事。孩子们在竹床阵中追逐戏闹，一发现哪儿在讲故事，他们就蜂拥而至，把讲故事者团团围住，那神态，比课堂上专心百倍。吼不开，撵不走，驱不散。许多童年的梦幻从这里开始。故事讲完了，他们才依依离去。

夜深了，人们逐渐进入梦乡。各展风姿，恐怕世界上最大的、最壮观的形体展览就在这武汉夏夜的竹床阵。万籁俱寂中，偶尔可听到拍打蚊子声、男人的鼾声和婴儿的啼哭声。

武汉人的盛夏，真可谓是"天当帐，地当床，披星星，戴月亮"，别有一番情趣。有的大街上，千人百众，竹床阵连绵数里，通宵达旦，堪称一绝。面对如此壮观的竹床阵，有的外国人开始迷惑不解，曾怀疑"武汉为何这多失业者"？有的北方人初到武汉时，曾猜想"武汉是否在闹地震？"得知是在消暑乘凉，才顿觉大开眼界，大长见识。

《火炉城里竹床阵》

❖ **刘文保：蟋蟀大战**

另一较突出的"战役"，是在 1928 年秋季。这时我也爱上了这一玩意，已与范阳生结成了好友，我们已经协商妥当，无论赌资多少和输赢全由两人共摊。是年范花了10串钱买了4只蟋蟀，他认定其中有两只是好的，一只取名"车铃"，一只取名"白黄"。他私下对我说："这两只都是异虫，但'车铃'大小适宜，容易配对，入秋可以作战；'白黄'尚年轻，必须饲养一个时期，继'车铃'之后，才能参战。我们有了它们，不啻是获得了两个聚宝盆，将来准备条口袋装钱吧！"

到了农历八月中旬，我和范阳生便将"车铃"带往楼外楼出场。第一场就赢了40串钱，到9月初先后获胜28场，共赢了3200串钱。由于此虫勇猛善战，斗劲迄未稍衰，自28场以后，再也无人问津了。9月中旬，仙桃镇首富傅八带来一只"响铃翅"，这只虫整日整夜叫个不停，据说先后赢了36场。他准备休整几天，过江到武昌参战，不料两只出色的虫，一经相遇，玩场的人就从旁拉生意，竟然把傅八说动了心，议定斗50银圆成局。

经双方把虫放入斗盆，由裁判员赶拢互斗，在半小时内"响铃翅"连续占了8次上风，但有点特殊情况，即到8个回合后，"响铃翅"的铃再不响了。范阳生心中有数，他对傅八说："你的虫输了！"傅说："你的'车铃'打下口，怎么会赢呢？"范说："不讲上口下口，现在我的虫打得你的虫不响了，你的虫就一定要输。"

傅八及观众听了这话，还是将信将疑，结果由裁判员继续将两虫赶拢再斗，"响铃翅"不仅铃翅不响了，连口也不咬了，"车铃"跳跃回头，连续三次如是，果然"车铃"获胜，这次"战役"结束，汉口的场就停止了，武昌仍然在斗。

傅八因"响铃翅"失败，再也没有出色的虫过江活动了，非常沮丧。于是范阳生又与傅八商量说："我还有一只'白黄'，过去由于发育尚未成熟，一直没有放出来参战，现在时候到了，它在盆里跑得很响，大有跃跃欲试的气概，可能斗劲比'车铃'还要过硬，你如不相信，可以借个'名将'和它斗一场，我们只赌个小东道：4个碟子菜，40个饺子，4碗蟹黄面，4两酒，如果我的虫输了，由我会账；如果我的虫胜了，由你会账，而且我的'白黄'还送给你过江作战，你看如何？"

由于范玩蟋蟀的经验，傅八早已知道，加上此局并非大赌输赢，实际就是范有意援傅一员"名将"渡江。因此傅听了之后，满口应允，连忙到汉口借来一只躯干比"白黄"稍大的"青大头"和"白黄"交锋，仅仅接触了一口，"白黄"就把傅八借来的蟋蟀打死了。胜负决定后，双方立刻按照前约办事。傅八得了"白黄"，马上携虫过江，第一战就和曾获得勇字银牌的"白牙青"较量，赌注240元。

两虫相遇，"白黄"一口将"白牙青"咬得动弹不得，胜负立见，从此就没有其他的虫敢于再斗了。最后，傅八不仅把"白黄"原物奉还，还买礼物送给范阳生以示感谢。玩蟋蟀的人，表面上是蟋蟀在阵地拼命，而更重要的是这种拼命与人的拼钱相关联，和其他赌博一样，其中尔虞我诈，千奇百怪，应有尽有。

《旧时玩蟋蟀的见闻》

### ❖ 杨松林：摆地摊，说相声

武汉相声，据我知道早在1925年就有演出。那时在汉口的新市场西二楼剧场中有三位老艺人：戴质斋、赵子厚、高鑫泉表演相声双簧。不久赵子厚离汉西行，新市场就留下戴、高二人献艺，他们有时还去老圃乐园赶场。在这之前还有位名叫王子亮的老艺人也到过武汉，在江边等处撂地说单口相声，并收了一个徒弟——就是后来在武汉三镇很有观众基础的老艺人潘占奎。

到了1937年抗战时期，由北方各地逃难而至的相声演员就更多了。在大智门铁路边儿集中了很多民间艺人，有的有棚有桌子、板凳，有的则在露天摆地摊。当时的相声演员有陆彩祥、常九峰、景寿山、潘占奎等，还有南方滑稽戏演员开花炮等也说相声。

后来他们分散到武汉三镇演出，潘占奎到武昌黄鹤楼上撂地；开花炮等人在硚口一带撂地；常九峰一人单干，改为方言单口相声，很受观众欢迎。他们还经常到凌霄乐园、爽心乐厅赶场演出。演的都是传统节目。

1938年，又有北方相声演员欧少久带着弟子董长禄到了武汉，在新市场的二楼剧场演出了一段时间。

《说唱生涯五十年》

## ❖ 李少恒：租界内的娱乐场所

现江岸地区繁华地段，在20世纪初被帝国主义列强以租界的形式霸占。英、德、俄租界大革命时已相继收回。30年代仍有法租界存在，文化娱乐活动，受到外国势力的控制和影响。

戏剧是人民群众最喜欢的一种娱乐形式。江岸地区的剧院并不多，较著名的是汉口大舞台和天声舞台。前者以京戏为主，偶尔也有评剧、豫剧的著名演员来表演。京剧著名演员梅兰芳、余叔岩、程砚秋、尚小云、荀慧生、马连良、杨小楼、侯喜瑞、谭富英、李多奎、言菊朋等人都在这里演出过。记得1936年言菊朋应邀在汉口演出时，因为包银3000元被骗，自愧无法对配角和同事们开支薪水，欲在旅馆服毒自杀，经朋友们多方婉言相劝，设法解决方始作罢。

汉口的电影院大部分都在江岸地区。其中属第一流的电影院在法租界的有中央电影院和在"特三区"的上海电影院，他们以首映外国影片为主。如：美国米高梅电影公司、20世纪福克斯影片公司、万国影片公司的新片均在这里上映。票价昂贵，夜场高达一块银圆。属二轮、三轮的电影院有一元路江边的维多利亚电影院和世界电影院。放映国产片的电影院，在法租界的有明星电影院，原名百代电影院，30年代改为明星电影院，专映上海"明星影片公司"的产品。我国第一部连续电影片，长达20余集的《火烧红莲寺》，我国第一部有声电影、胡蝶主演的《歌女红牡丹》也是在这里上演的。

▷ 法租界旧影

▷ 繁华的街道

另外，在兰陵路的光明电影院所演出的电影，大部分是"联华公司"摄制的。如《大路》《小玩意》《夜半歌声》《渔光曲》等；还有"艺华公司"的《桃李劫》。也经常上演上海一些歌舞及话剧团的优秀节目，如《日出》《雷雨》等。

30年代初期一段时间，特别是汉口大水之后，电影事业不景气，汉口的电影院每天放映四场，为了保证观众随到随看，可以连续看两场。譬如，在放映中间随时进场，映完之后可以不走，再从头看起，直到故事连接为止；也可以继续看下去。虽然采取这样的办法，但电影院观众仍不多。

在"特一区"一元路、二曜路附近有许多小型"跳舞场"，如"黑猫跳舞场""天星花园舞厅"。还有一些夜花园，以卖茶、饮料为主，"大华夜花园"还附设小高尔夫球的游戏，颇吸引顾客。现在蔡锷路的铁路俱乐部，原来是"明星夜花园"的附设溜冰场。"邦可夜花园"也附设有"溜冰场"。到"美国海军俱乐部"娱乐的是在汉口的外国人。原来的基督教青年会则在黎黄陂路口，青年学生们在那里可以打篮球、乒乓球和台球。

至于贫苦市民和劳动人民的文化娱乐场所，大部分在铁路外，搭棚、划地、摆场子进行表演，诸如楚剧、花鼓、汉剧、豫剧、说书、武术等等，项目繁多而艺术粗糙，亦大众乐也。

《三十年代汉口租界地区的娱乐场所》

## ❖ 吴光浩：盛极一时的美成戏院

坐落在汉口六渡桥清芬路的美成戏院，素有盛誉。旧时美成戏院所占地基还是一片茅草地，斜对着土挡，城乡工农业产品在此中转流通，舟楫如林，人流熙攘，盛极一时。

同时，它也是人们散步、观赏汉江风貌的所在。当时，英国商人已在汉口开设了颐中烟草公司，看中了这块宝地，就在此竖立有“老刀”等香烟图案的广告牌，并雇人拿白铁话筒喊“买一包送一包”等，进行宣传，以招徕游人，推销香烟。

武汉三镇盛行唱汉调，为人们文娱生活主要形式之一。昔日汉调多在各行帮会馆戏楼、公所、茶园及富绅大户宅院演唱。

辛亥革命在武昌打响第一枪，清廷作垂死挣扎，竟然命令清兵纵火烧市，企图阻止起义军进攻汉口，顿时，居仁门至大智门陷于一片火海中，诸多汉剧演出场所也难逃脱回禄之灾。武昌起义后，武汉三镇百业复苏，唯独文娱场所尚难满足人们的需求。此时有汉剧爱好者张鉴堂深谙这块草地乃“聚宝盆”，便四处集资，八方求援，买下了这块草地修建戏园，于1913年落成，取名“丹桂舞台”，以演汉剧为主，与早期修建的满春茶园犄角相望。

汉剧名伶余洪元、余洪奎、周小桂、张花子、李彩云、李春森、陈旺喜、黄双喜、牡丹花、小翠喜、董燮堂等经常轮换在此演出。

1915年，张鉴堂鉴于汉剧后继乏人，便同陈国新、周炳臣等人集资创办汉剧“天、春、长”科班，出力颇多。30年代初，改名美成戏院，楚剧名角陶古鹏、黄汉翔、江南蓉、严楠芳、黄楚材等在此献艺。抗日战争爆发，美成戏院响应“抗日民族统一战线”的号召，参加了“汉口市剧业剧人劳军公演团”，并将剧场纳入义演场所之一，为救济难童、支援前方抗日将士奋勇御敌做出了贡献。

武汉汉剧艺人则在国民政府军事委员会政治部第三厅郭沫若、田汉、洪深领导组织下，成立了“汉剧抗敌流动宣传队”，下隶十个队，从1938年6月陆续撤离武汉，分赴川、鄂、湘等省后方作抗日救亡宣传演出；撤退不及而滞留武汉的汉剧艺人无几，遂使美成戏院一度成为楚剧常演剧场。

1947年，汉剧抗敌流动宣传队相继返汉，著名演员周天栋、徐继声、刘金屏、袁双林等组成“栋联汉剧团”，进入美成戏院演出。戏院仿效上海，设有布景房，上演了机关布景连台本戏，《岳飞》《张汶祥刺马》《血滴子》《火烧红莲寺》等剧，观众如潮，场场爆满。

《美成戏院今昔》

## ❖ 余文祥：新洲灯戏，通俗流畅

八十八行，又称灯戏，是流行于鄂东的一种民间演唱艺术。随着花鼓戏的兴起，八十八行一度中落，但作为一种独立的民间艺术形式，仍然在新洲境内幸存下来了，并得到了新的充实和发展。

新洲八十八行，在艺术上有其独特风格。首先，表现为两种不同的流派，以贯穿新洲全县的举水河为界，举东侧重折子戏，如《王大娘补缸》《烙油馍》《摸瓜》《小观灯》等；举西侧重于单边戏，如《采茶调》《推车调》《打游案》等。既有表现劳动的，也有表现爱情的，还有表现经商的。在唱腔上，举东以哦呵腔为主调，近似东路花鼓；举西以小调为主，近似楚剧的小调。在脚本上，就是同一曲目，内容也有不一样的，甚至完全相反。如《许仙》就是这样，同一个神话人物，在两种不同的脚本里，判若两人。

其次，新洲八十八行从内容到形式，均有浓郁的乡土气息和地方特色。人物个性鲜明，语言幽默诙谐。如《摸瓜》，唱的是对青年夫妻结婚八年，没有得娃，在八月中秋的夜晚，他们夫妻二人，挽手出屋，到瓜园去摸瓜，"摸到葫芦生男子，摸到南瓜生丫头"。他们夫妻摸到一个，不知是葫芦还是南瓜，因发现有人来了，夫妻二人急忙跑回家。剧本写得很有情致，小两口的音容笑貌跃然纸上。

唱词通俗流畅，朴实无华。又如《打游案》，采用拟人手法，写跳蚤为了报仇，趁腊月三十夜里，去臭虫家，抢了臭虫的财产，杀了臭虫的妻子和老娘。臭虫醒来后，发现跳蚤杀死他的妻子和老娘，于是就到县衙告状，请蚊子老爷断案。全剧笑话百出，令人捧腹。这样的例子很多，举不胜举。

八十八行的演唱活动既简单又复杂。说它简单，主要是指它不需要舞台装置，村头、禾场、平地都可以演出。化妆、服装也不太讲究，一般旦角搽点水粉，穿上农村新娘的红绿衣服就可以，其他的角色就更随便了。道具也极普通，或用实物，或用一物代替另一物。乐队也只要一套打击乐和一两把胡琴即可。演员一般不需严格训练，也不需导演细排，只随便在一起凑一凑便能登场演出。

说它复杂，主要是指它需要庞大的演员队伍，多则几百人少则几十人。八十八行的演出，一般跟在龙灯、狮子后面，先玩龙灯、狮子，后唱八十八行。所以八十八行的演唱，往往以村子为单位，村前村后总动员，男女老少一齐上。村子小的只能联合起来，才能玩得开。

八十八行的唱腔曲调并不多，共计不上十种，大都是一曲多曲调旋律优美，节奏明快，既有韵味音乐，也有接近方言说唱的声调音乐。唱腔并不复杂，农民易学易记。每个曲调虽然名目不同，但乐句区别不大。八十八行也与其他民间演唱艺术一样，精华与糟粕并存。在思想内容方面，有的宣扬了封建迷信、愚昧落后的意识，有的反映了黄色庸俗、低级下流的东西。在艺术表演上也较粗俗浅陋，美感不足。

解放后，汪集、孔埠、张店、顾岗等乡村农民，为了庆贺自己的翻身解放，曾开展过规模空前的八十八行演唱活动。

《新洲八十八行》

### ❖ **方　明、陈章华：**别样的"文武理发"

武汉第一家正规的理发店是开办于1913年2月的"长生堂"，店址在汉口法租界车站路口。在当时，长生堂的设备较好，发式新颖，老板赵金洲系扬州人，技艺精湛。故长生堂专为租界洋人和中上层华人服务，生意兴隆。

1914年春，武昌的第一家理发店——"青年会理发室"开办。这家理发店的老板名叫夏长恩，为北广济人，他自幼学得一手剃头的好手艺。1908年，他作为理发服务人员，随清政府外交使团出国到了意大利。在意三年，他较系统地学习了意大利理发技术和发型，并自费购买了一整套理发用具。1911年底他挟技回国，正赶上辛亥革命推翻了清王朝，新式理发业勃兴，为其施展在国外学得的新式理发技术提供了一个绝好机会。于是，几经筹措，他便在武昌民主路美国基督教青年会（位于今武昌区文化宫）隔壁挂牌经营，由于发式新颖，技艺精湛，一时门庭若市，名声大噪。

五四运动后，知识妇女时兴剪短发，理发店开始兼营女发型，业务扩大。后来又开展了烫发业务，业务蒸蒸日上。抗战初期，武汉曾一度成为全国政治、军事、文化中心，人口流量陡增，理发业务也大大增加。

武汉沦陷后，百业萧条，理发业也急剧衰落。抗战胜利后，理发业虽有所恢复，但开、歇、关、转频繁，极不稳定。至1949年武汉解放前夕，三镇共有大小理发网点600家，营业状况已远不如30年代中期。

旧武汉的理发行业业务一般分为"男活""女活""武活"等，其中以"武活"最具特色。"武活"是理发行业的一个历史悠久的传统项目。清末民初，"武活"在武汉特别盛行，内有推拿、按摩、端腰等，特别受老年顾客的欢迎。凡有"武活"项目的理发店，一般在招牌上都要标上"文武理发"的字样，以广招徕。搞"武活"的理发师必须要会武功，还要通点医道，否则是难以胜任的。在操作时，"武活"理发师替顾客理发后要在顾客各个穴位上敲、拍、揉、搓，一阵"武活"功夫后，顾客顿感百骸皆轻，浑身舒服，是一种难得的享受。同时，"武活"对腰部扭伤、背部酸疼、落枕等疾病症状也有较好疗效。"武活"理发师在治疗落枕时是精彩的：让顾客坐在凳子上，先给他提提肩、松大椎、松两臂筋骨，然后一手托着其下巴，一手托着其脑后，将其头轻轻转动几次，突然用劲往右上一提，接着又往左上一提，只听"咔嚓"一声顾客顿感疼痛消失，头部转动自如。因为武活理发师有这些绝技，所以，人们又给他们送了一个雅号，叫"推拿医生"。

《武汉旧日风情》

第八辑

岁月留痕·
道不尽的逸闻轶事

## ❖ 张惠良："楚剧梅兰芳"沈云陔

楚剧，这个多灾多难的剧种，从它萌芽的那时起就受到了地主官僚的压迫和摧残。当时地方上的恶势力，利用这种民间戏曲受广大劳动群众喜爱这一可乘之机，假借"酬神演戏"为名，进行聚赌宿娼的罪恶活动。官府不去追究地方上的恶势力，反而诬蔑这一民间戏曲为"花鼓淫戏"，下令禁演，捕捉艺人，焚毁戏箱，使花鼓戏的名声受到败坏。

因此，当后来花鼓戏进入汉口时，在中国官厅管辖的地段，居然不许演出，逼得他们无路可走，只好"托庇"于不平等条约的"租界"，在帝国主义和黑社会势力控制下，忍受骇人听闻的剥削，还不敢堂堂正正地标榜自己剧种的名称。在旧社会，楚剧和其他剧种——汉剧、京剧等比较起来，是一个年轻的剧种，"家底薄"。要想在城市扎下根来，真是谈何容易！

这就给沈云陔提出了两个课题：一是争取剧种在社会上的平等地位；二是在艺术上要提高质量并丰富上演剧目。为了达到这一目的，沈云陔除了担任着繁重的演出任务外，还认识到必须广泛团结文艺界的力量，学习兄弟剧种的优点，并把自己剧种的同行组织起来共同努力，才能实践发展剧目。由于他对楚剧事业有了这种敢于披荆斩棘、开基创业的雄心壮志，就和陶古鹏、李百川、王若愚、徐俗文等志同道合的同行团结在一起，志为楚剧的生存和发展奋斗终生。

在清朝虽被推翻、军阀们仍在横行的20年代，几个没有社会地位、被视为卑贱行业的民间艺人，要想改变自己剧种的面貌，难关重重。一年、两年、三年……几经寒暑，这个蛰居在"租界"上的无名剧种，发展了班社组织，增加了伴奏乐器，充实了新的剧目，但就是得不到中国官方的承认。

▷ 沈云陔

　　直到1926年冬，革命风暴席卷长江，北伐军进军武汉，这个被践踏、被剥削的剧种和从业人员，才在"湖北剧学总会"和戏剧界前辈欧阳予倩、刘艺舟、朱双云、傅心一等的大力支持下解放出来。"血花世界"的领导人、中国共产党党员李之龙表示愿意接纳楚剧到中国政府管辖的地区演出，由"血花世界"提供演出剧场，还是以上几位前辈共同给这个没有剧种名称的花鼓戏定了个新名字，叫"楚剧"。从这时起，花鼓戏结束了它屈辱的历史。沈云陔他们笑了。但，他们肩上的担子还是很沉重的啊！

　　沈云陔不只是一个著名楚剧表演艺术家，也是一个爱国的艺人。

　　1938年抗战风云紧急关头，在日本侵略军越过马当后，周恩来同志给"战时歌剧演员留汉讲习班"的知名演员作过一次讲话，动员大家坚持抗战胜利的信心，撤退到后方去继续做抗敌宣传工作。许多兄弟剧种都有流动演出的经验，楚剧能不能携家眷远走后方呢？这时沈云陔想起了田汉同志在讲习班上说过的话："演员要用言教，拿自己的艺术去感动人；也要身教，拿自己的行动去教育人。"

今天是我们用身教的时候了！他果断地和王若愚、徐俗文、高月楼等组成了"问艺楚剧抗敌宣传第二队"撤离了武汉，到四川重庆坚持了8年。1946年才回到武汉故乡。

《楚剧改革的先行者——沈云陔》

## ❖ 吴思谦："汉剧大王"吴天保

父亲虽然成名很早，但是他懂得艺术无止境的道理，更明白自己文化根基浅薄，所以经常虚心地向一切有学问的人请教。除了前面提到过的傅心一先生，还有刘艺舟老先生，戏曲剧作家戴琢璋先生、龚啸岚先生，还有答恕之先生。

这几位都曾从不同方面对父亲有所帮助：戴琢璋、龚啸岚二位为父亲编写过《斩经堂》《哭秦庭》等戏，答恕之先生编写过《全本杨四郎》。特别是1934年父亲结识了我国京剧艺术大师梅兰芳先生。那正是父亲在汉口"长乐"戏院主演《薛仁贵征东》的时候。

▷ 吴天保

《薛仁贵征东》的演出是连台本戏在汉剧舞台上的首创，也是父亲一次大胆的艺术探索。此戏作者究竟是谁？父亲没有对我谈过，不敢妄言；而我之所以要提到作者，是因为我认为作者的贡献是不能抹杀的。

这出戏以其丰富的故事情节，新颖的演出形式，包括舞台灯光、布景的改革创新，对于当时已近僵化的汉剧艺术界是一个突破。上演以后，博得了广大观众的热烈欢迎。父亲曾经非常兴奋地对我忆述："当时的生意，空前的好，每天戏园子里都是上得满满的，而且还有加座的，像这种上座踊跃的情形，直保持了半年"。

梅兰芳先生恰恰于此时来汉，由父亲做东请梅先生吃饭，并请余洪元、刘艺舟两位老先生，还有一些当时小报的社长和记者作陪。席间，父亲向梅先生表达了尊重仰慕之情，梅先生也非常谦逊地请父亲对他的演出"多多指教"。饭后合影，除了所到之人集体照一张，梅先生、余先生、刘先生和父亲四人照一张，梅先生和父亲二人合影照一张。

从1934年起，父亲就把梅先生当成了良师益友。解放后，父亲每上北京必去拜会梅先生；梅先生到汉亦必来看父亲，相互间称兄道弟，极为亲切。

《一代汉剧名优——回忆我的父亲吴天保》


## ❖ 刘子谷：革命英烈萧楚女

萧楚女烈士是我在师范学校学习时的老师，也是引导我走上革命道路的先驱。我不但思想上受他的影响，而且我参加中国共产主义青年团，还是经他亲自向林育南、卢春山两同志介绍的。

从我认识他那天起，直到他牺牲之前，我和他都经常有联系，尽管他后来负责党的工作，东西南北，行踪不定，而我在搞农民运动，不曾碰到一起，但我们总有书信联系。可惜，他写给我的大量信件，在我的老家被敌人搜查时焚毁了，片纸无存，令人至今犹有余恨！

萧老师这次来"二师"和以前大不一样，直接向我们宣传马克思主义，主张用马克思主义观点考察中国问题，改造社会，改造中国，他介绍我们阅读《共产党宣言》《唯物史观》《阶级斗争》《马克思资本论入门》《马克思经济学说》，以及恩格斯的《社会主义从空想到科学的发展》等书籍，从而启发了同学们的思想觉悟，激起了青年人追求革命真理的热情。

同时，还介绍我们订阅各种进步报刊，如《新青年》《新潮》《民铎》《觉悟》以及《东方杂志》《小说月报》等。特别是《响导》和《中国青年》，由他直接联系订购，交我经手分发同学们阅读，有的收费，有的干脆赠阅。"星星之火，可以燎原"，这就使生长在偏僻鄂北的地区长期深受封建桎梏之苦的青年学生们，眼界大开，幡然觉悟起来。

　　由于萧老师在这里大力宣传马克思主义，愤怒地揭露帝国主义分子和贪官污吏残酷剥削人民的罪行，受到地方反动当局的嫉视，企图对他进行迫害。特别是他写了《新聊斋志异》和《基督教底唯物营业》两篇文章，接连发表在1924年《中国青年》第24期与第25期上。前者揭发襄阳道尹熊宾一向假借做慈善事业之名，欺骗群众，募捐自肥，剥削老百姓及其下属小职员。襄阳地区教会势力相当大，它们披着宗教外衣，干些卑鄙不可告人的勾当。萧老师的这篇文章，剥掉了它们的画皮，击中了要害，这在他们看来，真是大逆不道。

　　因此，帝国主义分子同当地军阀、官吏以及士绅勾结在一起，对萧楚女狂吠、攻击，说他是"过激党""赤化分子"，紧锣密鼓，准备下毒手镇压、迫害。

《忆革命英烈萧楚女》

## ❖ 周笑先：京剧红生高盛麟

　　著名京剧表演艺术家、京剧教育家高盛麟，字晋麟，原名春发，又名仲麟。1915年生于北京。祖籍山西榆次。祖父高四保为京剧名丑。父亲高庆奎是京剧高派老生表演艺术创始人。高盛麟5岁起即拜张增明、张鸣才为师，学戏练武功，是年第一次登台，为京剧言派老生表演艺术创始人言菊朋串演《汾河湾》中之娃娃生薛丁山，演出获得成功。

　　此后常随其父登台演出，扮演娃娃生并演出《林冲夜奔》等小武戏。9

岁入北京著名科班富连成第四科学艺，进行基本功训练，攻文武老生兼习生，跟从著名教师王连平、刘喜益、王喜秀学戏，曾演《冀州城》《翠屏山》《洗浮山》《骆马湖》《连环套》《恶虎村》《独木关》《林冲夜奔》《石秀探庄》《雅观楼》《蜈蚣岭》《麒麟阁》《定军山》《阳平关》《战太平》《南阳关》《问樵闹府》等戏颇受好评。

▷ 高盛麟

高酷爱杨派武生艺术，出科后又拜杨派武生教师丁永利为师，刻苦学习杨派剧目。后得到其外祖父杨派武生表演艺术创始人杨小楼亲自指点传授，遂得杨派法程。此后，高在演出中以杨派武生戏为主，亦兼演黄派、盖派等武戏并演老生戏。中年以后又增添了红生戏。

30年代至40年代，先后同梅兰芳、马连良、言菊朋、奚啸伯、李盛藻、金少山、周信芳、盖叫天、林树森、高百岁、裘盛戎、袁世海、毛世来等诸名家合作演出于京、沪各地，声誉与日俱增。

高学习勤奋，治艺严谨，基本功深厚扎实，嗓音高亢宽亮而有炸音虎音，经过舞台实践正确地掌握并运用了艺术辩证法。他认为：既要认真继承，又要努力发展；既要宗法一派，又要广泛师承；既要学得踏实，又要用得灵活；既要大胆创新，又要保持京剧风格。他见多识广，博学多艺，戏路宽绰，文武兼优。这为他后来的创造奠定了坚实基础。他宗法杨派，但不囿于一派，而兼取黄月山、王鸿寿、周信芳、盖叫天等诸家之长，融会贯通，自织机杼。

在长期舞台实践中，逐渐形成了以"稳健凝练、严谨优美"见长的独特艺术风格，终于自成一家，创造了高派武生表演艺术。他善于武戏文唱，讲求神韵气度。演出的代表杰作剧目有《挑滑车》《长坂坡》《艳阳楼》《铁笼山》《一箭仇》《古城会》《走麦城》《连环套》《骆马湖》等，塑造了高宠、赵云、高登、姜维、史文恭、关羽、黄天霸等诸多艺术形象，无不神形兼备，鲜明生动，各具风韵，给人以美的享受。尤其以关公形象最为突出，有"活关公"之美誉。他演出的《挑滑车》《古城会》《汉津口》《独木关》等剧目，已拍成戏曲艺术片，前两出已多次公开放映，深受观众欢迎。

他尊重并研究了新的历史时期中广大观众的审美意识，对京剧从内容到形式进行了大胆革新和认真探索，不断整理排演了一批武生、红生、老生等传统戏，使其思想性、艺术性达到了新的高度。他还积极参加了新编历史剧《郑成功》《戚继光》《闯潼关》《文天祥》以及现代剧《豹子湾战斗》《血泪仇》等戏的排练演出。

此外，他还积极为报刊撰写文章，阐述艺术见解，介绍演剧经验。其中《京剧姓京》《我是怎样演走麦城的关羽》及《从革新与创造谈表演艺术》等文章，受到广泛的赞许。

高热爱中国共产党，热爱社会主义。他一贯工作积极，演出严肃认真，严格要求自己，处处以身作则。他虽为剧团领导，又是著名演员，但演出不讲条件，戏码不分先后，角色不论大小，均热情饱满地完成任务，在戏剧界树立了新风尚。他在教学中，既坚持继承传统，又勇于推陈出新；既注重言传身教，又进行示范教学。对学生严格要求，讲求质量。不仅悉心传授校内学生，对于全国各地前来求教的中青年演员，无不认真指教。

许多学生在他的培育下都有长足的进步，大部分成为现今京剧舞台上的中坚力量。

《著名京剧红生高盛麟》


### ❖ 叶 诚：气象学家涂长望

现在我们每天起床，总要听听广播，关心一下本地区的天气，从事农业的人们，尤其注意气候的变化，以便安排生产、生活。这就不能不令我们想起我国老一辈气象事业的开拓者——涂长望先生。

在我志愿军援助朝鲜的第二年，战斗十分激烈。离我军阵地不远有一个敌方海上据点，危害很大，我志愿军司令部决定拔除它，希望空军气象台探测到一个我军进攻地区天气晴朗而敌人后方机场天气晦暗的时机。

▷ 涂长望

根据中央气象研究所和我军在朝气象中心台的预报，终于抓住了一次东海气旋东移发展的时机，通知部队。我军及时发起攻击。那天三八线以南地区笼罩在气旋之中，云层离地面只有100米左右，敌机根本无法起飞，而在我空军基地和攻击地区则天气晴朗，地面清晰，可见度极佳，空军配合登陆部队顺利出击，彻底地摧毁了这个据点。这是气象配合军事扬威国外的一个典型事例，当时在空军中传为美谈。朝鲜人民则认为志愿军"得道天助"。

涂先生为发展气象事业，不仅抓短期训练班以应气象事业的急需，尤其注意抓正规气象教育，为发展气象事业作长远打算。1934年涂先生应中央研究院气象研究所所长竺可桢的邀请，回国任研究员，特别注意对我国长期预报的研究，关心我国的自然灾害。

1935年发表了《我国的水灾可以避免吗？》一文之后，1937年又发表《中国天气与世界大气的浪动及其长期预告中国夏季旱涝的应用》的著名论文。文中痛心地回顾了1931年的大水和1934年的大旱对农业危害之大，认为从事旱涝的长期预报，极为重要。论文中指出，要研究中国反常天气，必须研究世界天气，必须研究天气活动中心大气浪动和海洋洋流等问题。研究世界天气、中国天气和三大浪动的关系，提出了一些天气预报方程式，这在当时是开创性的。

*《我国气象事业的开拓者涂长望》*

### ❖ 董明藏：地皮大王刘歆生

刘歆生出生于封建社会里一个贫苦家庭，以后逐步发展成为汉口唯一的地皮大王，固然是由于前所述的一些客观因素，他个人的性格和作风的发展变化，也有其独特之处。

由于信奉天主教与法国神甫等的日常往来，耳濡目染，在思想及生活上即趋向于欧化。由于出身贫寒，在生活和经营作风上并不因发财致富而滥事挥霍，在饮食、衣服方面，讲究实惠，每餐除食用大米饭和面包外，必服牛肉汤或鸡汁汤一碗。穿着朴素，讲究轻暖，青壮年时出门不坐车，专心注意往来、周旋于租界内的各洋行和权贵之门。

在循礼门建有幽雅豪华的大花园一座，主要是为了交际，宴集宾客，夸耀豪富，平时很少来此宴居，酬酢也很少，形式上信奉天主教的戒律，原配多年不生育，即暗中另娶一房家室，生有子女。原配去世后，她就无形列为填房的夫人了。

在经营的各项企业上，经营的目的和作风，固然是如同其他资产阶级一样，不择手段地追求高额利润，但在有关前途和长远的利益场合中，他能不惜牺牲代价，以树立他在商场的信用。例如在辛亥革命以前，他以东方汇理银行买办关系，代东方贷放各钱庄借款，有因遭受兵灾损失，无力偿还者，他悉为之负责垫款贷还，虽蒙受不少的损失，但在各洋行间取得了对他益加坚强的信任。

在经营房地产方面，由于他体会到城市土地的涨价与市场发展的奥妙，热衷于该事业的经营，因即集中精力，锐意从事业远处发展，近处着手，家居终日，经常绘具他拥有地皮地区的示意图，运筹如何整理土地形势，规划地面用途。以及促进地区的繁荣，悉于平时逐步做好打算，遇有促进各该地段繁荣发展机会，便竭力把握时机，促成客观事物的发展，从而使地价因客观的需要而提高，或者从主观上创造机会来适应他的计划。

前者如汉口商界因张永璋参加西商赛马，上看台受印度巡捕侮辱，激起观众愤怒，出面组织华商跑马场时，他即以坐落硚口铁路外的一段地皮作为投资，迫后因该地点不适中，迁移至下面，他又将他所有的这一段地皮，所圈的面积全部投资。由于马场的兴建，他邻近马场的其余土地的价值，也就随着新情况的转变而逐渐增长。

后来如模范区的开辟，就是由他发起组织该区地段里所有业主共同规划，整理地势，让基修路，南面接通歆生路，北面接大智路，西抵京汉铁路边，东面接通英租界的湖北街，并分别串通当时的军政界显要人物及豪商巨贾，在该区内进行投资，或自营住宅，或修建里分发租，并相约区内土地的出卖，限于自用自营，并附以在一定限期内盖造合乎一定标准的房屋，否则买卖无效原价收回的条件。

一面命名为模范区，申请政府核准备案，并单独划归一个特设警察局。另一方面通过各有关方面单位，向英租界当局交涉拆除了原来在湖北街上自歆生路，下至大智路的边沿所修建的铁栅围墙，以利于全区因接壤英租界的条件，迅速地附庸于租界的繁荣而繁荣。

因此模范区就由一个位居英租界铁栅外的荒郊，约莫经过短短两年的时间，造成为新型的房屋栉比的街市和住宅，虽然该区的建成并非他一人的经济力量和社会活动能力所能逮，但是由于他的倡导串联，带动社会游资投向这一地区所拥有的房地产的经营，确实起了很大的作用，同时因社会游资涌向这一地区的购地修造，他在这一地区所拥有的大量地皮，也就以善价而沽，他的这种远处着眼创造条件，以利经营的做法，在汉口的业主中也是较为突出的。

在后一时期，他虽因债务关系，拨出了大量的地皮，但直至1945年抗战胜利后他去世之时，所占有地皮面积，仍在各业主之上，还是一个名副其实的汉口地皮大王。

《汉口地皮大王刘歆生》


## ❖ 赵晓琳：科技界的先驱詹天佑

詹天佑是我国近代杰出的爱国工程师、科技界的先驱。他主持建筑了中国人自办的第一条铁路干线——京张铁路，"为当时深受屈辱的中国人民争了一大口气"，被誉为"中国人的光荣"。相伴他在世的最后七年是在武汉度过的。在这七年中，他身兼数职，为了祖国的富强，鞠躬尽瘁，为中国近代的交通运输史增写了光辉的篇章。

鉴于詹天佑在工程技术界的突出成就，1913年6月，民国政府任命他为交通部技监，主持全国交通技术工作。1916年，詹天佑又担任交通部交通会议副议长。他往来于京汉之间，主持研讨、论证和审核全国交通方面重大工程和交通部的重要会议。

詹天佑主持全国交通技术工作期间，有两大突出的贡献，即组织人力草拟了建造武汉长江大桥计划和主持制订了一批交通法规。

在武汉建筑长江大桥早有提议，但一直没有具体规划。民国初年，詹天佑主持汉粤川铁路后，考虑到粤汉路一旦修通，建造长江大桥，以接通平汉线便更为迫切。因此，他组织湘鄂局的英籍工程师格林森等人绘制了长江大桥设计图。同时，北京大学工科德籍教授米娄、夏昌炽等人为纪念辛亥革命在武昌首义成功，也制定了详细的建桥计划禀报交通部。詹天佑作为交通部技监参与审核该方案。后来米娄、夏昌炽等人前往武汉，在詹天佑的指导与配合下，实地进行勘测，绘制了一份详细的设计图。这幅图中，拟建的长江大桥横跨龟蛇二山，并行八条道，中间为火车道，整个设计颇为精巧。这项计划因当时政局不稳财力不足未能实现。尽管如此，他指导和参与绘制的这两幅设计图是目前已知最早的武汉长江大桥设计图，在中国建桥史上占有重要地位。

1916年2月，詹天佑在北京主持了全国交通会议。中心议题是制订交通法规。经过反复讨论共通过136项议案，内容涉及铁路、航运、电讯、邮政的诸多方面。如铁路方面的有"采用全国铁路建筑设备划一制度办法案""各路号志号令之规定应归一律案""推广交通教育案"等；电讯方面的有"统一电话事业案""造就电政人才案"等。这些法规的制订和实施对于促进和改善当时交通现状起到了非常重要的作用。1917年詹天佑又主持和参与了审定铁路的各项法规，使铁路管理"成绩殊佳"。为了表彰詹天佑在法规建设方面的突出成就，1916年1月，香港大学授予他法学博士学位，1917年民国政府授予他交通部名誉章。

詹天佑在极度紧张的工作中度过了两个多月，他"日冒严寒赴会，夜研文书议案，唯恐主权有损"。过度的疲劳使他病情加重，被迫于1919年4月20日回汉就医。次日，住进了汉口仁济医院。虽经医生尽力救治，终因病情恶化，心力衰竭，于4月24日逝世，终年58岁。临终前，詹天佑念念不忘国家大事，他留下三件遗愿，振奋和发扬中华工程师学会活动，以兴国阜民；慎选人才管理俄路，以扬国光；就款计工，脚踏实地建成汉粤川全路。

詹天佑的逝世是中国人民的重大损失。北京、上海、武汉等地各界人士纷纷追悼，中华工程师学会、汉粤川铁路同人会、京绥铁路同人会等纷纷要求政府对詹褒恤，将其生平事迹"宣付国史馆立传"，并塑像纪念。当

▷　詹天佑

▷　京张铁路修成时修路人员在验道专车前的合影

时詹天佑的住宅成为灵堂，送花圈挽联者络绎不绝。5月，詹天佑的灵柩临时安放于汉阳广东山庄。后根据其生前愿望，于1922年迁葬至北京西郊。同年詹天佑青铜全身塑像在北京八达岭青龙桥车站落成。

《爱国工程师詹天佑在武汉》

## ❖ 徐　峰：屡创第一的科学家方俊

解放战争时期，在西柏坡毛泽东同志办公室的墙上，挂着一幅较标准的地形挂图。这是我国第一幅严格按照制图学绘制的地图，它的主要绘制者之一，就是我国著名的大地测量与地球物理学家、一级教授、中国科学院学部委员方俊。

方俊是我国大地重力学和地球形状学的创始人，我国固体潮研究的开拓者，特别是开创重力测量与地球形状、固体潮的研究工作，做出了卓越的贡献，被誉之为创造了一个又一个第一的科学家。

方俊进所不久就接受了编制申报馆的《中华民国地图集》的任务，这是一项浩繁艰巨的工程。当时我国还没有一本按照科学方法编制的地形图集。看到的中国地图都是辗转抄来的。既不按地图投影绘制，也不重视地形的表示方法。特别对于国家边界，也谬误很多，成为帝国主义蚕食我国的借口。当时，无论是领导此事的曾世英先生，还是具体执行这项工作的方俊对于制图学，都没有经验，也没有一本完整的制图学的书可以作为借鉴。只能是一边工作，一边摸索和学习。方俊没有因此而畏缩不前，他始终相信，只要努力，天下没有学不会的事。

所以他成天为一点点地收集资料而奔波。申报馆的经理史量才曾评价他们的工作："收集地图，无中外古今，巨幅片楮，凡力所能致，无不收采。"地质所图书馆里藏有美国测量局的刊物，其中涉及不少地图投影知识，方俊如获至宝，他将学到的地图投影理论成功地用在绘图中。经过三年苦战，我国第一幅用正规方法制作的、完整科学的大型地图诞生了。新地图一经问世，名噪一时。英国权威性的《地理杂志》赞扬这是中国做了件开天辟地的划时代的工作。后来在申报馆的倡议下，方俊决心再亲自主持制作一幅三百万分之一的地形挂图。

当时经费拮据，设备简陋，他很需要一架计算机，来计算投影表。打听到一艘外国轮船要以1200元价格出售一台旧电动计算机，他很想买下，又苦于无钱。时逢地质所的新生代研究室从北京周口店发现了古猿人遗址，他们请方俊将其遗迹作详细测定并绘制一幅二百万分之一的挂图，方俊在周口店辛勤工作了四个月，测制了一幅详细地图。用获取的1200元报酬买下了那架旧计算机。

后来为了获取制图准确数据，他不得不用简单的天文测量方法来纠正一些县城的位置。在那时，他并不懂得天文学，也是一边工作，一边学习。时值兵荒马乱，在外测量常冒风险。有次在安庆搞观测，一天晚上，他们刚刚住下，就被一伙国民党士兵团团围住。因为他们携带着无线电器材，被误认是共产党，被软禁在安庆司令部。方俊蓦然想起了翁文灏在他们临行前的叮嘱："你们在路上遇到麻烦，立即与我联系。投信慢了，会误事，要发电报。"方俊立即草拟了一份加急电报，从后窗口交给了个刚刚买菜回来的工人。被软禁不到一日，一位国民党军官打开房门，笑容可掬地对方俊连称"误会"。

原来翁文灏接到电报后，亲自打电话给省政府查问方俊下落，并指示"立即放还方俊等人"。经历千辛万苦，这幅精密的地形挂图总算"难产"地完成了。

《屡创第一的著名科学家方俊》

## ❖ 赵　慧：闻一多与武汉

闻一多初次在武汉工作，大约是1927年的春天，后来，章伯钧回忆说："在民国十六年中国大革命时代，闻先生曾因朋友的介绍，由北京到武汉，应邓演达之邀约，参加总政治部工作，约在是年二三月间，闻先生到部任艺术股股长，并亲自绘制反军阀的大幅壁画。"

后来因为闻先生颇不惯于军中政治生活，受任一月即行告退。作为这一时期的诗人闻一多，他的志趣性格、气质都不适合于从军入政，所以他于4月辞去北伐军总政治部艺术股长以后，又回到他工作的上海吴淞国立政治大学去了。4个月以后，他到了南京在国立第四中山大学任教。在那里任教的，有当时知名度很高的陈源、陈登恪、汤用彤、熊庆来、吴有训、桂质廷、严济慈、竺可桢、李四光、宗白华、钱端升等。

▷ 闻一多

1928年的夏天，刚刚在武昌中山大学基础上建立的国立武汉大学，为实现其宏大的发展目标，急需一大批知名教授。刘树杞作为湖北省教育厅长和武大代理校长，亲自到南京过家花园的闻一多府上请其出任首任文学院院长。当然闻一多来武汉也是出于乡土之情，何况他的父母又是在离武汉不远的浠水！

　　1928年8月，闻一多放弃了南京安定的生活，只身一人来到武昌，任国立武汉大学教授。直到1930年夏季。这是他在武汉生活和工作时间最长的一次。

　　闻一多在武汉的经历中，武昌磨石街11号这栋房子是值得一书的。他每年暑假、偶尔寒假回鄂省都是住在这里。这幢房子算是闻家在汉老屋，和闻一多父母常住一起的除在汉的子孙——如闻一多二哥闻家骥一家外，在外地工作的儿女们回汉也住这里。这是一处有很窄、很长的天井的院子，正面是两层的小楼。

　　此间，不时有南下的师生前往探望，闻一多常在小楼上接待客人。此时的闻一多"还是埋在古书堆里"。据其侄黎智回忆，"我们这房就和爷爷住在这里。这次闻一多回来，正值夏天，记得叔父常打个赤膊在楼上写东西。"此时的闻一多，面庞较消瘦，且已鬓鬓有须了。

《闻一多与武汉》

## ❖ 李良安：武术大师李国超

　　李国超，乳名大江，汉阳县兴隆集人。生于半农半商的富裕之家。少年时，因体格魁梧，孔武有力，其家遂延聘当地著名拳师教习武术。年甫及冠，已是身高2米的彪形大汉。又从武术举人学习兵器技艺，应试于汉阳县武学，获案首。至武昌参加武举乡试，国超临场献技，他作一马步蹲裆，两腿上架搁600斤的石翅，两臂尚能开300来斤的铁弓，观者无不为之惊奇。可是主考官却说："此乃神力，天生自有，无功可考。"不予录取。

国超经此次考场挫折，自认为仕进无望，遂浪荡江湖，追踪山泽名师，因而从一气功大师练内功，每日必闭目养神，口衔长杆烟袋，盘腿端坐半日，至晚年不废。李国超极富乡土感情，重庆的两湖会馆自他参加经营管理后，两湖在渝商人的社会地位为之提高。各种社会活动，也都显现了两湖会馆的力量。

李国超对其生长地的汉阳故土，极为怀念，于1925年回汉阳县兴隆集探亲，时逢端午佳节，习俗每逢端午，著名拳师常会聚于蔡甸镇轮船码头，在河滩上进行武术友谊比赛。李国超被邀请参加。消息传出，全镇轰动，互相传告："李大江端午在河边打场子。"这日真是万人空巷，奔赴河边，争欲一观李国超的绝技。

由于李国超久负盛名，虽当时称雄武汉的著名拳师参加，也谦虚地不与李比试，都恭谨侍立，请"李大爷"献绝招。

*《武术大师李国超》*

❖ **徐明庭：** 棋坛名师罗天扬

罗天扬的棋风豪放明快，着法剽悍雄劲，先手喜用当头炮，后手善用进三兵的屏风马，中残俱佳，并且擅长让子棋。曾挟技远游江苏、浙江、江西、广东、厦门、香港、澳门等地，与棋坛总司令谢侠辽、七省棋王周德裕、广东四大天王中的黄松轩、卢辉、冯敬如等人角艺，战绩甚佳。20年代出版的《象棋谱大全》、30年代问世的《象棋与棋话》和1983年刊行的《广州棋坛六十年史》中，都收有罗天扬的对局和佚事，近两年畅销的《中国象棋词典》中，也有罗天扬的词条。

50年代初期，罗天扬以望七的高龄，还能在汉口迎战华东名将何顺安、屠景明，华南棋魁杨官麟、陈松顺及华北高手马宽等人，每逢海报贴出，赛棋的场所无不爆满。

罗天扬中年时曾在黄鹤楼摆棋摊，名为"象棋访友"，实际是想弄几个钱吃饭。由于他的盛名远播，攻势凌厉，因此，围观的人多，敢于找他下棋的人少，过了一些时，只好另谋出路，到南京、上海等地去跑码头。当时有人仿唐朝崔颢诗意写了一首打油诗："天扬已乘轮船去，此地空余黄鹤楼。天扬一去不复返，将帅士相空悠悠。李氏老人一天混，程家小将三吹牛。绍钦海山今何在，棋坛冷落使人愁。"这诗的五六两句有"典"：有个姓李的老人嗜棋如命，年轻时下棋就是一天，到老来仍然如此，人们给了他"混一天"的绰号。有个姓程的青年，见人就吹嘘他和罗天扬下过3盘棋。别人问他胜败如何，他答曰："第一盘我没赢，第二盘他没输，第三盘我说和了算了，他不肯和。"第七句写的是汉阳名手方绍钦和雷海山，为生计所迫，也到外埠开码头去了。

这首打油诗从侧面反映了职业棋手在旧社会谋生的艰难。罗天扬虽然无力养家，但他有时还代清贫棋手偿付输了的"彩头"。

1931年夏，他在上海新新花园屋顶游乐场与鲍子波、李武尚等设象棋擂台，他把全部收入捐赠给水灾灾区赈济灾民。

《棋坛名师罗天扬》

### ❖ 黄菊英：国学大师黄季刚

季刚勤学苦思的读书精神是惊人的。他每日清晨5时开始看书，从不间断，晚上坚持写日记、作札记，直至十一二点钟。他看书时，又是圈点，又是批语，真是孜孜不倦。陆宗达教授在回忆季刚的文章中曾提道："人们都说勤能补拙，而季刚先生却是既敏且勤的典范，他在学术上的成就怎能不深呢？"

我虽是季刚的妻子和学生，但学无专长，对于他的学术文章，我是在宫墙之外。每当重阅他细心批点的古籍，复诵他情文并茂的诗作，则使我以他的好学精神自勉。

季刚为人重孝友。他幼年丧父，事母至孝。母病垂危，他闻讯赶回国内，昼夜侍奉汤药，母病重去世，他捶胸痛哭，哀伤欲绝，竟至跌在火盆上，衣燎炙股而不自知。季刚对他的七姊、十一妹友爱备至。七姊丧偶，寡居我家，季刚不仅为她养生送死，还亲自教育培养她的后代，七姊的孙女婿，即季刚之外甥、孙女婿林尹教授，现为台湾国大代表，即出自季刚门下。

季刚对章太炎先生执弟子礼甚恭。1915年他在北京大学任教时，章太炎先生被袁世凯幽禁在北京东城钱粮胡同某宅，季刚曾搬入章处，以侍奉先生共患难，师生情深，由此可见。他常说："尊师所以重道也。"

记得1935年春节，在我家南京寓所院外，一个逃荒的妇女途中分娩，倚墙呻吟。他知道后，立即叫我煮红糖鸡蛋，并拣出几件小儿的棉衣，亲自送给那个女人，还送她几块钱。这时，我家对门某富人看到这情况，煞有介事地说："那女人是伪装行骗的，不要上她的当。"季刚愤然道："时值新春，谁家不在围炉团聚。即令她并非就地分娩，冒严寒风雪，携褓褓弱婴倚门乞怜，亦为生活所迫，出于无奈。我以恻隐之心周济之，谁曰不宜！？"左右邻居深为他的言行所感动。

季刚对看不顺眼的事情疾恶如仇。他对胡适深为鄙视，五四运动后，胡适见了被废黜的溥仪仍口称"皇上"，被季刚视为大逆不道。有次胡氏在中央大学演讲出门，季刚跳脚大骂。

季刚为人正直、不徇私情。1913年他任北大教授时，他的老师、好友刘师培邀请部分人士集会为袁世凯称帝制造舆论，刘氏满以为会得到季刚的同情，哪晓得一开口，季刚首先指责。

最后，我还谈一谈有关季刚的生活习惯。他嗜酒如命，每日必饮酒。又好吸烟，看书写文章时，更是一支接一支地吸。每劝他戒酒戒烟，他戒了几天，又开戒了。他吸烟饮酒过度，乃致溃疡病一发不可收拾。1935年重阳之夜，酒后吐血半盂，两天后与世长辞。临终前念念不忘国事，问我们："河北远况如何？"最后叹息道："难道国事果真到了不可为的地步了吗？"忧国忧民于此可见。他死后，章太炎先生曾挽："断送一生唯有酒，焉知非福……"这不过是安慰我们节哀罢了。

《我的丈夫——国学大师黄季刚》

## ❖ 许郢昭：湖北"怪杰"石瑛

1943年12月4日，重庆中央医院的一间小病房里，国民党第一届中央委员会执行委员、建党元老石瑛从昏睡中醒来，他的嘴不停地张合着，竭力在说着什么。石瑛的盟兄司法院长居正凑过去，耳朵贴在他嘴边隐约听出"抗战……建国……"几个字，泪水盈满了居正的双眼。他把嘴对着石瑛的耳朵，哽咽着说："蒋主席已由开罗会议回国，国际形势好转，国内战况也很好，胜利在望，请勿系念。"

石瑛瞪着被心火烧得发亮的眼睛，静静地听完这段话慢慢合上眼皮。

这位国民党元老的逝世，引起抗战陪都重庆朝野各界的悲恸。石瑛逝世的第二天，12月5日的中共报纸重庆《新华日报》报道了石瑛逝世的消息，并专门发了短评：

"石瑛先生病逝中央医院，这是值得我们哀悼的。石瑛先生特别值得我们追忆的是他从政的清廉自守，对官场的奢靡疾恶如仇。石瑛先生做官并不小，要发财并不难，可是他安贫若素。在抗战的今天，这样的操守是特别可贵的。我们举目四顾，今天像石瑛先生那样做官能清苦廉洁的人，能有几个？"

1943年12月9日，重庆《大公报》辟专版登载怀念石瑛的文章，编者按语的题目为"一代楷模"。居正、吴稚晖、赖琏、名记者龚德柏以及董冰如撰写的悼文，登了足足一版。

12月27日，武汉大学、北京大学同学会举行公祭，悼念他们昔日的教授。

国民党官方的公祭仪式，于12月23日在重庆夫子池新运服务所大礼堂举行，在重庆的国民党中央要员几乎全到会了。悼念者中还有手捧花圈的中共驻重庆办事处代表董必武。下午3时，蒋介石身着藏青色丝绵长袍、臂缠黑纱来到灵堂，他毕恭毕敬地双手擎香，走到灵前站定，一鞠躬插一炷香，在灵前默哀三分钟。灵堂正中摆放着他送给逝者的大花圈，挽词是："勋留党国，高风亮节。"

灵堂上，监察院长于右任苍劲的书法引人注目："人传清操真余事，世际艰难惜大贤。"

逝者同乡好友、国民参政员张难先的挽词催人泪下："哭公只有泪，提笔竟无言。"

中外闻名的国民党人冯自由，挥泪写下3首挽诗，颂扬石瑛从教从政的功德节操，倾泻自己的积愤：

"夷目郊迎国礼周，淞沪功业奠金瓯；冤禽填海多奇策，顽石何因不点头？""世风日下竞贪污，高洁如君德不孤；铁面无私继包拯，陵园界址不含糊。""种菜昆山日务农，舟车跋涉一劳工；诸公衮衮能如此，华夏何愁不大同。"

石瑛，这位学者出身的政治家及其坎坷传奇的一生，也给世界友好人士留下深深的印象。

1948年，美国出版的《世界名人录》收有3位中国名人条目，石瑛和纯碱的发明者侯德标、侯德榜并列其间。

《湖北"怪杰"石瑛》

## ❖ 宿通权：陈雨苍创办湖北医科大学

1921年陈雨苍回到湖北，又经多方游说，得到湖北督军萧耀南的支持。在武昌两湖书院的旧址上，创办了湖北省立医科专门学校。嗣后经过调整扩充，改为湖北省立医科大学，以湖北第一所医科大学而录入史册。

湖北医科大学颇具规模，与当时全国各省相比，还不多见，学校设有四个医师班，两个药剂班，均为七年制，即预科两年，本科五年。另附设中医传习所、护士班、助产班。还有两个实习医院，全校学生和教职员工八九百人。六七年间，为湖北省和华中地区培育了不少医护人才，贡献很大。

作为湖北医科大学校长的陈雨苍，从筹创到办学都是呕心沥血，竭智尽能。受他延聘担任教学的多为医学界知名人士，如李博仁、黄协坤和德籍教授威廉劳克等。妻子陈一荻任德文教授，陈雨苍自己还兼外科病理学教授。

这时在董必武同志指导下的启明工读学校附设江汉编印社成立，陈雨苍同志经常来往这里联系印刷讲义，常与董老倾谈，受到启发进一步倾向新的民主革命。在省一师追悼"三一八"殉难烈士李镜唐的大会上，他以医大校长的身份大声疾呼：打倒帝国主义！打倒军阀！踏着李镜唐烈士的血迹前进！

1926年秋，北伐军攻占武汉，第二年湖北省政府把这所医科大学合并为湖北中山大学医科，李汉俊为校长。这时，陈雨苍得到江董琴捐赠的汉口华商街太安里26号三开间房屋一栋，挂出了德国柏林大学医学博士的招牌，开业行医，和德国籍妻子陈一荻、女儿米其都住在这里，实际上在这里进行革命活动，经常深夜开会，参加活动的人大都是他的学生，如邬聘三、王培灵、汪道成、漆昌元等人。

*《湖北最早的医科大学校长陈雨苍》*

## ❖ 程 云：抗战歌声的弄潮儿——冼星海

　　如果说1938年的武汉是一座抗战歌声"歌咏城"那是一点儿也不夸张的，这儿日日夜夜歌声如潮，而"弄潮儿"的排头兵正是星海。

　　星海是海外求学归来的大作曲家，但他并无"大作曲家"的洋派头。他总是奔忙着到处去发动歌咏运动，他随时随地作曲，随时随地教歌并亲自指挥。他一到武汉就交结了曾昭正、李行夫、林路、先珂（潘琪）等抗敌歌咏活跃青年。他认为开展歌咏运动需要干部，他把这种人才称为"歌干"。

▷ 冼星海

　　他一到武汉，在教歌的过程中就建立了一个"海星歌咏队"，他要每个歌咏队员都应当是一名既会唱歌又会教歌的"歌干"。当时武汉的歌咏队很多，著名的除"海星"外还有以王云阶同志为领导人的"云阶歌咏队"和以夏之秋先生为领导人的"武汉合唱团"。大多数成员也是传播抗战歌曲的"歌干"。

　　1938年1月17日，由星海发起并任大会主席的"中华全国歌咏协会"成立大会在当时"光明戏院"（今汉口兰陵路的中南剧场）召开，并通电全国歌咏界要求用歌声唤起民众抗战到底。

　　　　　　　　　　　　　　　　　　　　　《人民音乐家冼星海在武汉》

### ❖ 黄兰田：日租界"水杏林惨案"

继1927年"四三惨案"后，1928年12月19日，日本海军陆战队在汉口日租界军事演习时，4辆炮车在大街上呼啸而过，正在同德里停车的人力车工人水杏林躲闪不及，惨遭横祸，车毁人亡。

事发后，日租界巡警为掩人耳目，将尸体从围观群众甚多的大街上运往同仁医院太平间，对前来的死者家属更是推卸责任，只同意发安葬费15元。

▷ 汉口日租界

在舆论哗然的形势下，国民党湖北特派交涉员公署决定由甘介侯出面，前往日领事馆抗议、交涉。日领事先诬水杏林系服毒死亡，继称水杏林系抢道被撞，咎由自取。

汉口法院派法医验尸后，交涉署为慎重与公正起见，由徐代表再率检察官2人，邀请法籍医生白郎士、中华医院胡院长进行第二次验尸。为验证有无服毒，还剖开胃部抽液化验。最后一致确认水系因车祸受伤11处致死。

21日，日领事令人将水杏林尸体移往华界，表现出不承担任何责任的蛮横态度。22日，交涉署除电请外交部向日本政府严重交涉外，又致函领事馆指出日军在租界演习违反《华盛顿条约》，是侵犯我国主权的行为，也是水案发生的直接原因。要求：1.撤退在汉水兵；2.严惩肇事凶手；3.厚殓棺葬死者，格外抚恤遗属。日领事仍置若罔闻。

水案发生后，汉口各界成立了"水杏林惨案后援会"。24日，全国总工会发表《为汉口水案告全国工友书》，号召工人罢工，开展反日斗争。29日，汉口各界市民2万余人游行示威。甘介侯也于当晚再电外交部，提出"将汉口日军撤走与济南日军撤走并案交涉"作为中日修订约章协商的先决条件。甘还同时发电报给日驻华代理公使贵义，促日方尽快接受中方三条件。屈贵义以未得外务省指令而推诿。

罢工委员会成立后，推曾觉先为委员长，曾宣布总罢工于1929年1月9日开始，罢工不仅包括各界工人，还有租界外日清公司、三井洋行的华工。罢工委员会还组织万余人的纠察队分布日租界线外，阻止华工进入租界上班。霎时间，对日经济绝交的口号此起彼落。

日人如临大敌，立即戒严，江面上所有军舰、轮船集中停泊于日租界江边，又从外地调来"安宅"舰。各舰水兵均荷枪实弹登岸，继续挑衅。其间，日本便衣警察曾越界架走水杏林之兄水裕林，进行威逼利诱未逞，将水裕林打成重伤。交涉署派刘明钊科长前往日领事馆提出抗议，10日晚8时才交出。

1月11日日领事同意前一天交涉署所提出的部分条件：1.严行约束水兵、巡警及侨民，保证以后不再发生类似事件；2.惩办殴打水裕林之凶手；3.负担水裕林全部医费。然而到了12日，日巡捕竟又越界将纠察队指导员潘得姜等5人抓至日租界内殴打，经严重交涉后才放人。

21日，"安宅"舰水兵将我罢工委员会巡视江面的"源安"轮拦截，抓走指导员及水手共5人。22日，甘介侯亲往日领事馆抗议。23日，日方放回5人，但"源安"轮直至29日才起锚。

4月5日，李芳接任湖北交涉员。5月5日，湖北军政长官责成李继续交涉水案。日方要求我方停止排日，我方则要求日方先行撤出海军陆战队。6日，国民党汉口市党部召集反日罢工委员会议，决定7项条件：1.撤兵；2.惩凶；3.日方出面道歉；4.抚恤6万元；5.交还水杏林尸体；6.罢工工友复工后，不得借故开除或凌辱；7.赔偿水案伤残工友损失1.7万元，罢工损失24万元，拖延1天加补1天损失，否则反日、排日运动决不停止。日方初则不满，继则在抚恤、道歉、交还尸体等方面有所松动，对撤兵含糊其词，其余一概拒绝。

5月22日，日舰队司令米内才宣布，日中两国悬案将逐一解决。5月31日日方将特别陆战队撤回本土。6月13日，李芳与日领事达成协议。7月7日晚正式签字，协议有：1.日本总领事用文书向中国政府表示歉意；2.抚恤水杏林家属4600元；3.日厂工人复工。

水杏林父亲水德炳领抚恤金3600元，让出1000元作伤残工友医疗费，尸体送原籍云梦县安葬，水案到此结束。随后汉口反日会改名为救国会。

《"水杏林惨案"始末》

## ❖ 野 草：武汉工人收回英租界事件

收回英租界事件，陈友仁称之为江岸事件。

1927年1月1日早晨，陈友仁让当时在外交部任职的儿子陈丕士及一位姓萧的翻译去江岸了解情况："江岸路发生了一起相当重大的事件，我希望你去看看，回来把情况给我做个全面的报告。"陈丕士与翻译即乘车去江边。车停下来后，正对着那些外国军舰。只见江边停了几艘外国驱逐舰。当时的水位很低，有一艘驱逐舰的跳板就搭在码头上，形成很陡的坡度。岸上人群拥挤，人声鼎沸，握拳挥手，群情激愤。只见一青年被英国军舰上站岗的水兵打倒，躺在血泊中。军舰上的机关枪正对准岸上的人群，机枪手已进入阵位。值班的军官站在旁边，指挥刀已出鞘。

陈丕士在翻译的陪同下，从人群中挤过去，走上跳板，环视四周，对哨兵低声说："我要会见警卫队长！"陈丕士的装束当时与众不同，他穿戴整齐，穿一件萨维尔·罗公司缝制的丝绒翻领的卡腰大衣，头戴一顶软毛帽，还围着一条米色的羊毛围巾，操一口纯正的英国上流社会交际场中才有的英语腔调。这时，一个军官走向前来，向他立正敬礼后，说："我就是警卫队长，你是谁？"陈丕士说："我是中国外交部的官员，我要知道事件发生的情况。这个人被哨兵用枪托打倒了，为什么？""因为他侮辱了哨兵。""把他打伤打倒是没有理由的，这个水兵已犯了殴打罪，我坚决要求必须惩办他。"陈丕士说完转身走下跳板，但又立即转过身来："你们要对这一行为的后果负全部责任。"他走下跳板后，又对聚集在那里的群众讲了话。他说："为了这位受伤害的青年能获得赔偿，我们要做一切必须做的事情。"这样，受害的青年被人抬走了。陈丕士回到外交部后，向父亲陈友仁作了汇报。

在以后的几天里，陈丕士在汉口许多地方进行调查访问，并把目睹的情况向他父亲作详细报告。

自1月1日事件后，英国租界当局和海军部队采取措施准备保护英租界，以抵挡中国人民群众愤怒的报复。以英舰"卡莱尔"号巡洋舰为首与英国其他驻汉口江面的军舰上的海军陆战队奉命登陆。2日至3日，战线已拉开了。陆战队在各自岗哨上部署了兵力装甲车在租界入口处横冲直撞，来驱逐坚持监督的中国群众；一些驻汉口租界的外国侨民组成了一支"志愿兵"穿着军装，以步枪为武器；英国军舰的炮口也都瞄准了汉口，以进行威胁恐吓。很显然，帝国主义想以炮舰外交来威吓中国人民，这时陈友仁不动声色，保持镇静，他与政府领导人及苏联总顾问鲍罗廷等经常磋商。

1月3日，英国在武汉三镇的妇孺均撤离了，但在内地农村却还有上百人，这时陈友仁一方面担心会出现义和团起义时的"排外"浪潮；另一方面又警惕英国人发动突然袭击的可能性。所以他派其子在江汉关海关大楼前守着，观察动态。

1月3日下午2点钟，事态出现危险的趋势，在江汉关大楼前，群众形成半圆形包围着英国海军陆战队，英军被迫退回到海关大楼前下面第一级台阶的前面，他们托着步枪做射击准备，步枪上着刺刀，前面群众离得很近，几乎贴近了英军。几个青年人不顾凛冽的寒风，敞着上衣，露出胸膛，他们面对刺刀想猛扑过去，好不容易才被同伴们劝阻住。到了晚上，群众迫使英军再次后退到海关前的台阶，武斗迫在眉睫。

　　这时英国总领事打电话到外交部，要求见陈友仁。接着总领事就在其舰队司令的陪同下到了外交部。这次会见是在冷冰冰的气氛中进行的。英国总领事先开口："陈先生，如果你们的政府是文明的政府，你们应该能够为武汉的英国人的生命财产提供保护。"陈友仁回答："我们的政府是文明的政府，是中国人民的政府，正如你所知道的，当中国人民身穿丝绸时，恐怕英国人只不过身体涂着蓝颜色，到处乱跑。"他还夸张地加上一句："他们头上还插着羽毛。"陈友仁严肃地继续说："至于说到保护，显然你们自己已经把这一任务承担起来了，因为你们已采取措施来保护你们的国民，中国国民政府再参与此事是不合适的。这样做，可能导致混乱和适得其反的效果。"

　　"你这是什么意思？"总领事问道。

　　陈友仁说："你们已经命令你们的海军陆战队登陆了，而且在租界周围设置路障站岗；那些哨兵还手持上了刺刀的枪，按中国人民的看法，这是用一种野蛮的方式来处理事情，所以我说，你们已负责来保护你们自己的国民及其财产了。"

　　"但是，你们也有军警驻在租界的边界上。"总领事争辩说。

　　"当然，但他们在那儿是为了保护我国的公民免遭你们的刺刀杀害。"外交部部长这样回答他。

　　"那么你的意见呢？陈先生。"总领事提出了另外一个问题。

　　"撤走你们的海军陆战队，命令你们的水兵返回军舰。"陈友仁坚定地说。英国总领事及英国舰队司令听完陈友仁的话后，一言不发地走了。随即英国武装人员很快就撤回到战列舰上去了。还有些没有撤走的妇女，则先撤到渣甸洋行和太古公司的船上，只有几名由当地侨民组成的"志愿"人员留在亚细亚火油公司的石头建筑的楼房里，这是一座用一层层的沙袋围护着当作防止来人进攻的堡垒。

随着海军陆战队和水兵的撤退，那些"志愿"人员也解散了，英国人跟在妇女之后撤到船上去了。白俄"志愿"人员则脱下他们的军服溜回到他们的前俄租界或德租界的家里。从此，汉口的英租界就不设防了。

《陈友仁与收回英租界》

## ❖ 龙从启："江宽"轮遇难记

1918年初，北洋军阀逼着大总统冯国璋再起用段祺瑞，第三次组阁。当时南北两军鏖战于湘北、鄂南境地，南军被迫退入湘境，段祺瑞主张武力统一中国，志在用兵南追，恐冯从中梗阻，乃于4月23日由京到汉口主持军务会议。这是段祺瑞第三次到武汉，随行有交通次长叶恭绰，财政次长吴鼎昌，高级军官徐树铮、曲同丰、魏宗瀚，督军赵倜、张怀之、王占元，两湖宣抚使曹锟和奉、苏、赣、鲁、皖、湘、陕、晋各省代表20余人。会议情形后据记载："段祺瑞在汉开会意见大致是：长沙已下，正好乘胜平南，企图统一，必须取资群力，特南来当面商决，还望诸君一致图功等。会议中意见自不统一，曹锟以军饷相难，就此而散。"会后，各军官纷纷返原防，段祺瑞亦于25日启程东下，将与江西督军陈光远会晤于九江，遂同南京李纯、安徽倪嗣冲等相约于南京面商。

段祺瑞的行程，是在当日下午，乘火车赶赴刘家庙。曹锟、王占元在刘家庙车站设筵饯行，送至"楚泰"军舰，已是下午5时。当"楚材"舰从武昌载段祺瑞所带之随行人员来汉口江边转赴刘家庙时，竟开足马力，超越"楚泰"舰之前，夜间10点，在大雨滂沱中，撞沉正在上驶的"江宽"客轮。

"江宽"是航行于上海至汉口间的一艘大型客货轮，有船员105人。此次是由沪驶汉，装乘客1200人，货物1500余吨。原定于4月25日下午6时进汉口港，因清晨雨急雾大，在武穴停泊两小时，故到达丹水池已过夜晚9时，天黑雨大，江雾迷漫，对前面来的"楚材"兵舰难以辨识。及至两船相距约200米时，再鸣汽笛关照，意欲使"楚材"舰向左边相让，无奈江面甚窄，"江宽"轮吃水甚深，而"楚材"舰又下驰如飞，不待转舵，已相隔一箭之远了，连鸣急笛表示，"江宽"乃速向右边让避，"楚材"舰的船头已与"江宽"轮的腰部相撞，故而闯下了这场大祸。

▷ 汉口码头

　　事故发生后，由于官方以事出突然为由，虽一面安排善后，但一面又严密封锁消息，不让外界得知，其实是愈想秘密，愈传得快。虽连日阴雨连绵，武汉人民未能亲见其事实真相，但传闻已不胫而走，家喻户晓。有的说，死人一两千。有的说是"楚材"有意去撞"江宽"的。还有的人说是直、皖系军阀斗争的产物，因为皖系得报江西督军陈光远要乘"江宽"轮来武汉，故而出此。谁知陈并未乘坐此轮，未遭其难，致冤死了这样多的老百姓。这一骇人听闻的消息，自然使得全国震惊，所以曾经有一个同船未死者，还写了一首诗，其中有两句："未必同舟皆敌国，居然我辈亦清流。"特别是当时的段祺瑞内总百揆，外媚列强，爪牙分布，跋扈横行，又专事与日本帝国主义秘密勾结，卖国求荣，更为国人所发指！因护送他的兵舰发生了这样一件特大的惨案，不管"楚材"兵舰是有意或无意，段祺瑞都不能辞其咎，总归是段祺瑞在汉口欠下了人民的一笔大血债。

据丹水池的居民目睹者说，两船相撞的地点，正在丹水池铁路线路碑130号的江面，离江岸约三华里的江中，当时只听见轰然一声，轮船灯火全无，漆黑一团，接着是人声呼救的惨叫，难辨方位，以后的呼救声也奄奄无闻了。江边的小划子都不敢往救，怕船小人多，不能救人，反遭不测；又是暮春三月，江水寒冷刺骨，加之大雨不停，人一旦落水，不淹死，也要冻死。连续几天，在江面上看到许多被淹死、冻死的尸体，随波逐流，甚是凄惨！故武汉人民曾经用幽默的口吻，编造了一个歇后语："江宽遇楚材——横了！"把这件事作为不讲理的讽刺。

《"江宽"轮遇难记》

## ❖ 徐　实：轰动一时的掘金案

案件发生在1934年的端午节，地点在武昌粮道街61号及其毗邻的尚书巷1号孔庚的住宅内。

这栋住宅是孔庚的旧属夏斗寅从刘长毛的后人那里买下，送给孔庚的。刘长毛居于武汉，并在武昌、汉口两处买下不少地皮和房屋，过着寓公的生活。据说刘生前在武汉暗地埋下101个金窖，刘在临死之前断断续续说出了98个窖，有3个窖没有说出就断气了。孔家这个金窖就是来不及说出的3个窖之一。

孔庚的寿辰是农历五月初七。孔家每年到了农历五月又过端午，又过生日。家中上下人等，忙个不停。金窖所在地尚书巷1号是另立门户的，原住户黄陂童某已迁出，房屋无人居住，空着，上了锁。房屋下边是与粮道街61号为邻的彭幼南住宅。

端午节这天，阴雨连绵，彭幼南从汉口回家过节。晚间彭幼南出后门小解，朦胧中看到上边孔家屋后坡岸坍塌，泥土随雨水下泻，泥土中混杂着闪闪发光的块粒。彭幼南走近一看，原来那闪闪发光的是小银锭，当即惊得目瞪口呆。彭幼南在汉口是做金银首饰生意的，对金银的识别颇有见地，立即电话告知汉口金银号的兄弟彭石荪，率亲信多人渡江回家，偷进尚书巷1号大门，动手挖掘。孔家那边过节做生，车水马龙，人来客往，热闹非凡；彭家这边，不动声色，夜以继日，埋头挖窖，手忙脚乱。

农历五月初八早晨，彭家兄弟以大肥皂木箱盛满挖得的金银珍宝20余箱，抬到汉阳门轮渡码头准备过江，适遇武汉警备司令部少校副员李俊在码头值勤，李见木箱沉重，众人忙忙碌碌，行色可疑，遂上前盘问，得知是从粮道街抬出。李俊是孔庚的旧属，怀疑孔家被盗，一面制止木箱抬下轮船，一面打电话给孔家查询。彭家兄弟见势不妙，灵机一动，趁李俊打电话之际，以巨款疏通警备部士兵，立即风驰电掣般地将木箱抬至曾家巷码头，重价雇得木船，过江而去。孔家接到电话后，查看宅院，并无物品丢失，再打开尚书巷1号大门，看到厨房里挖了一个大坑，坑旁还有不少耀眼的小银锭，孔家用农村盛谷的箩筐来捡装，足足捡满了两箩筐。这是彭家兄弟花了两天三夜的掘窖时间，来不及捡装而弃置下来的剩余财宝。孔家向警备司令部和法院控诉彭家兄弟盗窃。彭家兄弟一面将金锭、珍宝10余箱转运到上海租界密藏；一面手持黄金四出贿赂，以求平安无事。警备司令叶蓬和法院的负责人都得到不少黄金。警备司令部和法院为了敷衍孔庚，特组织掘金调查委员会进行调处。调处会上彭家兄弟只承认挖得银锭数箱，否认挖得黄金、珍宝；孔家从侧面了解到挖有大量金锭、金器以及其他珍宝，但找不到人证。互相坚持不下，不能论断。

孔庚派人到黄冈刘家后人处找寻线索，好不容易找到石碑一块，碑上载明各个金窖所藏珍宝品类大致相同，金印、金饰、金质用具、玉器等每个窖都有。孔庚托人雇木船将石碑运来武汉，以作窖藏佐证。不料木船行至阳逻江中急流处被一大木船撞翻，船覆、碑没、人亡。据说这是彭石荪以重金买通大木船毁灭罪证的密谋。

1935年张群就任湖北省政府主席，孔庚全力请张群出面解决这项悬案。

在张群就职大典上，孔庚借故大骂警备司令叶蓬受贿。叶蓬也不示弱，指孔庚倚老卖老，想发横财，反唇相讥。张群见闹得不可开交，只得大骂叶蓬狂妄，扰乱大典，嘱其退席，亲自过问此案。彭家兄弟面临如此困境，即逃离武汉赴沪，将所有珍宝转移香港。孔庚并不因此罢休，专程去南京找司法院长居正，请断曲直。居正准状，组织武昌掘金案调查团来汉处理，但彭家兄弟以及家人已逃香港，调查团只做了一个被告缺席裁断，将彭幼南的粮道街住宅断交孔庚了事，一场轰动一时的掘金案即告结束。

《武昌掘金案》

## ❖ 苏　英：轮渡码头跳板折断案

1947年9月6日上午11时，汉口江汉关轮渡码头发生一起空前惨案。这天，风大浪急，汉口王家巷至武昌的航线宣布停航，欲过江的人们都拥到江汉关码头。当时江汉关轮渡有两条船行驶，即"建汉"和"建施"。后来"建汉"的舵链坏了，仅剩"建施"只船行驶。一时船少人多，轮渡当局一个劲地卖票，致使趸船和跳板上全部挤满了人。由于跳板年久失修，负载过重，遂被压断，站于其上者一下子全部掉进滔滔奔流的大江。

当时的轮渡属湖北省建设厅航业局管辖。案件发生前，江汉关码头曾以电话将拥挤情况报告航业局程楚栋局长，程楚栋命令副局长彭某赶往码头。彭某到达现场后却熟视无睹，没有采取任何措施。

案件发生后，又不组织人员往下游打捞尸首，任其漂流，以图推卸责任。航业局长程楚栋说："近日因风大，江面帆船失事者众，若称所有浮尸均指失事之尸，而以其责任尽归航业局，实在担当不起。"并以此为借口，竟然采取袖手旁观的态度。当第一个浮尸于遇难处浮起后（由其家属自行打捞上岸），其家属及周围群众抬到航业局门前暴尸长达五小时，航业局无人出面，经法院检察处检验确认为渡江失事者，航业局才派人装殓料理。

轮渡跳板是何原因折断的？当时的长江航政局做了如下的鉴定："……9月6日压断者共计两处，均系由木板中间断裂，计第六档枕板长二十尺、厚一尺、宽六寸，厚度下方腐朽部分计三寸半；第七档枕板长二十尺、厚十寸、宽四寸，木质颇好，无腐朽之处。依我等判断，该项枕板确因乘客过多，载重过量，以致中断。"

这个责任应该由谁负？赵潘、喻凤祥被解往法院后，航业局一群小员工给法院检察处的信是比较中肯的，这封信说："一、当日风大浪急，船只不能开航，乘客拥挤不堪，码头立即用电话报告营业所，营业所又报告了航业局，航业局程局长接到报告后，即派彭副局长亲率各科科长及营业所主任等赶到现场，面对船少乘客多的情况，他们不但不下令停止售票，反而认为这是增加收入的大好机会而督售客票，人们为了及早渡江，于是争先恐后地上船，以致人多超重，跳板压断。二、程局长到差伊始，不到一星期之久，即不顾一切，不问旧有人员劳绩如何，能力强弱，藉裁员减政为名，裁去六十余人之多，任用私人竟达被裁之数，而副局长亦不从旁参加意见阻止乱裁。譬如将得力者裁去，以致业务熟悉者均已去职，新来人员情形不甚明了，不能预防危险事端发生，以致发生如此不幸事件。三、轮趸船上应用之工具与修理，迭经呈报请修及增发，而主管科不予核发核修，以致工具不全，设备没有及时维修。"

被检察处起诉的共有七人，他们分别是码头管理员赵潘、船务科助理工程师傅祥浩、副工程师李骏逸、助理工程师王可曾、售票员邓华荣、张鹤龄、趸船水手头目喻凤祥，而航业局科长以上的头头竟然一个也没有。

汉口地方法院于1947年10月31日做出判决。判决书说：李骏逸前任湖北省航业局船务科副工程师，王可曾任助理工程师，同于本年8月上旬奉该局代理科长傅祥浩之命令，检查汉口各码头设备，对于武汉轮渡第一航线汉口码头入口第六档横梁下方腐朽三寸许，竟未注意检查呈报修理。喻凤祥为趸船水手头目，对于横梁腐朽处有随时报修之责任，亦疏忽未报……上述三犯因业务上过失致人于死，各处有期徒刑一年。

*《轮渡码头跳板折断案》*

## ❖ **汪正本**：1931年武汉大水琐记

1931年武汉地区阴雨连绵，持续三四十天，风雨交加，轮间不断，加之江河上游地区雨水亦大而久，以致江水、汉水陡涨。7月15、16日两天，丹水池铁路堤身不固，被风雨激荡，有出险的迹象。后湖渍水已涨平铁路堤，呈现漫堤的趋势。涵洞堤闸被江水冲破一个缺口，水向内流。延至7月28、29日两天，江水继涨，水位超过25米，丹水池堤的薄弱环节初出险象的一段，被江水冲破一个缺口，宽达30多米，汹涌的洪水直向北奔放，遇到张公堤拦头，折转挟湖水向南冲击，大有长驱直入市区之势。铁路各涵洞，早用麻袋装土和其他器材堵塞，如单洞门、双洞门等处。即至洪流涌来，冲力猛大，始而将堵塞的器材冲破漏洞，水向内冲，继而漏洞扩大，终于8月2日午前，把堵塞的器材冲走，洞口完全溃决，水头高丈许，汹涌澎湃而来，无力抵御，汉口市区顿成泽国。后来水位继续上升，灾情日益扩大。

水是先从单洞门冲破堵塞，汹涌奔入市区。这天午后4时左右，我由友益街家中出来，去往文华里访友，路过大智横街时，发现街头沟井有水涌出，回家晚饭后，还没有听到外面有何动静，仿佛同平常一样。不意次日早晨起来，水已封门，不能出去，开窗视之，水只距离窗门尺许，楼下住户，一家人回湖南家乡了，因之水淹大门，我还在梦中。

我想了解一下外面的情况，无法出去，正设想时，见辅仁里内有两只空划子进来活动，即招呼拢来，当面说定五角钱，从友益街起，经黄兴路至江边，通过江汉路进中山大道至六渡桥回头，仍返友益街这里。划夫应允，我从窗口上船，从黄兴路到江边，划至江上转江汉路，觉得那里水深莫测，转中山大道，觉得这里水浅些，也约有五六尺深，到达六渡桥稍停

▷ 1931 年的汉口水灾

▷ 被淹后的谌家矶车站

片刻，环望武昌、汉阳与汉口后湖，波光相接，一片汪洋，所有被淹没半截的一些房屋，颇似海洋中的一群小岛。目击这一惨状，不禁感慨系之，滕王阁序中有"落霞与孤鹜齐飞，秋水共长天一色"之句，而今应是"哀鸿与雁户齐悲，江水共湖水同泽"，"中流砥柱且乏人，狂澜既倒谁作楫"。

回家途中，沿着中山大道、大智路、大智横街，看到各家各户都在忙于把门板、铺板、桌子搭跳板上接楼房；无楼的人家就在跳板上生活；房屋被水淹没，又没有跳板的人家，就在屋顶上暂住待救；房屋被冲塌了的人家，则坐在床板或桌上哭泣；也有大人不在家，大水涌到，小孩被水淹死的。种种惨状，令人心酸。

回家后作搬家的打算，决定搬到下新河。次日又雇划子上行到六渡桥，看到集中好多松木板、门板、木料，据说是准备架搭浮桥用的。开始从六渡桥至江汉路搭起浮桥，各商户门前也设法架桥，挨户衔接，逐渐连贯成为一体，便利通行。后来听说：市政府已作紧急措施，一面令商会、慈善会和市警察局筹设救济委员会，一面由赵典之在烟土税捐项下筹拨一笔款项，办理施粥站，并散发馒头以急救饥饿的灾民。还组织民船流动组，装运蔬菜及生活用品等等，到各里巷出售，以维持市民的生活。房屋被水冲没无家可归的灾民，则用船分送至汉阳黑山和武昌未被水淹的地方，由当地政府施行救济。同时每个巷里口停泊几只划子，设有军警岗位，以维持治安和水上交通。

《一九三一年武汉大水琐记》

❖ **黄晓东：形形色色的律师**

凡属年纪较大的人，想必还会记忆犹新：解放前无论你跑到任何一个城市，大街小巷都可以看见，有许多门上挂着张三大律师事务所、李四大律师事务所的牌子。这就是在旧社会领得律师证书的人，执行律师职务，与诉讼当事人进行交易的场合。他们当中确有不少的人，送往迎来，门庭若市。

我于1919年走出法政学校，也曾当过两年律师。其后虽转入法院，一直从事司法工作，但由于职务关系，仍与许多律师的活动常有接触。

辛亥革命推翻了封建专制，建立了民国，司法系统也进行了改革。随着司法的独立建制，律师的名称便很快地在我国出现了。最初充当律师的，多是一些外国留学生，人数寥寥无几，分布地区也仅限于北京、天津、上海、汉口几个较大城市。

北洋政府司法部提倡法制，说要把中国建成法制国。于是，由中央到各省，纷纷设立法政专门学校，法政毕业生大量涌现。除少数参加各种考试及格，或者人事关系较好、得到政府部门录用外，其余大部分只有向司法部具领律师证书，在法院登录，执行律师职务，以谋生活出路。

所以，从民国四年起，各大中城市挂牌开业的律师，有如雨后春笋。且由于律师人数的逐年增加，尤其抗日战争胜利后，律师更有惊人的畸形发展，不但大中城市的律师招牌星罗棋布，就是偏僻小巷莫不有律师在那里包揽词讼。

关于律师的权限职责，依照当时的民刑诉讼法规定，律师不仅可以为诉讼当事人撰写状词，可以向法院调阅有关卷宗；而且对于民事案件，还可以由原被告委任出庭代理；对于刑事案件，还可以由被告委任出庭辩护。法庭内还为律师设有席位，律师出庭时，必须与推事、检察官一样，穿开胸黑长衫、戴黑军帽。其区别是：推事穿的黑长衫的领口、胸口、袖口和戴的黑军帽周围，一律镶白边。这样，律师在诉讼当事人面前，显得十分威严。

本来改革法制设立律师制度，是为了伸张法纪保障人权，是件利国利民的好事，也是每个律师时常挂在嘴边的口头禅。并以此互相标榜。可是实际常常相反，由于封建专制遗毒的影响，许多律师自恃其法律知识凌驾于人民之上，把承办的法律案件作为发财的依托。在他们那里，法纪不是伸张了，而是反被破坏；人权不是保障了，而是反被践踏。

律师的经济来源，主要不外乎下列三笔生意：一笔是充当银行、钱庄、企业或地主、资本家的常年顾问；二笔是作财产继承、赠予、买卖缔结书面契约的公证人；三笔是为民刑诉讼当事人办理民刑诉讼案件。但前两笔生意往往集中在少数"名牌律师"手里，被他们所垄断。其绝大多数非"名牌律师"，很难分得余润。这就是说，绝大多数律师的经济来源，只有从办理民刑诉讼案件上打主意。因此，他们各自不能不想方设法展开激烈的竞争，真是"八仙过海，各显神通"，演出了不少啼笑皆非、可悲可叹的丑剧。

例如，我所知道的黄竞隆律师，是以魔术师表演魔术的手法起家的。他原是一个嫖赌逍遥的人，在江西南昌当上律师后，为了抬高身价，吸引顾客，就效法魔术师表演魔术的手法，一方面装模作样，每日都要大摇大摆地坐着三人抬的轿子，去法院律师休息室休息一下，以欺骗那些不知底细的人，好像他真的事情很忙；另一方面则雇人扮成打官司的，时常在法院公告栏附近走来走去，遇有真的打官司的人在那里，就上前与之周旋，顺便替他吹捧，说他如何高明、如何有办法可以使案件胜诉，为他张罗生意。

不久，他就高朋满屋，应接不暇，居然成为"名牌律师"了。

*《旧中国律师活动的形形色色》*

❖ **金薄临：**汉口最早的善堂

汉口是华中心脏，有九省通衢之称，滨长江，临汉水，水陆交通便利，一百多年来，一直是我国的主要经济中心城市之一。在清朝咸丰年间，丧权辱国的《天津条约》，外国在汉口设立租界，在租界未划分前汉口的商业枢纽，集中在硚口地段。波涛起伏的府河、汉水千帆往返，货畅其流，沿汉水北岸的襄河街、汉正街，人口密集，各种行业生意兴隆，财源茂盛。

在这种发展形势下，有的巨商富贾沽名钓誉，捐资兴建善堂，赈济穷苦，硚口地段最早出现的有仁善善堂、镇安善堂。到鼎革后又有潜仁善堂、化善善堂、济众善堂等。这些善堂各有经济背景支持，如仁善善堂的后盾是饮片、参燕、药材、酒等行业；镇安善堂乃粮食帮组建；潜仁善堂以总商会的贺衡夫作号召；济众善堂系浙帮金号业集资建成；化善善堂是买办刘辅堂、刘子敬的经手人戚受之负责。他们兴建善堂的意图，都不外是救济贫困，以弥补官方财力不足，借此扩大社会影响，换取"家"的头衔，提高个人的知名度。

我家与仁善善堂渊源较久，我也曾一度负责，因此知道些善堂梗概，现重勾旧梦，略谈当时的一鳞半爪。

现在硚口区的大通巷小学校园即仁善善堂整个旧址，约计有数千平方米。原建筑是门前石阶数级，大门有油漆的"以仁济世；为善最乐"八个字的对联。堂内第一进设有中药库与发药柜，长年免费供应中药。有老中医坐堂应诊。办有"义学"，不收任何费用。汉口有名的实业家张松樵曾在此就学两年，到民国初年，他担任裕华纱厂经理，发财致富不忘既往，曾捐献汉正街至公巷口店面两栋给仁善善堂作为纪念。他儿子张佩琳多年来对仁善善堂的活动有请必到。另一位是武汉名老中医杨文川对仁善善堂感情较深，他儿子杨小川、孙子杨彤荪，凡是关于仁善的会期，很少缺席。

第二进是花厅。侧壁上有石碑两块。发起捐助资金名单中，我祖父金莲峰是制钱两千串文，以商号名义的金裕茂也是捐制钱两千串文。另一块碑记载的是改建情况，时日是民国三年4月。认捐资助人中，我父亲金次屏纹银200两，另外金同仁、大有庆也各认捐纹银200两。

花厅二楼供的是善堂有关人员的祖先牌位，春秋享受祭奠。花厅左首大殿，供有神仙的牌位，每逢扶乩、拜忏和九月的念"皇经"，就在此举行。再左首乃寿木局，每年派人到山区采购木材，运回制成寿木。寿木名目有花板、六合、人仙、园花……上等的楠木花板售价每副光洋千元。其余几十元至数百元不等。还做有一批"板棺"专门做施舍之用。盈余补助善堂开支，暑季方便路人施药茶。夏夜请人宣讲"善书"。编些因果循环、善有善报、恶有恶报的故事，在纳凉人群中高台教化，说得娓娓动听，能引起妇孺好感。冬季散发寒衣、饥米。春秋祭祖，重九请道士念"皇经"。还不定期搞些"扶乩""拜忏"等迷信活动，招揽善男信女，出钱写捐。

《汉口最早的善堂》

## ❖ 金溥临：旧汉口的救火队

汉口，商业兴旺，场坊、商店、行栈分布于正街、河街、堤街一带。屋宇林立，人烟稠密，火灾事故经常发生。当时还没有一个防火、救火的机构，只是少数较大商号为了防止火患发生，自备储水缸以济急用。此外，善堂行帮公所等也常年备置太平桶，如硚口正街的保安善堂，至公巷河街的船帮所，就有太平桶的设置，一旦发现某处失火，便出动人工挑水灭火。这些古老的消防办法，缓不济急，杯水车薪，效果有限，往往因不能及时扑灭火种而蔓延成灾。

民国建立后，市场力谋恢复，百业重兴。工商界人士回顾到大火的惨痛教训，发起筹建群众性的救火组织，为地方服务，名曰商团保安会。由当地绅耆而又热心公益者，出面号召，并推举为会长，首届的商团保安会会长是当时夏口县的议长金次屏担任。按地段成立保安会，上段从桥口至杨家河，中段从杨家河至武圣庙，下段从武圣庙至永宁巷，沈家庙以下为四段。每个保安会都设有救火队，队员三四十人不等，都是各地段内商店、行栈的青年职工和"小开"。他们有朝气，对社会公益活动非常热心，自愿参加，不讲报酬纯粹义务。所有救火的设备购置费用，由各保安会向各自地段内的殷实富户和商店行栈劝募为月捐，作救火队的必需开支。

救火队开始所用的工具是"摇龙"，即四个轮子的手推车，车上安装一个大水箱。如某处失火，便推着这个摇龙车直奔火场。车上水箱内插有铜质水枪数支，队员们抽动水枪吸水喷射灭火。过段时间后，又在水箱内装上水泵来减轻劳力，同时还增加喷射的力量。

1918年，汉口既济水电公司的水电在全市普遍供应，自来水的管道也基本纵横成网。每条街的两侧，在一定的距离内都设有水门，遇有急需用途，只将水门打开，便可以尽量用水，且水力充沛。此时，中山大道交通路对过，又建有水塔一座，高有五层，是当时汉口最高的建筑体。水塔顶上有一瞭望哨，用望远镜观察，汉口街道能尽收眼底，并派有专人值勤，如发现哪条街有了火警，便在塔顶鸣钟。钟声响起，表明某一地段失火，救火队听准了钟声，就奔赴火场救火。

▷　1913 年的汉口水塔

由于既济水电公司已在全市的街道两侧适当地设置了水门，为救火队提供了用水的有利条件，便由摇龙车改用了橡皮水龙带。在灭火时，只要将水门的钥匙打开，橡皮水龙带套上水桩，水就用之不尽。且橡皮水龙带可以接长，狭道窄巷不受任何限制，出进自如。灭火的效果比播龙车有显著的提高。

1926年，商团保安会的名称改为汉口市公益会，会长是周韵宣，原有的各段保安会也随着改了名称，如上段保安会改为公益一分会，中段保安会改为公益二分会，其余顺序类推。公益会全盛时期，汉口共有40个分会，各负一段地区的消防责任。这些公益分会都先后购置了汽车水龙。其费用都是地段内的殷实富户和厂栈、商店负担。如地段之内的厂店发生了火患，汽车水龙出动扑灭。事后，公益会便借此登门募捐，为队员们添置需用的头盔、雨衣、胶靴等消防用品，厂店则解囊相助，大力支持。

公益会救火的任务是"有备无患，以防万一"。每届寒冬腊月则进行冬防，晚间各街道两侧的水门上面，都架上公益会的大灯笼，以便晚间发生火患时，有灯笼标记，便于寻找水门。每晚，救火队员轮流值勤夜巡，兼可防范宵小作案。冬防期间费用增加，富户及商店另负担冬防捐。

《旧汉口的救火队》

## ❖ 甘胜禄：汉口第一个气象观测站

两次鸦片战争的失败，使我国丧失了关税自主权和海关行政管理权。英人总税务司赫德还以海关为据点，不断扩大侵略特权，包揽了与海关业务无关的事务，如海务、港务、同文馆、邮政、检疫、商检、气象，组织参加外国博览会和办理商标注册等。海关包揽这些事务，虽然在客观上引进了若干新技术和西方的管理方法，起到一定的积极作用，但其目的同样是为了帝国主义的侵华政策服务，侵犯了中国的主权，不利于中国民族资本的发展。

江汉关自1862年设立后，直接受总税务司英人赫德的垂直领导。1869年11月赫德考虑当时已设立的海关分布在沿海沿江，地域辽阔，大约在经线10度和纬线20度的陆地和海面。在各地海关不增加人员，只需购置一些设备仪器就可建立一个气象观测站记录各地气候的变化，这样的观测记录对于科学界及航海业有实用价值，并能揭示自然规律。赫德根据以上意见发出了指示。江汉关税务司遵照指示于1869年11月就立即开始了气象测候工作。观测场设在汉口河街海关旧址（现民生路口）。其气象报告内容有中午水位，24小时的涨落，24小时风向风力、气压（上午9时，下午3时）、湿度（最高、最低）、降雨（小时）、降雨量（寸）等。此项工作附属于监察课、由监察长兼港务长负责，观测工作由值班外勤人员兼任。

1897年江汉关以气象电报每日两次，送上海徐家汇天文台并转香港天文台。1903年6月27日江汉关税务司英人斌尔钦（E.T.PYM）在致巡工司的备忘录中记叙了《口岸气象报告》每月送往香港和徐家汇的情况。气象电报每日凌晨3时零5分和下午3时零5分先后由海关发出，气象电报通过中华电报部门发出由镇江转徐家汇。1916年10月28日气象电报增送北京中央观象台、农商部观测所各一份。

江汉关气象观测现场于1923年1月21日由河街原海关旧址迁移到怡和轮船公司下码头附近草坪上，这个地点周围没有树木，可以取得比较准确的气象和温度的记录。此后测候工作安置在新建的江汉关大楼内，设有百叶窗、雨量器和风向仪等。1933年10月总税务司署又正式规定发送香港天文台、上海徐家汇天文台、青岛观象台、济南建设厅测候所，南京、上海气象台、航空站、中央气象研究所和上海海岸电台等处的电报，免费传递。1938年4月12日国民党政府财政部密电江汉关电台收集芜湖、镇江、上海、青岛、塘沽和秦皇岛各关的气象，于1小时内以密码报告航委会第一测候所备用。

抗日战争时期，江汉关气象观测迁至原汇丰银行大楼平台上，日本投降后测候工作仍迁回江汉关大楼内，由监察课港口办事员负责办理气象记录工作。1948年10月笔者曾在江汉关大楼后院的平台上看见一个测候气象的百叶窗式的小屋，内装各种仪器。

武汉解放后，根据中央人民政府政务院1950年1月27日《关于关税政策和海关工作的决定》的指示，所有和海关无直接关系的职务，均应由海关移交给其他有关机关。为此，武汉关于1951年9月4日将港务气象工作及近百年珍贵的气象资料和仪器全部移交长江航务管理局港务处管理。

《汉口第一个气象观测站》

## ❖ 李天松：武大校园樱花的来历

每年的春分时节，武汉大学校园里樱花就争妍斗艳，菲菲如云，它在凄厉的冬天之后，首先给人们带来了愉悦和欢乐。樱花是日本国花，但并非日本独有，其实我国长江上游云南等地，常可见到。

抗日战争初期，武汉大学就有樱花。据汤子炳先生回忆，1937年日本发动野蛮的侵华战争之后，凶猛地向华中地区推进，武汉形势日渐紧张。

1938年4月，武汉大学迁往四川乐山，校长王星拱决定委派汤子炳等五人留汉守校。10月，日军侵占武汉后，汤等避入汉口法租界，武汉大学遂成为日军侵华的中原司令部。校园内驻有日军一联队千余人，联队部设在文学院。文、理、工三个学院为日军中原司令部大批文职人员使用，教授宿舍为日本高级官员居住，餐厅楼上楼下为日军野战医院。日军侵占武汉大学后，汤子炳带着夫人及留守人员前往校内，与日军交涉，要求日军对武汉大学校园设施严加保护。

1939年初，汤子炳等得知珞珈山日军换防，又一次与原班人员前往校区与日本当局交涉，再次提出要求日军妥善保护校园的一切设施。这次接见者为一文职武官高桥少将。因驻军减少，校园已成为日本办理后勤的机关，其态度较为和善。

接着他又引汤子炳等到文学院前，告诉他们将来准备栽植樱树之地段，以表示日军栽植樱花的决心已定。汤子炳对日军栽植樱树"以增情调"的做法并不满意，因为樱花是日本的国花，在武汉大学栽植它颇有炫耀武功和长期占领之意，但又不敢公开反对，于是针锋相对地提出在栽植日本樱树时，"可同时栽植梅花"的建议。

高桥表面上没有反对汤的建议，只说："樱苗易得，梅种难求，明年君等可来此赏樱。"实际上否定了汤的意见。从汤先生的这段回忆中，我们可以推算出日本樱花最早在武汉大学栽植是 1939 年。

*《武大校园樱花》*

第九辑

老城忆旧·
文人笔下的『东方芝加哥』

## ❖ **程志政：** 武汉巡礼

武汉，不但是我国中部的唯一重镇，而且是革命的策源地，光复时，黎元洪武昌起义，就此推翻了清朝；北伐时期，武汉一度为国民政府所在地。至于著名的风景，那里也有不少可取之处。

我们到了汉口，住在德明饭店，德明饭店是外国人经营的，在汉口是第一流旅馆，价钱很贵，但设备却十分平常。第一天，我就访问程则颐兄，很讶异似的，他问我何以忽然到汉口来，我说明之后，他感到异常的高兴。当天，我们到江汉路一带去闲逛了一下。汉口的市面很繁盛，各项建筑物，如电话局、电报局、金城银行、盐业银行等，其气魄十分伟大，不让沪埠。市面通行大铜圆，每元可换六千文，六千文就是大铜圆三百枚，和沪地的兑换率相仿，所以虽说是双铜圆，它的价值，并不见得比单铜圆高，双毫在汉口绝对不通用，中国币制的不统一，不难由此窥见一斑！

▷ 法租界街景，右边是德明饭店

汉口可玩的地方很不多，最著名的是"中山公园"，公园的范围约摸有上海兆丰公园大，但是并不像兆丰公园那样的一片广场，它有湖，有亭，有运动场，有游泳池，花木扶疏，曲折有致，最占形势之胜的，是湖心茶厅，游客在此品茗休憩的，几无隙地。还有双龙桥，也很别致，龙是人工做的，蜿蜒攀附在桥的两栏，张牙舞爪，神态生动可喜，龙口里暗藏着自来水管，有时还可以喷出水来。

《武汉巡礼》

## ❖ 张常人：汉口夜色

汉口为华中唯一大都会，论者每誉为东方之芝加哥，其未来之发展，正未可限量。十余年前，笔者曾一度过此，当时之印象，唯陈旧与混乱而已。今则一改旧观，乃觉有今昔不同之感。国人虽无时不处于艰难困苦之中，而无时不在经营缔造。此种精神，固犹足自豪。

晚7时，船泊汉埠。因江水低落之故，经趸船登岸，步行几达半里之遥，尽淤滩也。时天色虽已昏黑，然沿江码头之齐整，防水堤之坚美，初即予我以甚佳之印象。

盖自上次大水灾后，汉口鉴于"其鱼"之威胁，乃有重整沿江堤岸之大工程。此项工程设计甚周，在滨江较高滩地，种有细柳一列，以固堤基，隔数丈，始为护有铁栏之坚固石岸。然犹恐水位高涨时倒灌入市，故复于堤面与沿江马路之间，加筑厚约十尺之钢骨混凝土防水堤，中实黄土，种以槐柳，几类城垣。设一旦江水泛滥，虽高逾地面数尺，尚可高枕无忧。下水道之设计亦甚周到，可避免江水倒灌，有抽取污水入江之设备。

登岸后，即乘汉市主要之交通工具人力车赴扬子江饭店。沿江夜色，颇寂寥。唯自江汉关复折入江汉路后，即渐趋热闹。晚间之市容美，固不亚于上海之北四川路或四马路也。

《武汉印象近记》

▷ 汉口俯瞰

▷ 汉口街市

## ❖ 刘白羽：黎明钟声

当我动手写我和武汉的一段血肉姻缘时，我突然想起《圣经》里的"创世纪"。当然，我想的不是什么神造人的故事，而是当我在武汉，面对汹涌澎湃的大江，喷薄欲出的朝阳，在那一刹那间，我曾经想道：中国人民走过漫长的生死搏斗的道路，而终于以双手捧出一个崭新的中国、崭新的世界，这不是惊天地、泣鬼神的真正的创世纪吗？

我随解放大军于1948年11月入沈阳，1949年2月入北京，5月入武汉。势如破竹，连破三城。回想起那个年代，真是一个英雄的大时代呀！人民的胜利，有如急风旋转而至，有如怒涛汹涌而至。从零下40度的松花江到零上40度的长江，这是何等莫测的变化呀！我在人民行列中，和人民一道踏过粉碎黑暗旧世界、迎接光明新世界的道路。现在，我仿佛还听到那坚实而响亮的咚咚脚步，它如疾风扫落叶而过，而我们广旷无垠、瑰丽年代的山川大地，立刻由暗淡无光而光芒四射……

我在北京听到渡江作战的命令，长江下游，当即万炮齐鸣，万帆齐发，直捣南京。我立即动身奔赴华中前线，参加这里的渡江之战。我到鸡公山下的兵团司令部，在这儿不断传来消息，武汉情况十万火急，据说国民党反动派有一个把武汉三镇全盘炸毁的毒计，武汉人民正处于水深火热之中，解放军立即如迅雷闪电急赴长江以解倒悬之危。我搭乘一辆吉普，紧跟先头部队前进。一座木桥正在熊熊燃烧，那飞焰在阳光映照下，闪现着金黄和银白色，一股热风拂面而来。从火中冲过去已不可能。好在河不太深太阔，我们决计冲河而过。前面不断传来：前哨部队已入武汉，胜利在望。只听路上嚓嚓一片脚步声，战士们都在急急行进，我们的吉普正像插了翅膀飞驶，突然，一下不动了。我跳下来，立在路中间，听到武汉方向传来爆炸声，心急如焚。司机说：吉普上一个螺丝钉掉落了。哎呀，在这宽阔的道路上寻一个小螺丝钉，这不是大海捞针？！可又有何办法？这时一个小螺丝钉却决定着我们的命运，大家分头寻找，还是司机同志欢喜得大喊起来，他在路旁小草边找到了，找到了。不久，我们又闪电般直驶武汉市区。

到了郊区赶上先头部队，他们一面挥汗如雨，匆匆行走，一面跟拥上来的欢迎人群拉手。我们的吉普直闯市中心，然后拐弯驶到江汉关前停下。我急忙跳下车，只见面前空荡荡的长江上，有几条船只在燃烧，有几条船只在爆炸……由于我们闪电般袭击，使得敌人没有实现炸毁大武汉的计划，而胆怯地向大江那边逃跑了。

我默立在寂无一人的码头前，我的脑际突然出现了旧时武汉的景象。当时，这码头上，有多少饥寒交迫、衣不蔽体的人，在一片嘈杂呻吟声中，在奔走，在劳碌。有一个形象特别突现在我眼前，那是一个老码头工人，弯着腰向后伸张骨瘦如柴的两臂，双手紧紧抓着背上的沉重的负荷物，他已奄奄一息，气喘吁吁地向前伸着突暴着几条青筋的脖颈，就像一匹老马在作最后挣扎，这就是苦难旧中国的缩影呀！……我的眼睛模糊了，我的心房在颤悸，我们多少父老兄弟，被压碎，被屠戮，遗尸遍野，血流成河，那血，就像我面前这长江一样滚滚横流啊，才流出一个今天。我爱我的祖国，虽然她贫穷，她软弱，但，她毕竟是生我养我的祖国啊！而现在，在这一瞬间，我睁开双目，一任血泪滂沱，那急风恶雨，现已旋然飞逝，一个垂死的中国复活了。我看着那蓝色浪头上雪白的浪花，像少女嫣然一笑露出的白齿，我感到无比的自豪、喜悦、骄傲、振奋，我要向全世界振臂高呼：我们胜利了！东亚病夫的帽子永远摘除了！东亚睡狮倏然警醒了！扬子江上的暴风雨吹来新的一天，莽莽苍穹，炎炎赤日，都在展开笑容，引吭歌唱。

几天后，举行入城式。

武汉的五月，天气晴和，鲜花怒放，花是芬芳的，人比花还芬芳。满街满城，挤满了人，部队在马路中心列队行进，楼窗上是人，电线杆上是人，人同此心，心同此意，啊，回来了，我们的亲人回来了！……在飞扬过大屠杀弹火硝烟的地方，今日，竟放了大红的花朵。庆祝武汉解放那天夜晚，我登高远眺，只见一星一星跳荡的火焰，顺着长江岸上，蜿蜒曲折，连绵不绝，形成一条红线，那是千千万万的火把，火把，火把，无穷无尽的火把，在长江上印下飘浮不定的倒影。天上人间，心潮浮涌，真是美极了，是人造的奇迹。这一夜是怎样也睡不着，是由于兴奋吗？不，是沉思。那是在茫茫风雪的东北战场上，我听着我熟悉的一个指挥员在倾说，当大革命的狂飙在武汉上空横扫时，他作为一个扎着红领巾的共青团员在奔走呼号，当时北伐军也是这样步伐铿锵、满怀喜悦、走过武汉十里长街。可是后来，乌云低垂，长江呜咽，血染红了武汉三镇，血渗流入滚滚江心，他连母亲也没来得及告别，从此远走异乡，转战南北……风雪扑窗的深宵，我俩并卧在农家热炕头上，我见他用力地捏熄了香烟，我觉得他的手有点发抖，我劝慰他："我们一定会打回去！"他说："对，我们一定会打回去！"……现在，我知道他也在挺进华中前线的大军中，但我不知道他有没有回到武汉？他的母亲，还在吗？他见到母亲，会怎样？母亲会怎样？我眼睁睁睡不着，我想着那些从南方打到北方，又从北方打回南方的人，当他们一步步走近生养自己的故土，他们的心情该是如何激荡！……对，今天，在庆祝大会的主席台上，大革命时担任过武汉市领导的一位同志又站在台上，对武汉人民讲话了。台下千千万万手臂像森林般举起，发出雷鸣般的吼声。我坐在旁边，我看见这位久历风霜留了胡髭的人，倏地流下一滴泪水，他拿手背用力揩干它，而我的眼睛却湿润了。

我知道，这就是历史，是谁也无权抹杀的历史，永远，永远，谁要忘记它，就意味着背叛！

*《黎明钟声》*

## ❖ 程志政：黄鹤访古

是五月十九日吧，那天正是星期日，一早则颐兄就约我过江去游武昌，在江海关前面一码头登市轮渡，每人收费仅铜元数枚，而秩序井然，乘客出入各异其途，人虽多，毫不觉得拥挤紊乱。每五分钟就开一班，人总是满满的！

武汉江面不阔，由汉口到武昌，因为是斜直线，轮行约一刻钟，远望黄鹤楼依山傍江，形势甚壮。登峰后，我们先登黄鹄矶游黄鹤楼。提起了黄鹤楼，我脑海里便有深切不磨的印象，记得唐人崔颢诗："昔人已乘黄鹤去，此地空余黄鹤楼。黄鹤一去不复返，白云千载空悠悠。晴川历历汉阳树，芳草萋萋鹦鹉洲。日暮乡关何处是，烟波江上使人愁。"

我生平最是爱读，因为爱读，便常常梦想到黄鹤楼的一切，今番登临的目的是达到了，我是如何的快慰与欣忭呀！一方面我默诵着古人的名句，再欣赏着诗中所描摹的风物景色，愈觉得这首诗，亲切有味。的确，汉阳隔江对峙，鹦鹉洲隐约在望，一写近景，一写远景，正是恰到好处，同时看到江上烟波，缅怀着千古英雄豪杰，思古幽情，也不禁油然而生了无穷感喟。

可是，现在的黄鹤楼，已是民国十六年后所改建的了，青灰色的砖墙，砌起了两层小小的楼屋，外观既俗不可耐，内中又全是卖茶卖饭的，弄得污秽狼藉，令人不堪向迩。大好名胜，似乎应当整理一下，方才足以招致游客。

黄鹤楼后面有一座奥略楼，却建得十分雄伟，全部仿宫殿式，初来的人，一定会误认鼎鼎大名的黄鹤楼，就是它呢！可惜奥略楼里面是照相馆，非去照相，是不可登临的！

▷ 奥略楼

沿着山路一直走去，便是武昌的城市，街廛远不及汉口，由此乘人力车到抱冰堂，约摸有三里多路，抱冰堂的风景，仿佛西湖的孤山，山屋是筑在山上的，花木繁茂，远绝尘嚣，境界十分清幽，半山处就是抱冰堂，是纪念前两湖总督张之洞的，现在石碑灵位还存着，祭堂以内，却已变成茶室，无庄严之可言了！

《武汉巡礼》

❖ **裴红蕤：**汉口之忆

汉口——在我的忆念中，永远是美丽的、温暖的。在（民国）二十六年的初夏，我溯江西上而到了汉口，目的纯粹是游览；但为时不久，战事发生了，我只得在这个长江流域中心区的都市里逗留下来。

整整地栖迟了一年，汉口在我的脑海中，便留下了一个不可磨灭的印象，它永远使我爱好、怀念。

汉口之可爱，是在它虽然披了一件华焕的外衣，都市应有的一切它都具备，但它的四周却是纯朴的，随处都呈现着大自然的美。

直到现在，我还时常缅想着汉口江干的垂柳，它在我的忆念中，构成了一幅诗意的画。

正和西湖的苏堤相仿佛，垂柳在汉口的江干，绵延丛植，有如支张着翠色的纱帱，当轻风吹拂的时候，万丝摇曳，就仿佛展开了一片碧浪。

晚来，负手缓步于堤上，如果是一位耽于咏吟的人，那么诗思汩汩，一定会像江流那样地同其邈远。

江干一带，除了遍植垂柳以外，还建有坚固的水闸，那是为了防水而设的；水闸横亘东西，极瞬不能尽，每隔数丈开一个阙，以通行人；到了黄梅季节，江水泛滥的时候，才将闸门装上，使江水不能内泛；这是保卫百万市民与冯夷为敌的唯一外卫线，也是刘文岛在汉口市长任内的唯一伟大建设。

▷ 汉口旧影

汉口虽然是一个现代化的都市，但还有一种保持着中古世纪的风格的交通工具，点缀于市上，那便是马车。马车在汉口，随地都有，正如现在上海的三轮车一样，壮健而质朴的执鞭之士，往往是外来旅客的导游者，集合了三数人共呼一车而登，执鞭的驭者便会扬鞭策马，送你到风景幽美的中山公园去。

中山公园在汉郊之西，广袤约三数里，高可参天的树木给整个园子盖上了一片浓荫，在浓荫中，隐藏着一个水道纡曲的湖，湖畔备有小游艇，如果游园游得倦了，便可以呼艇而登，荡舟打桨，也正是游园的一乐。

滨水有水榭，它的形色是古老的，但由于青年男女不断地盘桓其间，将它视作了谈情说爱的胜地，因此也就平添了几分罗曼蒂克的情调。

园中有跑冰场，也有动物园，而形态夭矫的石龙桥和青天白日的国徽严道，则又是富有建筑美的特殊点缀。

由热闹的市区走向中山公园，中正路是必经的大道，一路上也是垂杨夹道，浓荫如幄，坐在马车上疾驱于柳荫之中，车身一颠一簸，往往触臀作奇痛，但是听着那践踏在道上的马蹄嘚嘚之声，而间以转毂的音响，咿轧咿轧的发出一种节奏，却又是饶有情趣的。

从汉口渡江诣武昌，一登岸就可以看见黄鹄矶，像一头巨兽似的蹲伏在江边，这就是大家所稔知的黄鹤楼的所在地。不过所谓黄鹤楼，在几经兵燹之下，早已毁于炮火，所以名存而实亡了。循石级而登，首先映入眼帘的是一座石塔，相传是昭明太子墓，笔者曾留影于此。更上，则有纯阳楼，建筑仿西式，内设茶肆，是供给游人憩足的所在。稍进又有奥略楼，则是黄鹄矶上最宏伟的建筑物，楼下开设了几家照相馆，外来的游侣如果要想留一些雪泥鸿爪，作为蜡屐所经的纪念，便得作成他们的生意了。

从奥略楼内趋，就是黄鹤楼的废址，以前有一个葫芦形的纯金质楼顶，重量不下数千斤，安置在废墟的一隅，战后据说曾为莠民所觊觎，企图行窃，但是尽了十数人之力，终于不能移动跬步。后为地方当局所悉，便将它移置于抱膝亭畔，现在却不知道是否无恙了。

笔者旅居汉上时，曾数游黄鹄矶，它所使我爱好的倒不是那些巍峨的建筑物，而是在夕阳西坠的时候，俯伏在江干的石栏杆上，眺望着展开于眼前的一片浩渺的烟波，以及出没于烟波间的风帆，仿佛一幅出于写生家笔底的图画，对着这海阔天空的境界，我往往情不自禁地长啸起来。

"大江东去，浪淘尽，千古风流人物。"东坡居士当时的心情，我这时是正和他仿佛的。

岁月也像逝去的江流一样，转瞬已是六年了！这永远使我爱好与怀念的江口，有如虚无缥缈之间的仙山楼阁，几时能重临旧地，容我再度投入它的美丽而又温暖的怀抱中去呢？

《汉口之忆》

## ❖ 梁　斌：武汉印象

《新武汉报》的前身是《大刚报》。编辑部和工厂共有200人左右，有十几个党员。我是一个新来的人，一个人掌握一个报社、党的喉舌、理论机关，难呀！亏的是其他领导同志来得早些，比我工作熟悉。此外还有些老新闻工作者，虽然我是新来的吧，到了一块，大家倒挺和谐。

一个人到一个机关，我想一定会遇上很多困难。其实不然，这200人中，没有一个人跟我为难，他们都欢迎我这个年轻的老干部，而且尊重我，工作很顺利。分工的时候，我是"清醒脑筋"的，每天晚上看四大版清样。

我是社长，得参加市委的会议，参加社会活动，参加演讲团，到各机关作学习报告。工作虽然忙，但很好做，因为那时都是一些青年人——大学生和中学生，他们要求我给他们讲"党的工作的四个法宝"，讲"怎样读书"。当时，新参加工作的青年，还不会用马列主义分析18、19世纪的文学作品。有一次我讲了怎样读《安娜·卡列尼娜》，第二天就有一个女同志找我，说她有错误思想。她一说，我就明白了，安慰她说：知道是错误，改了就行了！她还觉得怪不好意思的。我劝她多读毛主席的文章，读马列主义。就这样子，工作就做下去了。

武汉天气太热，每年5月开始进入夏季，9月才进入秋季。热度极高，连电扇的风、桌子、床上的席子都是热的。据说武汉是中国三个火盆之一，除武汉外，还有南京和重庆。在武汉，天热的晚上，人们都把竹床搬到马

▷ 繁忙的码头

▷ 租界风光

路上睡，不少人在夜晚穿个背心裤衩，脚穿呱嗒板，在大街走来走去，这在其他城市是很少见的。

话虽如此，武汉也有适意的地方。夜间看一版清样，摇着扇子到大门外、马路上散散步，有卖馄饨的，卖米酒汤圆的，卖莲子汤的，卖热干面的……歇班的夜晚，到长江边上的茶棚下，沏上一杯茶，躺在竹椅上一睡，江风徐来，也怪凉快的。礼拜的日子里，坐上轮渡过得江去，走上蛇山公园，在黄鹄矶头、松树林中、竹丛之下散步，听听各种的鸟，啾啾唧唧。俯视满山的紫玫瑰，长江自西方滚滚而来。龟山全貌，尽在眼前。

紧走慢走，一天出不了汉口。说起来有些夸张。但是汉口有条三十里长的大街，倒是真情。

谈到生活，武汉是比较讲究的。当时，衣食的样式，比北京还好。武汉的姑娘们长得又白又漂亮，体材适度，工作也很认真负责。靠墙泰的西餐，老通成的炒豆皮，冠生园的饭菜，味道都有特色。谈起风味，吃遍北京、武汉的饭，都不如襄阳的大华饭店，大华饭店的南味，真是有一种特殊的风味。时隔二十五年，又不知大华饭店今日是何光景。

*《在武汉》*


## ❖  潘泰封：武昌不"武"

作为湖北全省政治中心的武昌城，除了车站附近的房屋受过战神的洗礼外，其余市区部分，大体上尚算完整。从车站通到汉阳门江边的柏油马路，足足有二三里长，挺整而平坦，两旁洋楼毗立，绿荫掩映，似乎是武昌最漂亮的大干线了。然而即此一条新式马路，也并不见得十分热闹，行人寥落，满露着冷清清的样子，偶有一辆汽车从远处飞驰而来，似乎划破了市街的沉寂，然而这是一霎时的，不过稍稍为她省会的身份做些点缀而已。铺子里的陈设，虽颇整齐，但是营业萧条，顾客寥寥；唯一例外是旅馆业，当15日晚间我们从火车上走下来，跑遍了所有旅馆，竟是家家客满，虽说那晚是因军队过境的关系，但在复员时期，旅栈业的发达，原是意料得到的事。至于躲在这条半欧化马路背后的，是许多古老的中国式民房，夹着一条条狭隘崎岖的石板路，从洋式马路上走过来，仿佛从20世纪退回到19世纪，彼此对照，显然有些不甚调和。

在留汉十五天中，我只花过半天时间在武汉溜达，所见自然不多。但即此半天的印象，已深深领略她的可爱，武昌是恬静的，她有都市的外表，而没有都市的气息，譬如嘈闹、争吵，注意生意经种种现象。她有村镇的长处，而没有村镇的孤寂、闭塞和落后。

然而武昌也在这战争中受到创伤了。著名的武汉大学，因为地点较远没有能前往观光外，教会办的文华大学却曾去巡礼一番，学校早已停了，宫殿式的建筑里面，不是被军队占住着，便是空着没人，蛛网尘封，苍凉满目。附近总算还有几所学校在上课，但其衰败的外表，和文华毫无两样。

我也曾攀登那千古闻名的黄鹤楼，在孔明灯旁边睨视武汉形势。大江之水，是那么的汹涌，对岸的龟山，又是那么的雄峻，向远处望去，辽阔的汉口市区，历历在目，它似乎拓展到了天际，高高低低的洋楼，占尽了空间，气派毕竟不凡。黄鹤楼又名奥略楼，只是剩了个躯壳，内部损毁到连梯子都没有，我想李白为了"黄鹤一去不复返，白云千载空悠悠"而兴叹，如把现在的情形论，他老先生在地下，怕又要不胜其感慨了。在黄鹤楼四周，还有什么涌月亭、张公祠、禹碑亭、吕祖阁等等，反正中国之所谓名胜，亭祠楼阁之属，是起码的必备条件，千篇一律，毋庸多述。只是在吕祖阁外那尊黄克强先生的铜像，铸造得英姿奕奕，栩栩如生，令人想起缔造民国的艰苦历史来。武昌，这历史的名城，不是创造民国的第一个圣地吗？于今，时间又添上了三十五个年头。这个首义之处的武昌城，究竟留下了些什么呢？据说蛇山公园西端的起义门便是当年揭竿之处，然而我们跑去仔细巡察了好久，在那横跨马路的圆洞门上，竟找不出什么可资纪念的文字，让人们瞻仰流连！我奇怪：为什么中国人对于庙宇寺院之类，特别感兴趣，而独独对于和现实发生关联的史迹，不知修建和阐扬呢？在这胜利年头，军民们为着保卫祖国洒过鲜血的地方多着呢，有谁在发起保存些战迹，让后人来凭吊？！

倒是在一家颇为简陋而负有盛名的牛肉馆子里，在一副满是尘垢而颜色已经发黄的中堂上面，读到一些武昌首义的记载。原来这家铺子的主人冯姓，父名谦伯，是辛亥革命时的小军官，他功成不居，退而开这家牛肉铺子，自己下厨，老婆掌柜，儿子当堂倌，因为手艺高超，虽是矮檐陋室，倒也门庭若市，就此终老一生。现在是由他儿子继承，生意仍是不衰。冯谦记的牛肉，在武汉地方，只要是住上一些时期的，大概总会尝过。然而在一般吃客的心目中，除了味道鲜美以外，又有几位去追念那老主人的丰功和恬淡高超的德操呢！

无论从历史上、从她的命名上，武昌这地方，总好像有一股刀兵之气，然而躬践斯土，目睹现实的武昌，又何尝是有"武"的气氛呢？她是像并不太摩登而具有天然风韵的女郎，朴素，恬静，悠闲，从各方面使人觉得可爱，如果作为住家，那是再相宜不过的。所引为缺憾者，大战之后，元气大伤，一切人工的美化，和史迹的保留，似乎太忽略了。

*《武汉初见》*


## ❖ 冶　人：迷津里的珞珈

暑天的太阳确实富有一种特别的威风，而每学年的开始，却又恰在此时迎候诸位新同学，你们的内心，也许为愉快之神替你们张布了一面乐意的帐幔感觉不出吧，假如是这样，我很希望能更增加一些快乐给你们，好像锦上添花一般。

红日西沉的时候，大约正是6点钟，此时你们可以从各处将行李书箱搬到汉阳门或东厂口汽车站，我们的老同学，一定有许多在迎接你，武珞汽车路，铺得很平坦，沿路也有几处较值得一看的地方，因为坐在汽车上，速率过大，你们是瞥不见什么的，直到大学路起处，跟前就耸立着校门，这时，我们瞭望着许多壮丽的建筑物，绿的红的，蠕蠕地接近你们的眼帘，汽车也更开快了，我们的气魄更加雄伟了，呵，这就是我们的校园了。

抵达珞珈山，要是你们很镇静，我劝你们别下了汽车站，仍然坐着原汽车，像初"到"上海的人一样，绕绕圈子，武汉叫"兜风"又称"跑趟子"，因为：第一，汽车不要钱，很经济；第二，兜风以后，我很能保证你们，本校底星罗棋布的建筑，经这么一巡视，就能了然其十之七八了；第三，在这一个圈子里，工学院、半山庐、运动场、文理法三学院、图书馆和宿舍、女同学宿舍、美致的东湖和在湖边镶着的游泳池、发电厂、水塔、山顶和山麓居住的教职员宿舍、附小，以及商场路都望见过，匆忙中所留下的印象，一定不坏，此后随时游览，皆可处处逢源，到原汽车站，就可下车了。

▷ 珞珈山道

傍晚后，去会会你们的旧友，找找你们的同乡，他们定会带你去逛逛东湖，赏赏夏夜，谈谈往事，说说选课，这是多么富有神韵的事，学校的成例，是10点半钟闭电灯，此时，很可以安适地就寝了。

东方既白，你们一定会起床的，爱运动的可以跑到操场去，爱山水的，可以去探望本校的农场，到农场的大路，太辽远，太单调，最好是先对准方位，向纪念堂背后的山坡下走，这条路虽然崎岖，在丛林缺少的珞珈山，此斜坡上，就植有成林的树木，有鸟叫，多少保存有几分本校未建筑前的景象，使我了解人类智和力的伟大。农场的花很多，房屋较矮小，农学院未筑好前，很像一庄村落，不过牛羊猪鸡等，都居起高亮的洋房，是比较稀奇古怪，东湖是围绕着珞珈山的，湖水汇到此处，形象拥抱的吻合点。山与水在"克斯"（kiss）了。

8点钟后，你们就去找欢迎新同学的老同学，告诉你们去缴费注册，选课等等，大概花费了150分钟的光景，手续就可完结，校舍的建筑，你们可顺序地游览，我只愿意告诉一些山中能陶情乐性处，趣味隽永处，也许是我个人主观的灵感吧。

珞珈山的建筑，大概是规则的，马路网的联系，有条理地交通着，你们最好是以工学院的右侧为起点，先去看看半山庐，这一带是很僻静的地方，树林也多，而荫蔽绝佳的，要推听松庐（本校的招待所），陈设雅致，真算有闲阶级的胜地，沿路有洁白的石磴，你如果高兴，爬爬山，也不致很累，向前行，可望见阶级式的房舍，下坡后，即附小的校园，满可以休息一次。

第二回可以从汽车站起，顺着到农学院的公路，经过几个村庄，人家很少，又不嘈杂，绕观农场，出路登廖家山，在山路中，望着图书馆等建筑的背影，愈觉庄丽，廖家山是一个附属珞珈山的土丘。土丘只植有极幼稚的树苗，没有可取，可是在此地欣赏女同学宿舍背面的风景，极堪娱目，你们身旁若携有摄影机，我劝你以宿舍背面的一株大树为中心，在树底浓影之下和两旁，包含有一副镜头上的妙景，然后一径走过游泳池，穿入电厂的窄路，就到了山上的仙地了，此处的奇特，是在清晨和傍晚的时分，约两三好友来谈谈心，林鸟的歌声，溪流的撞石声，兼之地形回曲，一进路后即与外界绝隔，一边耸峙着高大的山岩，一边安置着低平的土山，身历其间，妙趣横生，再回曲前进，则达工厂，工厂的地形，和桃花源的外景类似，远眺不见屋，近其前，仍似一空处，全厂都为矮山和浓荫所遮蔽。

东湖是很著名的，有人也将它比西子，相宜不相宜，自然需等待第二个苏学士来品评，不过我此前是没有游过杭县，倒觉以斯为妙，妙在湖的夏秋冬春，各有特赋，晨夕午夜又呈异装，我留恋得最深刻的是朔风呼号，碎雪击湖面的一幕奔驰澎湃的狂影，新朋友哟，希望你们用艺术天才，欣赏宇宙一部的神秘吧。

珞珈山的对岸，有本校的农场，占地数千亩，有上海银行创办的海光农圃，和汉口安息会所办的东湖疗养院，规模大得如同神仙府。

现在的中国阔人，大约可分两种，最多的是军人，其次是学生，"丘八"和"丘九"的绰号之赐予，绝非无因的，因为现中国最华丽的建筑和最幸福的事物都被这两种人享尽了，我们的珞珈山，是我们的"丘九"们的领域，我们除享受外，还负有学术的使命，朋友哟，努力吧，缔造新中国的花呀。

《迷津里的珞珈》


## ❖ 茅　盾：保卫武汉的决心

在保卫大武汉的呼声中，包含着一些意义重大——所争不在一城一地之得失，而为民族存亡转机所在的政治的建议。只举荦荦大者来说罢，那么——

首先，这是对于企图诱引我们中途妥协屈服的"和议空气"的第三次的回答。徐州失陷以后，侵略者一方面急急改组内阁，张牙舞爪以"决心"威胁我们，另一方面又放出和议未始无望的空气，唆使北平伪组织公然发出"和议"的通电，并且，国际消息又每每闲处着墨，点逗第三国调停的"已到时机"。这种一贯的两面做法，固然说明了敌人的阴险，但也暴露了他其实是外强中干的。中途妥协即是自取灭亡，只有楚楚可怜的妥协派还在希冀刀下偷生。保卫武汉便是要对外击破侵略者两面人的阴谋，对内根绝梦想妥协的一部分人的先天弱病！

其次，抗战以来，朝野上下从血的教训中已经认识了最后胜利的必要条件是动员民众。现在一周年了，民众究竟动员得怎样了呢？我们不忍尽言，但又不忍绝不一言，只用一句话来描写：一方面是严肃的工作，一方面是荒淫无耻！民众虽"愚"，但不尽盲；严肃工作者大声疾呼——政府抗战，为国为民，希望民众出钱出力，但是"亲民之官"以至村镇长保甲长却立刻在行动上打了严肃工作者一记耳光。在动员民众这一项下，宣传不过是最初步的工作，但荒淫无耻已经使得宣传工作者在民众眼内只是些"卖狗皮膏药"的骗子！宣传如此，比宣传更艰难的动员民众工作，自不用说了。一年的经验，差不多可以得出一个定例：一地未失以前，贪污土劣借"抗战"发财，阻碍破坏动员民众，失陷以后，他们或腰缠十万，飘然远扬，甚至到更后方再发"国难财"去，或者老实做了汉奸，倒帮"新主子"来"组织"民众。这一个"定例"，如果不给以彻底的打破，则动员民众云者，简直是自欺欺人，简直是以民族命运为儿戏！保卫武汉便是这"定例"能否彻底打破的试金石！

要下决心来扫荡积污，则在保卫武汉声中，武汉区应是首建模范的地方；有这决心，武汉必可终保！

要有这样的决心，则虽不幸而武汉终于不能终保，即取得了代价以后，为战略的退却，但最后胜利却真真有了保障！不然，本来绝对正确的"一城一地，无关大局"这句话，会将来成了啼笑不得的讽嘲！

保卫大武汉！胜负之机在马当香口之间者尚少而在"庙堂"者实多。我们对于开会中之国民参政会议不能不有极大的希望。

*《保卫武汉的决心》*


❖ **苏雪林：** 忆武汉大学图书馆

朋友，你看见过北平文华武英殿没有？见过大前门和天坛没有？国立武汉大学便是模仿中国宫殿而建筑的。文法两学院有点像大前门，而夹在

▷　20 世纪 30 年代的武汉大学

▷　武汉大学图书馆旧影

中间的图书馆则颇类天坛，银灰色的墙壁，碧绿色的琉璃瓦，远挹湖光，近揽山色，居高临下，气象万千，北平帝皇居也许比这个更为壮丽，但却没有这样天然风景的陪衬。

不过，武大外观之美，虽然有名于国内，也有她的缺点，那便是位置太高，教职员上课办公不便。武大的本部（包括文、法、理、图书馆、大饭厅及学生宿舍在内）位置于一山冈上（这便是珞珈山的主山），要想上去，却必须跨越百余石级，年轻力壮的人虽行所无事，体弱气衰的老教授，便不免视为畏途。住在第一区校舍的多为校长，院长、各系主任和有名望的教授，他们来到本部时，有每半小时一次的交通车代步，到了山脚，才历阶而上，究竟要省不少气力；我们这些在二区三区的人，先要在那坡陀起伏的山路上走上半里，再爬石阶，心脏衰弱的和有脚气病的，你想他怎么能不叫苦连天呢？

记得本校有一留华40余年的德籍教授，我到武大时，他的年龄已在70以上，身体又生得肥胖，他家是在武昌城里，他的功课都排在下午1时。这可苦了这位老先生，上课的那天，总要提前一点钟在家吃午饭，搭公共汽车来到学校后，一手挟着一个大书包，一手扶着一根手杖，颤巍巍地，取道那大饭厅前面的山坡迤逦而上，转了一个大弯，才达于课室，又要坐着喘息半天，等到铃响才授课，这样，他才可以避免爬笔陡的百余级石阶之苦。

武大校舍的样式是一位美国建筑师所设计，他说，校舍建在山巅，可以尽收珞珈美景，而武大彼时的当局，也都是四十上下的壮年人，并没有考虑到爬山吃力的问题，老年的教职员虽想反对，却不能发生什么效果。再过几年，这几位学校当局也上了年纪，始发现当初设计的错误，但那时又没有什么补救的办法了。

我初到武大的那几年，身体忽然大发其福，每到文学院去上一次课，总要累得汗流气喘。想学那位德籍教师取道斜坡上山，而转一个大弯要费去廿多分钟，时间上又觉得不太经济，所以我常幻想假如我能获到希腊神话里风神赫梅士的金飞鞋那多么好，脚一蹬，便飞到对面山顶上，外国人发明这，发明那，何不发明一种轻便单人飞机，一方磅秤大小的铁板，插着一个丁形的铁杆作为扶手，发动机藏在铁板里，升降可以自由控制，价格便宜，像我们教书匠都可购置一具，倘使有这样机器，我每天要去图书馆几趟。

一个人想写篇学术性的东西是非多跑图书馆不可的，可是为了怕爬那百余级石阶，我往往宁可让自己文章一个典故昧其出处；一位古人生卒时间，说得不大正确；或可供佐证的资料，听其缺少一条或数条；或该注的原文记不清楚，只有以自己的文字总括几句；还有为懒查书，把别人已说过的话，矜为自己的创见；别人已矫正过的错误，我来大驳特驳……要不是为了我们的图书馆龙门千尺，高不可攀，我何至于在这典籍丰富，独步华中的最高学府混了几年，学问上还是依然故我？天下美观与实用不能两全，则应该舍美观而取实用，惜乎武大校舍的设计者当时未曾注意及此。

我对世间万事一无所好，所爱只是读书。若有一个神仙以三个愿望许人选择，我所选择的第一愿，要有一个完备的图书馆，让我终日獭祭其中；第二愿，有一个和美的家庭；第三愿，太平时代的中产之家的收入。倘神仙所许的仅一愿，那么，给我图书馆吧。

我的性格外表上好像欢喜热闹和活动，内心实倾向孤独，所爱的是从容的岁月和恬静的生涯。我常和我的朋友袁兰紫说：假如有一花木繁盛，池榭清幽的园林，园中有一藏书楼，万卷琳琅，古今中外皆有，期刊日报，也按时送到，不管这地方是修院也罢，牢狱也罢，我可以终身蛰伏其中，不想念外面的繁华的世界了。

《忆武汉大学图书馆》

❖ **曾 卓：迎接生命中的又一个黎明**

武汉是我的故乡。

我在这里出生、成长，度过了生命中绝大部分的时光。

我现在的寓所离我出生的地方很近。我常常走过我童年时游戏的大街，经过我的故家和启蒙的小学，那里已经是新的建筑和新的人家。有一天黄昏，我从那条街上走过时，突然一个什么东西向我的头上飞来……呵，原来是一个小足球。我气恼地向还在滚动的球跑过去，想将球拾起扣压住，再和那个恶作剧者理论。但当我刚弯下身时，两只污黑的小手迅速地将球抢过去了。我的面前站着一个八九岁的背着书包的小男孩，脸上流着黑汗，瞪大了流露着歉意和惶恐的眼看着我。我还来不及说话，他就转身跑掉了。我生气地望着他的背影，后来却忍不住微笑了，因为从他的身上看到了童年时的自己。而他的飞跑的脚步使我想到了时间的脚步，所以我笑得有一点凄凉。

　　前几天，收到了上海一位友人为我从1941年的《文艺杂志》上抄寄来的一篇题名《邂逅》的散文，那是我当年的习作，记述着我在重庆与武汉的一个女友的偶遇。文章当然是很幼稚的，但那里面所提到的几个友人和记述的当年在武汉的一些情况，却引起了我对遥远的青少年时期的很多回忆。而且看看自己19岁时是怎样追述着更年轻时的那些岁月，也是很有意味的。我升进初中时，几个高年级的同学给了我很多启发，让我看到了残破的古国和新涌起的民族解放运动的风暴。于是，我的世界已不再仅仅是我所熟悉的那几条街，我热情关注的也不再是明天一场小足球赛的胜负了。我参加了一个读书会，后来又成为一个秘密的救亡组织的成员。在深夜悄悄地聚会，读一些被禁的书刊，骑着自行车在风雪中送信，歌唱着走在示威游行的行列中……浪漫的气息和朦胧的理想，这一切使我兴奋而快乐，受到大人的申斥，受到特务的警告和威胁，被学校开除，在几个友人被捕后不得不转学到外县……这一切打击更使我骄傲地感到自己有点像剧本《夜未央》中的革命者了。"七七"抗战周年的那个晚上，我只身登上了到重庆去的轮船。我的朋友们没有一个人来送行，他们已与我在白天话别，现在都去参加火炬大游行了。第二天黎明，船开动了。大江滔滔。我倚站在栏杆边，望着飘移着的曙光中的城市。童年、家、母亲、友人……都渐渐与我远离，我忍不住哭了。

我在重庆度过了八年。我常常怀念和梦想着武汉。1946年的夏天，抗战胜利后的第二年，我终于在东下的轮船上欣喜若狂地看到了江汉关的大钟。一挤上岸，就急急地在大街小巷中穿行，但仅仅几天以后，我就消失了兴奋、喜悦的心情。我的故家已是一片废墟。我的母亲，还有祖母、三叔、几个弟妹都已死在异乡。而且，我发觉，这个城市不仅好像变小了，它也并不像记忆中的那样美丽，不，毋宁说它是丑恶的。我当时在一篇短文中是这样写的："我在风吹雨打中成长而又回来了，回到了这座孕育了我的童年的城市中，回到了这座我用少年的手高举火炬照耀过、保卫过的城市中，却像一个流放的囚徒，在黑色眼光交织成的十字架下，连寻找一片遮雨的屋檐都是如此艰难。我巡礼过这曾是我梦中的城池；我痛苦地发觉，八年的流血都是白费，一切还停留在原来的状况上面，甚至还要更坏。百万人的尸首上，高耸着少数骄子的繁华，在祖先遗留给我们的、被敌人烧毁了的房屋的废墟上，建立了别人的高楼……"那后面，我还激愤地写着：

"战争就在百里外进行。我在小楼上凝望着这座站在黑夜中的危城。我在幽灵们对我的期待中有所期待。"

"我期待、我渴望一次大火：一次曾经照耀过古罗马的大火，一次建造一个广阔的废墟的大火，一次愤怒的爆裂，一次残酷的破坏。"

"我期待、我渴望这座大城的为了新生的毁灭。"（引自《战栗的城》）

回来后，那几年中，我除了以教书为职业外，大多时间是在编《大刚报》的文艺副刊《大江》。

…………

我不必在这里详细地谈到那几年中自己的生活和工作情况。前面所引的《战栗的城》那篇短文的片段中，已经简略地表达了我当时的心情。在痛苦的煎熬中期待着，在艰苦的工作中追求着，而这一天终于来到了：1949年5月16日，武汉晴朗的天空飘扬着解放的红旗！

在新时代的阳光的照耀下，我身上的疤痕就特别明显。我知道我距离时代的要求还有多么远，但还是满怀信心地望着前面。我没有想到，决没有想到，我将在一种寂寞的心情中度过漫长的二十五年……

打击是突然来到的。我痛苦、惊疑地望向四周。接着努力使自己渐渐镇定下来，紧紧按住受伤的胸口，在无望中却还是充满了渴望，在荆棘和坎坷中探求着道路，终于穿越过了我生命中的深谷。啊！好辉煌的阳光，她照耀着我的满头白发，困顿虚弱的身子，和含泪的笑容……

回顾我和武汉的关系几乎就是回顾我的一生。美国作家马尔兹将他的一部长篇小说题名为《短促生命中漫长的一天》。我的感觉倒是相反的：每一天过得太快了，而生命是漫长的。我回头凝望往昔，有如读一本我熟悉的但淡忘了的书。我有着深深的感动，而且我深切地体会到：自由的劳动是多么幸福，生命是多么美丽！

现在这本大书又揭开了一页，新的一章开始了。我想说，在我这是一个真正的新的开始。

我曾在一首小诗中写过：

怦怦跳动着，我的心，

在测量时间的脚步。

夜像风溶化在我的怀抱，

我张开双臂迎接生命中的又一个黎明！

是的，我张开了双臂，我永远张开着双臂。

《迎接生命中的又一个黎明》


❖ **曹聚仁："黄鹤楼上看翻船"**

黄鹤楼，在黄鹄矶上，俯临大江；我们心目中，仿佛走上杭州城隍山（吴山），也仿佛南京的燕子矶。仙人跨鹤飞去的传说，于是逐渐演变，从仙人王子安扯到三国蜀相费祎，再扯到比李白迟了一百年的吕洞宾；群众说他是吕洞宾，也就成为千来年的祭奉人物，黄鹤楼旁就有吕祖庙，庙中也还有费仙像。庙中香火很盛，楼阁系木构，因此，几度失火，黄鹤楼也就化为乌有，得群策群力，重新建构，照样香火祭奉，照样有道士做庙祝，沿廊都是看相、算命以及卖吃食、玩耍物品的小贩，跟着游客讨钱的叫花子。上一世纪末期，张之洞做湖广总督，许多文士在他的幕府，附庸风雅，因此，黄鹤楼中有着他们的吟咏联句。

不过，湖北人有一句和黄鹤楼有关的成语，叫作"黄鹤楼上看翻船"，这倒是惊心动魄的一景。浩浩江流，风狂雨骤，可是，人事急于星火，非从武昌到汉口去不可。那时，武昌大智门外黄鹄矶头，自有胆大的赵子龙摇着帆船来渡你过江。只要你有胆子乘，他就有胆子摇，一橹在手，一手拉帆，箭也似的直向汉口；十多里斜飞江面，不到一刻钟便到了对岸。当然，一个浪头把小船（上海人称之为舢板）吞了下去也是常事，就看吕祖照应不照应。在黄鹤楼上看翻船，三分惊骇，三分痛快，三分疑虑，还有一分同情，这也代表着湖北人的人生哲学。我的一位朋友，就在武汉动乱时代，冒着大雨乘着舢板过江，留着微命到汉口的。

《黄鹤楼》

## ❖ 姚雪垠：武汉，我的第二故乡

我这一生住过好多地方，但住得最久的是武汉。我在武汉的年月大大超过了我在故乡的年月。武汉可以说是我的第二故乡。

我在武汉受过教育，得到了锻炼，经了风，见了雨，也在风雨中做出了一点点成绩。如果在我所有的作品后面写上创作地点，武汉和湖北将占有突出地位。

1938年春天，我第一次来到武汉，大概住了不到两个月，又回河南。就在这短短的时间里，我既做别的工作，也搞写作。那时做革命工作，生活费和路费都要自己想办法。在武汉时，除写了关于抗战文艺问题的两篇短的论文外，我还写了一本小册子《战地书简》，发表了一个短篇小说《白龙港》。既宣传了抗战，也解决了暂时急需的生活费和路费。我还写了一个短篇《差半车麦秸》，写完就寄给茅盾主编的香港的《文艺阵地》了。还没有等到发表，我已经匆匆地离开武汉。这一年我还未满28岁。

我在武汉的时候，住在武昌的一所公寓里，名称是"两湖学舍"。解放后，我重访故地，才知道"两湖学舍"在抗战时期已被日本飞机炸成平地。

1939年到1940年，我曾在襄樊、老河口、均县住过，这些地方与武汉都有关系，毕竟同在湖北。那时我写了一些论文，也写了一些散文，更主要的是写了一个中篇和一个长篇。中篇小说题为《牛全德与红萝卜》。长篇小说是《春暖花开的时候》，这是我青年时代最有代表性的作品。这部小说的前一半是在老河口写的。每天日本飞机狂轰滥炸，我带着稿纸跑到城外，向老百姓借把小椅子，自己盘腿坐在地上，将稿纸放在小椅上，低头写作。有时日本飞机成群飞来，俯冲轰炸，扫射机关枪。这时我就趴在地上，听着破碎的弹片在附近发出尖锐的声音。等飞机过去后，我又坐起来，拍一拍身上的尘土，伏在小椅上继续写作。不断在轰炸中赶写，在《读书月报》（胡绳主编）上连载。

……

抗战初期我来到武汉时，长江的江面上有外国兵舰，街道乱七八糟，工厂寥寥可数。解放后，我亲眼看到武汉的建设，雄伟的大桥出现在龟蛇两山之间。我曾经登龟山高处远望，一座座的工厂望不到边。我曾经在东湖登长天楼远望，也是一座座新建筑掩映在山与山之间。武汉繁荣了，祖国在前进，这使我感到由衷的欣喜。但是，我也看到，在浮夸风盛行之日，武汉如何受了挫伤。我更看到十年浩劫期间武汉成了什么模样。怎么能够想象，中国的一个大都市，工厂停工了，学校停课了，游行啊，武斗啊，上百辆的大卡车，载着干部、学生、工人，头戴柳条帽，手持红缨枪，有的口中含着匕首。看到那种情景，我仿佛又回到了义和拳的时代，红枪会的时代，我感到痛心。

▷ 江边的水路码头

　　然而这是已经过去了的一场噩梦。如今祖国又苏醒了，一面医治创伤，一面大步前进。武汉也苏醒了，也在一面医治创伤，一面大步前进。尽管道路是曲折的，阴霾还没有完全扫清，沉滓有时还会从某个角落或某些人的脑海里重新泛起，但历史的洪流是不可阻止的。往年我在武汉，有时经过长江大桥，我总要凭着栏杆凝望好久。我爱长江。长江的雄伟气派使我感动。浩渺的江水，日夜奔腾东去，真是气势磅礴！如今我住在北京，欣赏长江的机会不多了，但我脑海里已经深深留下长江的印象。长江，它不仅是一条自然的河流，而且象征着我们的历史，象征着我国人民的精神。

《我的心仍在武汉》

**图书在版编目（CIP）数据**

老武汉 /《老城记》编辑组编 . — 北京：中国文
史出版社，2019.6

ISBN 978-7-5205-1106-3

Ⅰ . ①老…　Ⅱ . ①老…　Ⅲ . ①随笔—作品集—中国—
现代　Ⅳ . ①I266.1

中国版本图书馆 CIP 数据核字（2019）第 092113 号

**责任编辑：高　贝**

出版发行：**中国文史出版社**

社　　址：北京市海淀区西八里庄 69 号　邮编：100142

电　　话：010-81136606　81136602　81136603（发行部）

传　　真：010-81136655

印　　装：北京地大彩印有限公司

经　　销：全国新华书店

开　　本：710mm×1010mm　1/16

印　　张：19.75　字数：260 千字

版　　次：2019 年 8 月第 1 版

印　　次：2019 年 8 月第 1 次印刷

定　　价：62.80 元